Estimado/a lector:

Quiero agradecerte que hayas optado por comprar este libro y espero que lo disfrutes, tanto como yo he disfrutado escribiéndolo.

Te dejo una dedicatoria de mi puño y letra por si nunca llegamos a coincidir, pues de esta forma te expreso mi gratitud y afecto por confiar en mi novela.

Ahora disfruta de su lectura y recibe un afectuoso abrazo.

J.R. Navas

TRAS ESOS MUROS

Copyrigth © 2022 José Ramón Navas
ISBN: 9798423346638
Diseño de cubierta: José Ramón Navas
Maquetación: José Ramón Navas
Revisión y Corrección: José Ramón Navas

"Largo y arduo es el camino que conduce
del Infierno a la Luz."

(John Milton)

Índice

La Primera Misión

Capítulo 1

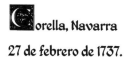orella, Navarra

27 de febrero de 1737.

—¿Lo has escondido ya? —preguntó Sor Josefa a la Madre Águeda con desesperación—. ¡Ya están llegando!

—Está a buen recaudo, descuida —respondió su compañera.

—Vienen a por nosotras, Águeda.

—Este día tenía que llegar, eso lo sabíamos Josefa.

—Pues que Dios se apiade de nuestras almas —dijo santiguándose.

—Dios hace mucho tiempo que abandonó este lugar, querida —fue la contundente respuesta de Sor Águeda de Luna.

Al instante siguiente se escuchó un estruendo en la nave central de la iglesia, que estaba anexa al convento de los Carmelitas Descalzos de Corella, y el resonar de decenas de botas interrumpió las oraciones de los frailes y monjas que habitaban en el recinto. Se escucharon gritos y voces que las dos amigas eran incapaces de reconocer, pero que mencionaban sus nombres a voz en grito por todas las instalaciones. Para ambas, esa noche de finales del invierno iba a ser la última que pasarían entre los muros del convento que había sido testigo de innumerables sacrilegios.

—¡Encontrad a Sor Águeda de Luna y a Sor Josefa de Jesús! —se escuchó a un hombre por encima del resto de intrusos, dando órdenes al grupo de soldados que venían con él—. ¡Buscad también a Juan de la Vega y a Josefa de Loya!

Las dos primeras se asomaron al pasillo superior y observaron cómo se dispersaban los que habían venido a buscarlas, a la vez que un hombre encorvado y de aspecto mayor se mantuvo en el patio central y comprobaba que se cumplía con exactitud lo que había mandado. Cuando las dos miraron a su izquierda vieron que dos militares ataviados con sendas casacas azules y botoneras blancas, y con sombreros de tres picos de color negro, se acercaban a ellas con paso decidido y enarbolaban sus mosquetones como estandartes de la muerte que esperaban no tener que usar en el interior de un lugar sacrosanto.

—Nosotras somos las mujeres que buscáis —dijo Águeda con valentía, dando un paso al frente.

—Pues venid con nosotros, por favor —dijo el soldado que llevaba las insignias correspondientes a su graduación de cabo—. Os rogamos que no os resistáis y será mejor para todos.

Las monjas acompañaron a sus custodios hasta el lugar donde estaba el anciano, que seguía esperando a que llegaran el resto de sus tropas con las otras dos personas que habían ido a detener. Observó los rostros de las dos mujeres y dibujó una sonrisa taimada en sus labios arrugados por el paso de los años. Entre las cejas pobladas de color gris, sus ojos parecían brillar con una luz de ansiada victoria.

—Al fin la tenemos, hermana De Luna —dijo con un tono autoritario—. Se terminaron esos juegos satánicos dentro de este convento.

—Andrés de Arratabe, tenía que ser usted el que viniera a apresarnos —replicó ella con desdén.

—Esta vez no podrá escapar del peso de la justicia divina, señora.

—¿Así cree que va a tapar lo que ha pasado aquí?

—No lo entiende, ¿verdad? —El juez se acercó un poco más y

habló con el tono más bajo—. Ya no habrá escapatoria para usted y sus acólitos, me encargaré de que paguen por sus pecados.

—Recuerde que también son los suyos, señor Arratabe, y que lo he puesto en conocimiento de alguien muy poderoso —dijo ella con rotundidad—. Tarde o temprano, la verdad saldrá a la luz.

—En eso último que ha dicho estoy de acuerdo —replicó él—. ¡Llevaos a estas dos a Logroño! —ordenó a cuatro soldados que aparecieron por un lateral.

Justo cuando los uniformados pusieron los grilletes a las dos mujeres, otros cuatro casacas azules llegaron al patio y traían consigo por la fuerza a un hombre alto y atractivo, que portaba la indumentaria propia de los carmelitas descalzos. En cuanto las miradas de Águeda y Juan se cruzaron, sintieron cómo si un cuchillo al rojo vivo atravesara sus corazones.

—¡Dejadla! —gritó el fraile, intentando zafarse de los captores—. ¡Ella no ha hecho nada!

—¡Juan, ayúdame! —vociferó la monja, que también trató de deshacerse de las manos fuertes que la sujetaban.

Sin embargo, a pesar de la desesperación que los dos mostraron, los soldados cumplieron con la labor que se les había encomendado y se llevaron a los tres detenidos hasta unos carruajes carcelarios que esperaban en la plaza que estaba situada a las puertas del convento. En medio de una noche sombría, en la que un cielo nublado amenazaba una pronta precipitación de agua, los gritos de auxilio de los reos fueron acallados con el golpe de las culatas de los mosquetones hasta que cayeron inconscientes.

Cuando se hizo el silencio, apareció por la puerta de la iglesia el juez que iba encargarse del proceso inquisitorial que se les iba a incoar por ser los cabecillas de la secta de las monjas satánicas de Corella. De cualquier forma, el caso no iba a ser tan fácil de zanjar como él imaginaba. Más allá de las fructíferas tierras navarras, el escándalo se propagó como un fuego en un bosque en un caluroso día de verano y llegó a los oídos de alguien que conocía bien a Sor Águeda. Alguien que la tenía en especial estima y que no iba a permitir que las circunstancias de su captura y enjuiciamiento fuera llevado a cabo en el círculo endogámico y corrupto de la Inquisición Española.

* * *

Madrid

19 de abril de 1737

Los ruidosos golpes en la puerta y los gritos en la calle despertaron a Gregorio, que dormía como un recién nacido en una mañana de sábado que se presentó fría y lluviosa en Madrid. El ama de llaves acudió a la entrada ante el estruendo que alguien montó en la casa del joven erudito, hijo de Enrique de León y Sáez, General de la Infantería de los Guardias de Corps de Su Católica Majestad Felipe V, y que llevaba una vida disoluta en lujos desde que había terminado el servicio como militar en dicho cuerpo, tal como su progenitor le pidió que hiciera antes de inscribirle en la Universidad de Salamanca para que obtuviera el título de Historiador.

Esa mañana en concreto despertó con una resaca considerable, ya que la noche anterior había estado disfrutando de una velada de bebidas, partidas de cartas, prostitutas y algunas drogas junto a otros compañeros de juergas. Dada la situación, su estado de ánimo no era el más propicio para molestarle con golpes y escandaleras a las puertas de su propia casa. Incluso habría que decir que no era conveniente importunarle desde que su prometida le había abandonado.

Cuando sucedió el traumático acontecimiento, Gregorio se volvió taciturno y malhumorado durante la mayoría del tiempo. A causa de ello era por lo que el joven había caído en una espiral de destrucción física y espiritual que parecía no tener fin y que le llevaba a repetir el mismo patrón día sí y otro también. Su dolor parecía no tener límites y sólo encontraba el consuelo entre botellas de alcohol y bacanales que se podían alargar durante horas.

—¡Por Dios bendito! ¿Es que nadie va a ir a ver qué pasa? —gritó molesto, llevándose una mano a la cabeza para aplacar la migraña producida por el exceso de ingesta de alcohol.

—Ha ido doña Severia, señor —le dijo la sirvienta que estaba en la habitación en ese momento.

Ella le preparó la ropa y él intentó desperezarse, a la vez que ordenó que le sirvieran el desayuno. Se vistió con una casaca de color rosa y unos pantalones marrones, además de unos zapatos de color negro que brillaban como un cielo de verano a medianoche. Ató la coleta de su cabello castaño y procuró estar lo más presentable posible ante el improvisado visitante que había perturbado su descanso. El ama de llaves apareció de improviso y le avisó quién era el inesperado invitado.

—Señor, su hermano Enrique está abajo —le dijo la mujer.

—Vale, ahora voy, que me espere en el comedor —respondió él, malhumorado.

Cuando llegó al lugar indicado de la casa de dos plantas que estaba en la Plaza Mayor, y que había sido lujosamente amueblada con todo tipo de objetos de madera, mármol y oro, observó que allí le esperaba el primogénito de la familia ataviado con el uniforme que le distinguía como oficial de la Guardia Real. Estaba de pie y en posición marcial, mirando al frente y con el sombrero de tres picos de color azul bajo el brazo izquierdo, a la vez que se paseaba con lentitud. Gregorio pasó delante de él y se sentó en una gran mesa donde el desayuno, a base de pan recién horneado, mermelada y otras viandas, le esperaban para que las devorase con avidez.

—¡Buenos días! ¿A qué viene tanto alboroto, soldado? —le dijo

Gregorio con tono burlón.

—¿Eres consciente de que padre está harto dc tus pueriles actos? —comenzó a decir su hermano sin tan siquiera mirarle—. Hace unos días le llegó una carta de doña Esperanza de la Torre, quejándose de tu comportamiento en la fiesta de Navidad que celebró en Aranjuez.

—¿En serio? —continuó mofándose Gregorio—. No imagino qué podría molestarle tanto, la verdad.

—¿Quizá que te acostaste con su hija, la señorita Beatriz, y mancillaste su honestidad? —Esta vez Enrique sí le dirigió una mirada inquisidora.

—¿Honestidad? —Gregorio soltó la rebanada de pan que estaba comiendo y se reclinó en la silla—. ¡Si se ha acostado con medio regimiento de infantería!

—Mi querido hermano, entiendo que aún estés dolido porque Fátima de Aranguiz te haya abandonado, pero eso no es excusa para que sigas comportándote como un adolescente.

—¡Vamos Enrique! —exclamó el joven, que era seis años menor que su hermano—. No me dirás que no te divertiste antes de que te casaras con Leonor y fueras padre de mis amados sobrinos.

—Gregorio sabes que te estimo mucho, pero padre tiene razón, debes coger las riendas de tu vida de una vez.

—Claro, él siempre tan recto y pío —se quejó.

—Me ha enviado para ayudarte a lograr que seas independiente de él —añadió Enrique—. Quiere que vayas a Segovia a ver a Su Católica Majestad.

—¿Yo? ¿Para qué? —preguntó el joven, sorprendido.

—Tiene un trabajo para ti relacionado con lo que has estudiado.

—¿En serio?

—Se te pagara muy bien por hacer ese trabajo y no tendrás que preocuparte más de que padre te dé la asignación mensual que gastas con tanto libertinaje. —El capitán se sentó en la mesa y también se sirvió algo para comer—. Aprenderás el valor del dinero y el sacrificio de ganarlo.

—¿Y qué se supone que tengo que hacer? —Gregorio le acompañó y continuó con el desayuno.

—Cuando llegues a Segovia lo sabrás. —Enrique mordió un trozo de pan con mermelada, a la par que observó la reacción de su hermano.

—De acuerdo, ¿algo más?

—No sé nada más, sólo me han dicho que te viniera a buscar. —Sacó un papel sellado de un bolsillo interior de la casaca y se lo dio a Gregorio—. Padre me dio esto para ti, de parte del rey.

El joven rompió el lacre con facilidad y leyó una corta misiva que le indicaba los motivos por los que debía reunirse con el rey Felipe V en cuanto tuviera oportunidad, pues requería sus servicios para un asunto que podría ser de su interés y que también necesitaba de los conocimientos de alguien que tuviera una formación adecuada a la misión que debía emprender. De dicha misión no decía demasiado, pero el hecho de que fuera solicitada su presencia en la residencia del monarca era motivo suficiente para que Gregorio sintiera que al fin había llegado la oportunidad que llevaba esperando desde hacía tantos meses.

—Enviaré un mensaje al rey para decirle que iré a verle esta semana mismo y que estaré encantado de servirle, con el mismo honor y lealtad que hizo mi padre y que ahora cumple mi hermano mayor —le dijo con una indescriptible ilusión dibujada en el rostro.

—¡Genial! —se alegró Enrique—. Yo he de ir hasta Toledo, pero espero que al fin logres demostrar que nuestros padres estaban equivocados contigo.

—Gracias, hermano, de corazón.

—No me las des —Enrique apuró el ágape que devoró con rapidez y se despidió con un abrazo—. ¡Cuídate mucho, pillastre!

Gregorio sonrió y asintió como gesto de gratitud, mientras su hermano se levantó de la silla y salió de la mansión. Por su parte, el joven historiador encargó al servicio que prepararan el equipaje para partir hacia la Real Granja de San Ildefonso, ya que tenía intención de salir a la mañana siguiente hacia Segovia para reunirse con el soberano.

Por lo que había leído, un acontecimiento espeluznante y misterioso había ocurrido en un convento navarro y Felipe V tenía especial interés en el mismo, tanto a nivel personal como a nivel político. Necesitaba a un historiador de confianza, a un cronista leal que obtuviera toda la información posible sobre dicho caso y Gregorio Fernández de León parecía ser el indicado para llevar a cabo tal labor.

Capítulo 2

Gregorio no había estado nunca en un juicio de la Santa Inquisición y se sintió invadido por una profunda desazón cuando entró en la sala en la que tendría lugar el evento. Las paredes bajas, oprimidas por un techo de fría y oscurecida piedra, sujeto por columnas gruesas del mismo material, estaban iluminadas tan solo por la débil luz de algunas antorchas que proyectaban ambarinas sombras ominosas y danzarinas sobre los muros. El aire estaba perfumado con un penetrante olor a incienso y lo único que se podía ver en la sala de la mazmorra, aparte de unos pupitres y sillas, eran un potro de tortura y un aparato que el cronista conocía y que esperaba no presenciar cómo se utilizaba. Se trataba de un utensilio de especial crueldad que usaban los inquisidores en sus torturas más ignominiosas, la Cuna de Judas la llamaban. Un escalofrío recorrió el espinazo de Gregorio y se acercó movido por una insaciable curiosidad, algo de lo que se arrepintió en el instante en el que vislumbró marcas de sangre seca sobre la pequeña pirámide que coronaba aquel infernal invento.

Justo en ese momento apareció, bajando por las oscuras escaleras, un novicio cargado de papeles y otros elementos de escritura. El muchacho dejó un tintero y una pluma, junto a los papeles en blanco, sobre el atrio donde se iban a sentar los tres miembros principales que formarían el tribunal inquisitorial. Limpió con un paño de lino los tronos de madera y la superficie de la mesa, siempre con la máxima conciencia de ser pulcro y ordenado en el trabajo que se le había encomendado para esa mañana. Una vez que hubo concluido, procedió a colocar los utensilios de escritura sobre la superficie de madera y comprobó que la tinta estaba fresca, los folios estaban impolutos y la pluma de escritura no tenía mácula alguna. Hechas las pertinentes obras, recogió el paño de lino y se dispuso a salir de la sala donde iban a tener lugar los juicios contra Sor Águeda de Luna y sus cómplices, acusados de herejía y de actos satánicos dentro de los claustros del Convento de los Carmelitas Descalzos de Corella, en Navarra.

—Este será su sitio, señor Fernández —le indicó el muchacho, señalando un taburete situado a la derecha.

—Muchas gracias —respondió el historiador, extrañado porque le conociera. Era evidente que todos sabían que iba a estar presente.

El muchacho hizo un leve gesto a modo de saludo con la cabeza y salió a todo correr del salón. En cuanto estuvo a solas, Gregorio se sentó en el lado que le indicó de la amplia mesa y esperó a que los inquisidores llegaran para ocupar sus posiciones, y que quede claro que cuando digo que tomó asiento donde le indicaron, quiero decir que no estaba entre los tres jueces, sino que le habían colocado la silla en ese extremo de la mesa, como si quisieran dejar claro que su presencia allí no era bien recibida.

Dejando constancia de este hecho, tuvo la sensación de que lo que iba a presenciar en los siguientes días podría ser un grotesco caso de actos libidinosos impulsados por el Maligno, o tan sólo las locas y lujuriosas gestas de unos desquiciados y viciosos frailes y monjas. En todo caso, colocó el libro de notas en la encimera y lo abrió por la primera página, después sacó sus herramientas de escritura y las dispuso al lado del mismo. Ojeó con cierto recelo los apuntes sobre los hechos, tal como le habían contado en Madrid antes de encaminarse hasta Logroño, y releyó con atención dichas notas. Se detuvo sobre un punto concreto que llamó su atención y tachó con la tinta fresca una frase que había pasado por alto cuando entrevistó al testigo que habían traído a la capital del reino. *"Sor Águeda está poseída por el propio Lucifer y ha hecho el mal sin mesura en Corella".* Eso aún estaba por demostrar y él quería tener la posibilidad de hablar con ella antes de que acabase todo el proceso al que se iba a enfrentar. Algunas dudas asaltaron su mente en ese preciso momento y las anotó en el margen del libro, repleto ya de por sí de un sinfín de pequeños tachones y correcciones de lo que ya había escrito con anterioridad.

Se reclinó en el respaldo de la silla y recordó cómo había llegado hasta allí, cuando unos días antes estaba paseando entre los pasillos interminables y llenos de libros de Historia en la Biblioteca Real, acompañando a Su Católica Majestad Felipe V en búsqueda de datos sobre el origen de la familia del nuevo monarca. Tal como le había solicitado, acudió al requerimiento que le había hecho por escrito y se personó en Segovia dos días después de recibir la petición. Recordó con toda claridad cómo era una plácida tarde, llovía en el exterior del Palacio Real y el aroma de los tomos antiguos inundaba sus fosas nasales, un olor que siempre le hacía estremecer de placer y al que nunca lograba acostumbrarse del todo. Cada vez que entraba en la biblioteca, tenía la sensación de adentrarse en una especie de túnel del tiempo en el que todo lo que contenían aquellos libros era el maná que todo ser humano necesitaba para vivir, incluso por encima de la comida o del aire que respiraba.

—Te agradezco que hayas venido con tanta celeridad, Gregorio —le dijo el rey en cuanto le vio.

—Es un honor para mí que me dé esta oportunidad, Majestad — respondió con cortesía.

—El caso es que lo que te voy a pedir tiene un tinte personal y me gustaría que fueras lo más discreto posible en la labor que voy a encomendarte.

—Por supuesto señor, ¿de qué se trata?

—Quiero que vayas a Logroño para lo de ese juicio, Gregorio —le espetó el rey de pronto, mientras ambos estaban caminando por el mismo pasillo de estanterías.

—¿A qué juicio se refiere? —El joven cronista no sabía aún la misión que iba a tener que emprender y la palabra "juicio" le llenó de una repentina curiosidad.

—Me gustaría saber qué ha pasado exactamente en un convento de Corella, en Navarra. —Felipe cogió un tomo y sacudió el polvo que se amontonaba en el canto, para luego mirar al joven directamente—. ¿No has oído hablar de ello?

—Lo cierto es que no —respondió el historiador.

—Pues con más razón creo que eres la persona idónea para emprender esta tarea.

—¿Qué sucedió? —preguntó con inocencia.

—Al parecer se ha producido un caso en el que unas monjas y unos frailes han estado practicando rituales satánicos en dicho convento —comentó Felipe, que ojeó el ejemplar de forma rápida.

—¿Y qué debo hacer allí?

—Ser mis ojos y mis oídos, quiero que tomes nota de todo lo que concierne a ese caso y que me traigas las conclusiones que saques del proceso inquisitorial. —El rey volvió a dejar el libro en su sitio y continuó caminando a paso lento por el recinto, con el licenciado detrás de él como un perro leal—. Dependiendo del trabajo que realices para mí, consideraré la opción que me propuso tu padre de ascenderte a Cronista Oficial de la Corte.

—¡Majestad, sería todo un honor para mí ocupar tal cargo! —Gregorio se sorprendió del comentario y la excitación le hizo ruborizarse.

—Entonces, amigo mío, no me falles y hazme llegar la verdad sobre todo este asunto. No me fío demasiado de esos curas y sus amigos jueces, y no quiero escándalos que manchen más la estabilidad de este país.

—Puede confiar en mí, le doy mi palabra.

Aún recordaba la conversación con todo detalle y la promesa que le había hecho al rey, por lo que la presión de responsabilidad que le inundaba era sin duda grande y pesada. No solo era el primer trabajo que iba a realizar en el campo de la investigación, sino que también sería la primera crónica que escribiría de primera mano, sin recurrir a textos de terceros o a leyendas del vulgo que tenía que descifrar entre verdades, mentiras e imaginaciones varias.

Cerró el libro con las nuevas anotaciones y se dispuso a salir para buscar las letrinas, ya que el prosaico desayuno monacal no le había sentado bien a sus intestinos. Había tenido que pasar la primera noche en el monasterio, mientras le preparaban la casa que le había reservado la Familia Real en la ciudad y este hecho le hizo dormir mal y cenar y desayunar aún peor. Salió de la sala y preguntó a otro joven novicio dónde se encontraban las estancias para las deposiciones. El chico le indicó que debía ir hasta el ala oeste y se encontraría con un pequeño cuarto en el que podría realizar sus necesidades fisiológicas. Gregorio aceleró el paso en busca del lugar en cuestión, pero antes de entrar en la letrina observó cómo un anciano encorvado, pero con porte altivo y vestimenta de juez, entró por la puerta que en que estaba la escalera que iba hasta la mazmorra de la que él acababa de salir. Debía darse prisa, pues quería hablar con los miembros del tribunal antes de comenzar el proceso que había ido a auditar.

Capítulo 3

Después de haber realizado la tarea ineludible de vaciar sus entrañas, corrió de nuevo hasta la mazmorra y bajó las escaleras como una exhalación. Cuando al fin entró en la sala, vio que el anciano letrado ya había ocupado su puesto en el centro de la mesa y había dispuesto los utensilios de escritura de la forma más cómoda para él. Gregorio atusó sus ropas para aparentar más pulcritud de la que ya poseía y se acercó a paso lento hasta el atrio.

El jurista en cuestión tenía una larga baba cana y la cabeza mostró una media melena nívea y grisácea que llevaba recogida en una coleta. No era demasiado alto, pero estaba sentado en postura erguida y con la espalda reposando en el respaldo del sillón principal. Iba ataviado con una túnica negra que tapaba un chaleco de igual tono y una camisola blanca, cuyas guirindolas sobresalían por debajo de las mangas anchas. Desde su posición elevada, observó con unos penetrantes ojos marrones y con un gesto indolente al enviado del rey que vestía con suntuosos ropajes, como si para él fuera un objeto tan insignificante como el candelabro de oro que tenía a su derecha, en la que se consumía una mortecina vela roja.

Para la ocasión, el cronista llevaba puesta una casaca larga al estilo francés de color negro, además de un chaleco del mismo color que tapaba una camisola también oscura y que estaba adornada en el cuello y las mangas por sendas guirindolas de color blanco. Los adornos de las botoneras estaban bordados en oro, mismo material con el que habían hecho los botones. Para rematar el atuendo, los pantalones y las botas también eran negras y éstas últimas brillaban lustrosas como las de un militar de alto rango. No obstante, Gregorio había sido instruido en las Tropas de la Casa Real antes de convertirse en licenciado por la Universidad de Salamanca.

—Usted debe ser Gregorio Fernández de León, imagino —dijo con una voz grave el inquisidor, cuyos ojos brillaban bajo unas espesas cejas que aún no habían terminado de clarear como la barba y que todavía conservaban retazos de color oscuro.

—Así es, vengo en nombre de Su Católica Majestad... —contestó él, que se vio interrumpido por el anciano.

—Sé quién es y a qué viene, así que ahórrese las monsergas para el palacio —fue la cortante respuesta que recibió Gregorio—. Yo soy Andrés Francisco de Arratabe y seré el Inquisidor General de este juicio.

—Un placer conocerle, señor. —Se mostró molesto por el tosco recibimiento del letrado, pero mantuvo la compostura—. En todo caso, es mi obligación comunicarle, de parte de Su Católica Majestad, que se me ha encomendado hacer una crónica veraz y sin fisuras de lo que aquí acontezca y que esclarezca lo sucedido en Corella.

» El rey tiene un interés personal en este asunto y desea que lo que aquí se exponga ayude a clarificar los acontecimientos que han implicado a una persona de su especial confianza y aprecio.

—Creo, mi joven cronista, que en lo de clarificar el suceso estamos de acuerdo. —El viejo se levantó de la silla y se acercó a Gregorio con lentitud—. O eso intentaremos, con la ayuda de Dios, Nuestro Señor.

—Por supuesto, eso agradaría mucho al monarca —dijo con cierta acritud—. Ya se sabe que estos casos luego son objeto de habladurías y rumores que se esparcen como un veneno por los pueblos y ciudades, y no sería conveniente que la Iglesia se viera metida en líos en estos tiempos tan convulsos, con la sombra de los austracistas sobrevolando aún España.

—Eso es lo último que necesitamos ahora, cierto —replicó Andrés, que era conocedor de la desconfianza del rey hacia los que apoyaron al oponente de Felipe V—. Es evidente que los juicios deben contar con todas las garantías para los reos procesados y entiendo perfectamente que él haya querido enviar a un avezado y experimentado historiador para dejar constancia de todo lo que aquí se lleve a cabo.

A Gregorio no le dio tiempo de responder al comentario hecho con acritud del juez, pues justo en ese momento aparecieron en la mazmorra los otros miembros del comité inquisitorial, nueve en total. De todos ellos, los más importantes en jerarquía eran el Calificador y el Consultor. El primero era un hombre bajo y rechoncho de aspecto no mayor que el propio Gregorio, cuya función era la de indagar en los sucesos y afirmar si había delitos contra la fe. El segundo era un monje un poco más bajo que él, y tras la túnica blanca y negra se adivinaba un cuerpo delgado y enjuto de carnes; su labor era la de asesorar al tribunal en cuestiones judiciales. Tras ellos aparecieron el resto de componentes del consejo: el notario de secuestros, el notario del secreto, el escribano general, el aguacil y el nuncio. Éstos últimos se colocaron en diferentes lugares que habían sido acondicionados para que realizaran sus labores correspondientes de forma independiente.

Saludaron a Gregorio con una leve inclinación de cabeza y se dispusieron para comenzar con el juicio a los acusados de uno de los delitos más graves que habían tenido lugar en España en los últimos siglos. Por fin, de la propia voz de los acusados, el enviado real escucharía qué había pasado en el convento de los Carmelitas Descalzos de Corella y qué era lo que en realidad había sucedido tras esos muros. Lo que él ignoraba era que iba a ser testigo de testimonios y acontecimientos que le iban a llevar más allá de lo que jamás habría imaginado.

Sor Águeda de Luna

y

la Secta Molinista

Capítulo 4

os pies descalzos y sucios de la acusada fue lo primero que vio Gregorio de la prisionera, luego se fijó en el sanbenito de color blanco, con la cruz a media aspa de color negro dibujado en la parte frontal que cubría su delgado cuerpo y la coroza que escondía la cabeza rapada de una mujer que, a pesar de estar en ese estado tan desdichado y con marcas que aún le quedaban de las torturas de confesión, seguía mostrando una extraña y magnética belleza. Era evidente que ya habían abusado de ella, pues llevaba unos pocos meses encerrada en la prisión de Logroño y eso se percibía en su figura.

A pesar de las laceraciones y cicatrices que mostraban las partes de su cuerpo que se podían ver, Gregorio observó que tenía unos hermosos ojos azules, un rostro anguloso y unos marcados pómulos. Águeda de Luna, a pesar de contar con casi cuarenta y siete años de edad, seguía siendo una mujer de extrema hermosura. En la imagen que formaba su presencia había un rosario de burda madera que colgaba de las manos juntas, un adorno que mancillaba el aura que desprendía la monja. La visión de la acusada fue lo primero que anotó el cronista en el libro de memorias.

Sus pasos, lentos y cansados, se encaminaron hasta donde el carcelero le indicó, justo delante de los jueces que iban a someterla a las acusaciones pertinentes, a saber: brujería, herejía, copulación con

Lucifer y otros crímenes contra la Santa Madre Iglesia que ella misma confesó. Tenía la cabeza agachada y suspiró profundamente con resignación. Se arrodilló ante el tribunal y mantuvo un mutismo absoluto, como si su mente no estuviera en el mismo lugar en el que se encontraba el cuerpo.

Gregorio no dejaba de mirarla y comprobó que en sus labios carnosos, agrietados por las privaciones y las condiciones en las que estaba recluida, se dibujaba una extraña y apenas perceptible sonrisa. Este gesto le impresionó y esperó para saber cómo era posible que aún tuviera la capacidad de mostrarse tan insensible ante lo que podría sucederle. En todo caso, apenas pudo pensar en ello pues Andrés comenzó a hablar de inmediato.

—Que quede constancia de que hoy, en Logroño, en día de Nuestro Señor de diez de marzo de mil setecientos y treinta y ocho, comienza este proceso contra los hechos ocurridos en el convento de los Carmelitas Descalzos de Corella. —dijo de forma solemne. Después se dirigió a la reclusa—. ¿Es usted Sor Águeda de Luna, hija de don Antonio de Luna y Argaiz, y de Antonia de Argaiz y Alfonso. Nacida en Corella, Navarra, en el año de Nuestro Señor Jesucristo de mil seiscientos noventa? —preguntó el anciano, cuyas pobladas cejas parecían ocultar aún más su penetrante mirada, debido al gesto acusatorio que mostraban.

Ella guardó silencio y ni tan siquiera alzó la vista a quien le dirigía la palabra. Sin embargo, parecía estar orando en silencio ya que movía los labios y parecía emitir una letanía susurrante, apenas perceptible desde el estrado.

—¡Míreme cuando le hable, mujer! —le espetó Andrés con ira. Ella siguió en la misma posición—. Si no quiere responder, allá su voluntad. Se la acusará de igual manera, que quede constancia de ello.

El escribano asintió con la cabeza ante la orden que recibió y Gregorio percibió que los ojos de Águeda le dirigieron una mirada furtiva que duró apenas dos segundos, pero que produjeron un efecto impactante en su mente. En los ojos de la acusada pudo vislumbrar un brillo de interés ante la presencia del cronista en la misma sala donde unos hombres, algunos con túnicas monacales y la señal de la cruz en el pecho, pretendían juzgarla. Parecía preguntarse por qué estaba él allí, justo en ese momento.

—Bien, prosigamos —dijo Andrés —. Águeda de Luna ha confesado ser culpable de brujería, herejía por practicar doctrinas que van contra la Santa Madre Iglesia, en concreto las prácticas de Miguel de Molinos y sus discípulos; y también ha admitido que preparaba hechizos y ungüentos malignos para someter a otras monjas a vuestra satánica secta. Se ha hecho pasar por santa y ha profanado la imagen de Nuestra Santa Madre, la Virgen María. ¿Tiene algo que decir ante estas acusaciones?

Ella continuó en silencio y con la misma postura. Otra vez volvió a mirar a Gregorio, que en ese momento estaba tomando nota de las últimas palabras de la acusación y apuntaba las preguntas que iban surcando su mente. Sin embargo, ella dijo unas palabras que dejaron a todos los presentes estupefactos, empezando por el propio cronista.

—Sólo hablaré con él. —En ese momento, la monja alzó la cabeza y se dirigió directamente a los inquisidores, a la vez que señalaba al invitado. Tenía un porte altivo y regio, y Gregorio se quedó mirándola atónito.

—Lo que pide no es posible, así que conteste a las acusaciones que se han vertido contra usted —respondió Andrés con autoridad.

—De nada servirá lo que yo diga, pues usted mismo ya me ha juzgado y torturado para que confesara una culpabilidad que no me corresponde sólo a mí —replicó Águeda—. Quiero hablar con alguien que no esté involucrado en esta farsa para que mi testimonio no sea adulterado por un puñado de hipócritas. —Sin duda, la actitud desafiante que mostraba era permitida por ser hija de aristócratas, pues a cualquier otra mujer le habría costado unos cuantos azotes dirigirse en ese tono a un juez de la inquisición.

—¡Es una insolente! —gritó el juez—. ¡Llevaos a esta concubina de Lucifer de nuevo a su celda!

Acto seguido, el carcelero la agarró con fuerza y obedeció la orden que le habían dado, empujando a Águeda hasta la escalera que subía hacia las estancias carcelarias, a la espera que la llevaran de regreso a la prisión donde estaba encerrada. Mientras tanto, ella no dejó de mirar a Gregorio y siguió sonriendo con un gesto de victoria dibujado en el rostro. Sabía que no le podían negar el derecho de hablar con cualquiera, siempre que no fuera un carmelita, y quiso aprovechar la ocasión de contar su verdad.

A la vez que el cronista pensaba en la última mirada de Águeda, el tribunal no perdió tiempo y continuó llamando a los siguientes acusados. En este caso, el turno le llegó a Juan de Longas, otro de los principales encausados por el caso del convento de Corella y que había sido el confesor de la monja y encargado de promulgar las buenaventuras de la misma, aclamándola como santa ante el pueblo llano y dotándola de un carisma que la llevó a convertirse en la priora y abadesa de Corella. De hecho, había sido él quien había colocado a Águeda en tal posición en el convento de Lerma y luego la había llevado hasta la población navarra para que se hiciera cargo de la orden de los Carmelitas Descalzos.

Cuando Gregorio le vio entrar en la mazmorra, se sorprendió al contemplar a un anciano que caminaba con una notable cojera y encorvado. En ningún momento se le ocurrió pensar que uno de los cabecillas de la secta fuera alguien con un aspecto tan frágil y quebradizo, como si diera la impresión de que en cualquier momento su cuerpo se podría desmoronar como un castillo de naipes. Era un hombre delgado y de pequeña estatura que, al igual que Águeda, portaba el sanbenito y la coroza, pero como si para él fueran una carga parecida a la de una armadura medieval. Apenas le quedaba cabello en la cabeza y los ojos vidriosos de unas incipientes cataratas miraban hacia el tribunal, como un perro moribundo que echa una última ojeada al garrote que está a punto de acabar con su vida.

Al llegar al lugar correspondiente ante los jueces, Juan de Longas se arrodilló con la ayuda del carcelero y se limitó a echar un vistazo a todos los presentes, girando la cabeza en diferentes direcciones. Cuando se percató de la presencia de Gregorio, intentó agudizar la vista para verificar que allí estaba, un verso solitario en un vil poema de tribulaciones. Asintió levemente con la cabeza y volvió la vista hacia Andrés, que se limitó a realizar la presentación pertinente del acusado.

—¿Es usted Fray Juan de Longas, nacido en Tudela, hijo de Miguel Longas y Ana de Francia, en la Parroquia de Santa María, en el año de Nuestro Señor de mil seiscientos cuarenta y tres? —dijo el juez.

—Ya sabes quién soy, Andrés —fue la escueta respuesta del reo.

—¿Sabe de qué se le acusa ahora?

—Sí, lo sé perfectamente.

—¿Y tiene algo que confesar a su favor, monje?

—Que este juicio es un circo y que tú y todo este tribunal son unos farsantes —dijo Juan con tono desafiante.

—Veo que no se arrepiente de sus actos —replicó Andrés, que anotó algo en un papel.

—¿Arrepentirme? —A pesar de su fatídico aspecto, al acusado todavía le quedaban fuerzas para levantarse por sí solo y plantar cara a los acusadores—. Algún día se sabrá todo Andrés, y ese día espero que sufras lo mismo que me estás haciendo.

—Ya está cumpliendo prisión, Fray Juan, y tampoco entiendo qué motivo podría llevarme a estar en su situación. Es usted el hereje y no yo.

—¡Sabes bien a qué me refiero, maldito rufián, y me encargaré de que no escapes de pagar tus pecados! —gritó Juan, que intentó acercarse al estrado, aunque fue sujetado al instante por el carcelero.

—En fin, llevaos a este anciano loco de aquí —apostilló el juez, haciendo un gesto de desdén con la mano derecha—. No tengo por qué soportar los desvaríos de un viejo desquiciado.

Gregorio tuvo la tentación de intervenir, pero sabía que él no era más que un mero observador en aquel lugar y no podía preguntar nada ni interactuar con los presos de forma directa, al menos por ahora. Por lo tanto observó cómo se llevaron a Juan de Longas y llamaron a los demás frailes y monjas acusados de perpetrar las mismas fechorías que Águeda y el viejo religioso. Entre ellos estaba la Hermana María Josefa Álvarez de Terroba, acusada de complicidad. También estaba acusada la propia sobrina de Águeda, Josefa Vicenta de Loya y Luna; y también los frailes Antonio de la Madre de Dios y Juan de la Vega, entre otros. Este último había sido amante de la propia Águeda y algunos testigos aseguraron que llegaron a concebir cinco hijos, hechos que también se nombraron durante las vistas previas del juicio y de las que tomó buena nota.

Cuando el desfile de acusados terminó, Gregorio recogió el libro de notas y el resto de herramientas de escritura y las guardó en un fardo de piel de color marrón que llevaba consigo y que parecía un maletín de pequeño tamaño. A la vez, intrigado por las palabras de Juan de Longas, y con la mirada de Águeda aún clavada en su alma, se acercó a Andrés para hablar con él en voz baja, pues no tenía intención de que los demás presentes supieran nada de las conversaciones que pudiera tener con el juez.

—Me gustaría hablar con los acusados si fuera posible, señor Arratabe —le dijo al inquisidor.

—¿Que quiere hacer qué? —éste se quedó estupefacto ante la petición de Gregorio y le miró con los ojos entrecerrados.

—He dicho que me gustaría escuchar las versiones de sus historias antes de que se dicte sentencia, al menos con Sor Águeda y

Juan de Longas.

—Creo que se está extralimitando en sus labores, joven.

—A tenor de lo que he podido escuchar y ver hoy, creo que mi trabajo debe empezar con saber la verdad que hay en este caso —replicó con aplomo.

—Que sea enviado por el propio rey no le da tantas libertades, maese Fernández. —Andrés se dispuso a retirarse, pero Gregorio le agarró del brazo con firmeza.

—Al contrario, letrado —apostilló con una mirada dura y fría—, tal como se le comunicó en la carta que le enviaron para avisar de que venía, aquí soy los ojos y los oídos de Su Católica Majestad, así que si me niega la petición que le hago también se la estará negando a él.

—Está bien —respondió el anciano con un gesto de desagrado—, si ese es su deseo firmaré los documentos necesarios para que le autoricen las visitas que sean necesarias y recabe la información que guste.

—Muchas gracias. —Gregorio soltó el brazo y volvió a separarse unos centímetros, a la vez que el inquisidor se limitó a escribir unas palabras en un folio y lo firmó con sello de cera, poniendo su anillo como rúbrica.

—Aquí tiene, a ver si es capaz de sacarle algunas verdades a esa loca endemoniada —comentó Andrés con acritud.

—Esa es la intención, no tenga la menor duda —respondió Gregorio, que tomó el documento con mala gana de las manos el viejo.

Andrés se limitó a asentir con la cabeza y se escabulló como un gato negro en medio de la noche. El joven licenciado le observó subir las escaleras que salían al exterior de la mazmorra y luego le siguió, a la par que no dejaba de darle vueltas a una imagen concreta: los ojos azules de Águeda clavados en los suyos mientras sonreía. Había solicitado entrevistarse con él y no estaba dispuesto a perder la oportunidad de sopesar todas las versiones sobre el caso. También recordó las últimas palabras que lanzó el fraile Juan de Longas y se preguntó por qué motivo acusaba también al juez de supuestos pecados carnales. Para Gregorio era evidente que había rencillas anteriores entre ambos y esa era otra pregunta a la que necesitaba dar una respuesta.

Capítulo 5

La casa que le habían reservado para su estancia en Logroño era una de las más lujosas de la región y tenía todas las comodidades necesarias para que la vida en tierras riojanas fuera lo mejor posible. Contaba con cinco habitaciones repartidas en dos plantas, aunque Gregorio sólo usaría un dormitorio en el segundo piso y que parecía bastante bien amueblado. Incluía un escritorio de estilo barroco de color marfil y celeste, una cama grande y cómoda del mismo perfil y un baño contiguo con bañera y letrina propia. Por supuesto, en la misma también se podía ver un armario de dos hojas, a juego con la cama y el escritorio, y una cajonera que estaba adornada con unas hermosas figuras de porcelana.

La casa tenía cocina propia y un amplio salón, cuyos muebles estaban en consonancia con el mobiliario de estilo francés del resto de la vivienda. Además, había una chimenea de considerable tamaño sobre cuya encimera podían verse más figuras y un reloj de oro que marcaba casi las siete de la tarde. Al contemplar la hora, Gregorio cayó en la cuenta de que un hambre atroz invadía su estómago y llamó a la señora que llevaba el servicio en la casa, compuesta por ella misma como ama de llaves y una joven adolescente que hacía las labores más mundanas.

Cuando llegó a la ciudad el día anterior conoció a Prudencia Heredia, el ama de llaves y cuidadora de la casa en ausencia del rey.

Le pareció una mujer muy amable y ésta le invitó a visitar la residencia que iba a usar en los meses siguientes, aunque por desgracia para él no les había dado tiempo de prepararla para albergar al visitante, pues el aviso les había llegado apenas veinticuatro horas antes. Gregorio solicitó quedarse en la residencia del monasterio de Santiago una noche para que la mujer y su ayudante pudieran completar la labor de acondicionar la vivienda. Ella le aseguró que al día siguiente estaría todo dispuesto para que se hospedara allí el tiempo que hiciera falta. Por lo que parecía, así era y los aromas que se escapaban de forma furtiva por la puerta de la cocina auguraban que también era una formidable cocinera, algo que el sistema digestivo del joven iba a agradecer sin mesura.

Después de la mala experiencia en la residencia monacal, el historiador estaba deseando disfrutar de la comodidad de los lujos que albergaba la casa y esperaba que la calidad del servicio también fuera acorde con la opulencia que le rodeaba. No obstante, era evidente que Prudencia debía ser una gran ama de llaves, si es que el monarca la mantenía en tal puesto desde hacía años.

—Buenas tardes, señora Heredia —la saludó Gregorio, a la vez que se desprendía de la capa y la casaca negra, que fueron recogidas por Clara, la joven criada que trabajaba también en la casa—. Vengo hambriento como un lobo famélico.

—Es normal señor, lleva todo el día por fuera y seguro que no habrá comido bien con los monjes esos —respondió ella con una voz aguda y estridente. Él se limitó a sonreír ante las hoscas formas de hablar de la señora.

Prudencia era una mujer baja y regordeta que siempre iba embutida en su delantal blanco y cuyo cabello cano lo llevaba escondido en un pequeño gorro del mismo tono. Su andar patizambo habría resultado gracioso, si no fuera por el mal carácter que decía la otra chica del servicio que marcaba el ánimo de la mujer de unos sesenta años de edad. En todo caso, lo que era incuestionable era su eficiencia en el trabajo y lo orgullosa que parecía de servir en una casa que era propiedad de la Familia Real. Recibía un buen salario por sus labores y no tenía que compartirlo con nadie, pues nunca se había casado ni había tenido descendencia.

—¿Va a cenar, señor? —le preguntó Prudencia cuando vio que había terminado de acomodarse.

—Sí, y si fuera posible me gustaría darme un baño caliente también —dijo él, que estaba realmente agotado por las tensiones del día.

—Haré que Clarita le prepare todo lo necesario para que así sea.

—Muchas gracias señora Heredia. —Gregorio se dirigió hasta la mesa del comedor, tan bien decorada como el resto de la casa, y tomó asiento a la espera de que le sirvieran las viandas que le ayudarían a recuperar las fuerzas.

Le pusieron delante un cochinillo asado, acompañado de un notable vino de la zona riojana, pan recién horneado y un exquisito postre a base de fardelejos. Según le explicó Prudencia, esta delicia parecía tener origen en los árabes, que fueron quienes los dejaron como herencia a los habitantes de esas tierras. Se trataba de un rico manjar de hojaldre relleno de una especie de pasta de mazapán, pero mucho más liviano. Aunque solía comerse más en época navideña, el ama de llaves quería que su huésped los probase antes de tiempo. Según le dijo, quería que se familiarizara con los platos típicos riojanos durante su estancia.

Cuando hubo quedado satisfecho, subió las escaleras que le llevaron hasta su dormitorio, donde tomó el baño prometido. Allí le esperaba Clarita, una joven adolescente sobrina de Prudencia, y cuya complexión era parecida a la de su tía, baja y rolliza. Ayudó a Gregorio a desvestirse y éste se introdujo en la humeante bañera, exhaló un suspiro de satisfacción y cerró los ojos para relajarse. Lo necesitaba, y mucho, pues al día siguiente iría a visitar a Águeda de Luna, cuya mirada no lograba quitarse de la cabeza.

* * *

Un frío amanecer recibió a Gregorio cuando despertó en la suntuosa y amplia cama. Se asomó por una de las ventanas del dormitorio y comprobó que había estado lloviendo durante la madrugada. Teniendo en cuenta que todavía estaban en primavera, el clima era poco propicio en esos días y casi siempre caían densas lluvias que remojaban los campos sembrados y que venían acompañadas de un gélido viento del norte, lo que provocaba que la sensación térmica fuera bastante menor de lo que parecía.

Se vistió con ropajes diferentes a los que había llevado el día anterior y el atuendo que portaba en ese momento le hacía parecer lo que realmente era, un ilustrado aristócrata. La casaca negra la había cambiado por otra de color celeste, con las botoneras bordadas en dorado y los botones de plata, donde lucía el escudo heráldico de su familia. Los pantalones eran de color azul oscuro y las botas eran altas y de color negro, parecidas a las que llevó el día anterior. También cogió una capa gruesa del mismo color que la casaca para ponérsela por encima cuando saliese de la casa y un sombrero de tres picos de color azul oscuro para cubrir la melena de color castaño oscuro que llevaba recogida en una coleta.

Bajó hasta el salón y desayunó con la misma fruición que había devorado la cena la noche anterior, aunque en esta ocasión disfrutó más de lo que le había servido Prudencia. Después fue a buscar su maletín y se aseguró de que tenía todo lo necesario para pasar otro largo día fuera, ya que tenía previsto entrevistar a Águeda. Esa iba a ser la primera visita que iba a realizar a la prisionera y quería estar seguro de que no le faltaba nada que luego pudiera echar en falta.

—¿Tan pronto se va, señor? —preguntó el ama de llaves, mientras se limpiaba las manos en el delantal.

—Sí, tengo muchas cosas que hacer hoy así que no vendré para comer —respondió él, abriendo la puerta de la casa.

—Entonces espere un minuto, le he preparado algo para que tome un refrigerio durante el día. —A pesar de su oronda figura, la mujer se movía con rapidez y pronto apareció cargada con un pequeño fardo y una bota de vino—. Aquí tiene, para que no llegue fatigado otra vez esta noche. Ahí le he puesto pan hecho esta mañana, una buena porción de queso de oveja y unos cuantos fardelejos que sobraron de ayer.

—Es usted muy amable, señora Heredia —comentó Gregorio, que se colgó el fardo y la bota del hombro derecho.

—Es un placer, señor —contestó ella, mientras colocaba perfectamente alineada la casaca del cronista—. Es mi trabajo que esté lo más cómodo posible en esta casa, como si fuera el mismísimo rey. —Ella sonrió y se apartó para comprobar que iba arreglado a la perfección. Gregorio casi sintió que estaba viviendo con su propia madre.

—Pues le agradezco tal trato. —Gregorio sonrió y se despidió a la vez que cruzaba el umbral—. Muchas gracias por todo, señora.

Prudencia se limitó a hacer una leve reverencia y cerró la puerta de la casa, dejando afuera la ligera llovizna que estaba comenzando a caer en Logroño y que iba a obligar al joven a solicitar los servicios de un carruaje para llegar hasta la prisión donde estaban encerrados los encausados a los que quería visitar.

No tardó en llegar a la prisión donde estaban encerrados y observó el edificio con detenimiento antes de entrar en él. Se trataba de una estructura rectangular de dos plantas hecha en piedra caliza, de gruesos muros y escasas ventanas, todas ellas estrechas y cubiertas de rejas. Estaba situada en una plaza amplia que estaba rodeada de casas señoriales y algunas tiendas, en las que podían encontrarse desde los más exquisitos bocados de embutido hasta finas ropas traídas de otros rincones de Europa y del resto del

Imperio Español. En el lado norte de dicha plaza era donde se encontraba la edificación, que ocupaba un frente de más de cincuenta metros de lado a lado. Había una única puerta de dos hojas de madera y estaba custodiada por un guardia que soportaba con estoicismo la lluvia que caía en ese día.

El enviado del monarca se acercó al soldado que custodiaba la entrada principal del edificio. Empapado hasta en el último rincón de su atuendo, el desdichado miró a Gregorio con curiosidad. La ropa que el cronista llevaba puesta demostraba que era alguien importante y este hecho no pasó desapercibido para el cerbero, que hizo presentación de armas, colocando el mosquetón cruzado sobre el pecho y sujetándolo con la mano izquierda por la empuñadura y con la derecha por la culata, en posición diagonal al torso.

—Buenos días, vengo a visitar a la presa Sor Águeda de Luna —dijo Gregorio con aplomo.

—Buenos días señor —contestó el soldado—. ¿Tiene una autorización escrita?

—Sí, por supuesto, aquí la tengo —Extrajo el papel que le había dado Andrés y que llevaba guardado y doblado en un bolsillo interior de la casaca. El guardia lo leyó y se lo devolvió en pocos segundos.

—Muy bien, espere un minuto, por favor. —Se giró y dio tres golpes con el puño cerrado sobre la puerta. A los pocos segundos, una pequeña celosía se abrió.

—¿Qué quieres, cabo? —dijo una voz grave y gutural desde el interior.

—Está aquí Don Gregorio Fernández de León, Cronista de Su Católica Majestad, y ha venido a entrevistar a una de las reclusas —respondió el custodio.

Al instante siguiente los pestillos resonaron mientras los apartaban y la puerta se abrió tan sólo unos centímetros, lo justo para dejar pasar a una persona. Gregorio se introdujo en la prisión y se vio con cierta sorpresa quién había abierto la puerta, un hombre de baja estatura y fornido, pero con una prominente tripa que sobresalía en la parte inferior de una camisola raída, escondida tras un chaleco de color marrón que llevaba atado a la altura del pecho. Tenía una cabellera mal peinada que terminaba en una coleta de color gris, más parecida al orvejón de un toro.

—Bienvenido, señor Fernández —dijo el obeso carcelero, al que reconoció en cuanto Gregorio lo vio. Era el mismo que estuvo en la vista previa de las acusaciones—. Mi nombre es Martín y si necesita cualquier cosa, no tiene más que pedirla.

—Gracias, es muy amable —contestó el cronista—. Por ahora sólo quiero que me acompañe a la celda de Águeda de Luna.

—¡Ah, esa zorra de Satanás! —dijo con repudio, mientras comenzó a caminar hacia un pasillo que había a la izquierda del recibidor—. Espero que arda en el infierno por lo que hizo.

—¿Qué hizo? —Gregorio le siguió un paso por detrás.

—Aberraciones y fornicaciones con Lucifer, señor, cosas horribles.

—¿Eso es lo que dicen o lo sabe por alguna razón?

—Bueno, eso es lo que he escuchado —respondió Martín con un leve balbuceo.

—Entiendo. —Gregorio no dijo una palabra más y siguió al carcelero en silencio. Tal afirmación venía del conocimiento que tenían los lugareños del suceso y él no estaba en disposición de discutir las razones, al menos por ahora.

Cuando llegaron al final del pasillo, giraron a la derecha y bajaron por unas estrechas escaleras que estaban iluminadas por unas pocas teas. Al llegar al final de las mismas, el cronista observó que estaban en medio de un cuadrilátero malamente iluminado y que en cada pared de piedra maciza había tres puertas de madera, cerradas con un enorme candado y dos pestillos, uno superior y otro inferior. Era evidente que se trataba de las celdas donde estaban los prisioneros; en total eran once. Tan solo en una esquina se podía ver una estancia abierta que mostraba un atrio de piedra, que dedujo debía tratarse de la letrina de esa parte de la prisión.

Martín se encaminó a la celda que estaba justo al lado de la misma, sacó un llavero y se escuchó el chasquido del candado al ceder el cierre. Acto seguido lo retiró de la puerta, a la vez que también descorrió los seguros. Abrió la puerta y le hizo un gesto a Gregorio para que pasara al interior. La estancia era de apenas nueve metros cuadrados, olía a rancio y la humedad empapaba las losas del suelo. En tan deprimente lugar, de rodillas ante un pequeño ventanuco, de espaldas a la entrada y con un rosario en las manos, Sor Águeda rezaba las plegarias en voz baja y parecía ser ajena a la llegada del visitante que ella misma había requerido.

* * *

Con la lluvia creciendo en intensidad, Andrés cruzó el patio de suelo empedrado del monasterio y se dirigió al claustro para encerrarse en la estancia que le habían asignado durante el tiempo que durase el proceso inquisitorial. Allí le esperaba el novicio que tenía a su servicio y al que Gregorio había visto cuando llegó a la sala del juicio. El chico ayudó al inquisidor a deshacerse de la capa empapada y le dio una toalla para que se secara la cara y las manos.

A continuación el juez se dirigió a un pequeño escritorio que estaba situado en una esquina de la estancia y se sentó en una incómoda silla de madera. Rebuscó entre un montón de papeles desordenados y cogió uno en concreto, un pergamino de aspecto más viejo que los demás y que Andrés leyó con detenimiento. Tomó la pluma y la mojó en el tintero para escribir algunas palabras en el mismo y luego se levantó de la silla para encaminarse hasta un austero armario y coger una capa seca que colocó sobre el blusón que llevaba debajo.

Cuando se dispuso a abandonar la habitación, recordó que debía hacer algo antes de marcharse. Volvió hasta el escritorio, tomó el papel en cuestión y lo acercó a una vela que estaba encendida a un lado de la mesa. De inmediato, el documento comenzó a arder y Andrés lo arrojó al suelo cuando estuvo a punto de ser engullido por completo por la llama. Finalmente, cuando se aseguró que no quedaba rastro alguno, salvo algunas cenizas, se dirigió a la puerta y volvió a salir a los pasillos del monasterio.

Llevaba camino de ir hasta las mazmorras para reunirse con sus compañeros de obra. Este cónclave secreto era muy importante para ellos y las causas que lo habían convocado también lo eran. No obstante, esperaban que el juicio por el caso de Corella fuera el típico proceso en el que algún cabeza de turco pagaría por las supuestas herejías cometidas, se emitiría un informe que se remitiría al Obispado y todo habría acabado. Pero en esta ocasión las circunstancias se presentaron con una complicación imprevista: la presencia de Gregorio Fernández de León.

Andrés fue el primero en llegar a la reunión, aunque Fray Diego de Mora y Pablo DiCastillo no tardaron en unirse a él. Tomaron asiento en los lugares que normalmente ocupaban en el atrio y esperaron la llegada de una cuarta persona. Sólo el juez sabía quién era y no podía decírselo a nadie más, sobre todo por la seguridad de los conspiradores y del propio implicado.

—¿Crees que es buena idea dar este paso, Andrés? —preguntó Diego, que era el más timorato y menos avispado de los tres.

—Si no hacemos esto, la situación podría complicarse y no sería un buen negocio para nosotros, ni para las personas a las que debemos proteger en el anonimato. —Fue la contundente respuesta del anciano inquisidor.

—¿Qué mal nos va a hacer ese joven historiador? —intervino Pablo—. Al fin y al cabo, él relatará lo que vea en este tribunal y le llevará sus conclusiones a Felipe V, ese usurpador ilegítimo de la corona.

Durante la Guerra de Sucesión, muchos eclesiásticos mostraron su rechazo a la instauración de una monarquía borbónica y en las zonas de Aragón y Navarra era más evidente aún este repudio al nuevo rey. Por supuesto, la Inquisición fue una de las organizaciones más beligerantes con el soberano, ya que no compartían sus ideas que consideraban "liberales".

—Ese es el problema, que no sólo ha venido a tomar notas del juicio —comentó el juez con disgusto—. Ayer tuve que firmarle una autorización para que pudiera entrevistar a los acusados.

—¿Qué hiciste qué? —se indignó el consultor jurídico del tribunal.

—No tenía otra opción —se defendió Andrés—. Está aquí por delegación de ese Borbón y no podía negarme o habría sido peor.

—¿Piensas que ha sido buena idea permitirle hacer eso?

—No creo que Sor Águeda, o ninguno de los otros, le cuente demasiado sobre cómo han llegado hasta aquí. Al fin y al cabo, saben que son culpables de las acusaciones que se han vertido sobre ellos y nuestras fuentes son fiables en ese sentido.

—Espero que tengas razón, Andrés, por el bien de todos nosotros —replicó Pablo.

En ese instante, la puerta de la sala se abrió y entró un hombre que iba ataviado con ropas de color marrón oscuro y un sombrero de ala ancha del mismo color, con tocado de plumas de color blanco. Era bastante alto y corpulento, llevaba una espada ropera toledana colgada en el lado izquierdo del grueso cinto, mientras que en el derecho portaba una pistola percutora que nunca había usado. Tenía la mitad del rostro tapado por un paño y sólo se podía ver un ojo de color miel y mirada penetrante. Una cicatriz sobre la ceja izquierda, y que terminaba en un parche que tapaba el agujero ocular, era lo único que destacaba en sus facciones. Se acercó hasta donde estaban los tres conspiradores y les saludó con una leve inclinación de cabeza.

—Buenos días tengan, señores —dijo con una voz segura y raspada, como si tuviera algunas dificultades en las cuerdas vocales.

—Buenos días, Largo —le saludó Andrés, que ya le conocía desde hacía varios años—. Te agradezco que hayas venido tan rápido, amigo mío.

—Siempre es un placer colaborar con usted, señoría.

—Por supuesto, y recibirás esta vez un encargo especial.

—Lo que significa que pagarás un precio especial también.

—¡Faltaría más! —El juez se levantó y se acercó al misterioso invitado y sacó una pequeña bolsa de entre la manga derecha de la casaca—. Aquí tienes un pago por adelantado, ocho escudos y doce reales. La otra mitad de igual cantidad se te entregará cuando acabes el encargo.

—¿A quién debo matar, a un marqués o un conde? —preguntó Largo con tono sarcástico, sorprendido por la importante cantidad de dinero que le habían dado y la que podría recibir.

—No exactamente, mi estimado compinche. —Andrés dibujó una sonrisa taimada—. Por ahora no tienes que matar a nadie, pero sí queremos que sigas los pasos a alguien y nos vayas informando de qué hace, a dónde va, con quién habla e incluso cuándo va a mear.

» Digamos que esa persona es una molestia que no gustaría tener bajo control para que no llegue más lejos de lo que debe en su trabajo.

Largo asintió sin hacer más preguntas y se sentó al lado de los tres inquisidores, mientras escuchaba con atención el plan de los que Andrés había trazado. Para ellos, Gregorio era tan solo otro elemento que les molestaba y necesitaban saber qué esperar de él, si sería una amenaza para sus intereses o no. En caso de que así fuera, querían que tuviera el mismo final que otros muchos habían sufrido a manos de la sociedad secreta que había colaborado con la Inquisición en los últimos trescientos años: la Garduña.

Capítulo 6

Sor Águeda parecía no estar sorprendida cuando se giró y vio a Gregorio en la celda, es más, dibujó una sonrisa de agrado en sus carnosos labios y se alzó para recibirle. Llevaba puesto el sanbenito de media aspa que le llegaba un poco por encima de las rodillas, sucio y deshilachado en los bajos. A través de la fina tela de lino se podía vislumbrar el cuerpo de una mujer de cuarenta y siete años, pero a la que el tiempo había tratado con magnanimidad, de hecho, incluso en el rostro no mostraba tener la edad que indicaba su fecha de nacimiento. Su cuerpo mostraba sombras de suciedad y su cabeza rapada no lograba quitar un ápice del atractivo de la monja. Se acercó a Gregorio y le hizo una pequeña reverencia, doblando las piernas levemente.

Ante ella estaba un hombre de veintiséis años, delgado y con un cuerpo atlético, de tez pálida y atractiva, cuyo mentón marcaba unas mandíbulas varoniles. El cabello castaño otorgaba un brillo especial a los ojos de color verde que el cronista había heredado de su madre, por lo que ante la vista de Águeda era un hombre muy guapo que se encontraba en la plenitud de su vida. Lo que rompió la magia del encuentro fue el ruido de la puerta de la celda al cerrarse y que el carcelero hizo cuando los dejó a solas.

—Sabía que vendría, joven —dijo ella con una voz aterciopelada y un tono que embelesaría a los ángeles.

—¿Me conoce acaso? —dijo él.

—No conozco su nombre, pero al verle en el tribunal supe que este juicio iba a ser diferente.

—¿Por qué pensó eso? —Gregorio quedó admirado ante la firmeza de ella.

—Esos hipócritas esperaban tenerme a solas para ellos y culparme de todo, pero con usted presente estoy segura de que estarán cohibidos, sea quien sea. —Águeda se sentó en un camastro de fría piedra y paja, y dejó el rosario en el cabecero.

—Soy Gregorio Fernández de León, aspirante a Cronista de la Familia Real y vengo en nombre de Su Católica Majestad, Felipe V —dijo él con pomposidad.

—Vaya, sí que se han tomado en serio este caso en la corte —bromeó ella.

—Al parecer, él tiene especial interés en este asunto por una cuestión personal. Me contó que cuidó de su primera esposa, María Luisa de Saboya, que no andaba bien de salud y que sus brebajes y sopas la ayudaron a recuperarse.

—Pues agradezco el interés del rey en mi persona, y espero que eso sirva de acicate para que los monstruos que dirigen este tribunal inquisitorial no se ceben conmigo.

—En eso, señora, me temo que poco puedo hacer —dijo Gregorio, que tomó asiento al lado de ella sin pedir permiso.

—Quién sabe, si supiera toda la verdad igual podría ayudarme. —Ella puso una mano sobre el muslo de Gregorio y éste se ruborizó, aunque no hizo ademán de apartarla.

—Me temo que no estoy aquí para eso —respondió él, separándose un poco cuando la mano subió hasta la entrepierna.

La monja sabía cómo engatusar a los hombres y era conocedora de los más oscuros pecados que guardaban en sus almas libidinosas, por eso pensó que la mejor forma de ganarse el favor del emisario real era intentando seducirle. La carne y las tentaciones hacían caer a ricos y pobres por igual ante los encantos de una hermosa mujer, y más si se mostraba complaciente. Aunque esta vez no iba a ser tan fácil embelesarle, como ella estaba acostumbrada.

—¿Me tiene miedo?

—No, pero creo que su comportamiento es inadecuado.

—¿Acaso los placeres carnales le parecen poco adecuados?

—Si van contra la voluntad de Dios, sí —fue la vehemente respuesta de Gregorio, que intentó aparentar ser un hombre casto a sabiendas de que llevaba meses perdido entre prostitutas y alcohol.

—¿Y si Dios quiere que disfrutemos de los dones de los que nos ha dotado? —Ella volvió a acercarse un poco más.

—Dios nos ha enseñado que la castidad y rechazar la lascivia son el camino de la virtud.

—¿En serio piensa eso, señor Fernández?

—Intento creer que sí, aunque reconozco que también he tenido mis tentaciones —respondió con cierto sentimiento de culpa y cargo de conciencia.

—No debe usted sentirse mal por ello —continuó diciendo la monja—. Creo que Nuestro Señor nos enseñó a estar más cerca de Él cuando alcanzamos el éxtasis carnal. Nuestra alma trasciende más allá de la realidad en esos momentos y no hay una sensación igual en esta vida. Somos aquello que experimentamos y si no vivimos en esta vida todas las expresiones de los caminos de la carne, ¿qué nos queda?

» Cree que es virtuoso por mantenerse casto y esclavo de los dogmas de la iglesia tradicional, pero le aseguro que está equivocado. Esas doctrinas antiguas y anacrónicas fueron hechas para someternos a una prisión espiritual y nos impiden disfrutar de los regalos que Dios nos hace cada día. El sexo, el vino, el baile y disfrutar de los pequeños placeres de la vida es, en realidad, lo que nos acerca a Él.

—Lamento discrepar con usted, sólo la disciplina y un alma

pura se acercan a las enseñanzas de Nuestro Señor —dijo Gregorio, mirando a Águeda con cierto malestar. Al escuchar sus palabras, sintió que veía el reflejo del pecado que él mismo encarnaba—. De lo que habla es de convertir vuestro cuerpo en un templo impío y arrastrado a una prisión de concupiscencia.

—Así que es de esos hombres que se niega a sí mismo la condición humana más básica.

—Reconozco mis pecados, sí, pero ninguno me ha llevado a una prisión —aseveró de forma hiriente—. Me considero un hombre con valores morales y con una integridad a prueba de corrupciones.

—Es un joven ilustrado e inteligente, ¿qué le hace pensar que en las cadenas de los dogmas va a encontrar la virtud? —Ella se tumbó de lado en el camastro de piedra y apoyó la cabeza en la mano izquierda.

—Las experiencias que he vivido son las que me han hecho ser así, señora —replicó él, que apoyó la espalda en la pared contraria y cruzó los brazos sobre el pecho.

—¿Y qué experiencias son esas? —Águeda lo miraba con atención, pues quería conocer a fondo las inquietudes que motivaban a su visitante.

—En primer lugar, mi formación como militar y mi posterior ingreso en la universidad.

—¿Alguna de esas experiencias fueron satisfactorias para usted?

—Por supuesto, ambas lo fueron.

—Lo dudo mucho, y sé que usted tampoco está convencido de las ideas que expresa —Era evidente que Águeda conocía bien la condición humana más profundamente de lo que Gregorio imaginó—. ¿No está casado?

—No, no he tenido la oportunidad ni he encontrado a la mujer adecuada para ello. —Gregorio respondió a las preguntas para mostrar que podía confiar en él, pues tenía la intención de sonsacar toda la información posible a la monja.

—Entonces, ¿jamás ha probado la lujuria recorriendo su piel?
—La pregunta capciosa de Águeda fue una estocada en el alma de Gregorio, pero éste supo mantener las formas a duras penas.
—No creo que eso sea de su incumbencia, hermana Águeda.
—¿Qué daño le puede hacer responder a mi pregunta? —insistió ella.

—He venido a entrevistarla y que me cuente su versión de los hechos de los que la acusan, no a hablar de mi vida privada.

—Entonces, querido, vuelva otro día y quizá tenga más suerte con sus pesquisas —dijo ella, incorporándose—. Creo que por hoy le he contado demasiado y a cambio no he recibido la reciprocidad esperada.

—Como usted desee —Gregorio recogió sus cosas y llamó dos veces a la puerta para que el carcelero le abriera—, pero tenga en cuenta que no sé si volveré a verla.

—Le aseguró que volverá —respondió ella con rotundidad.

Mientras esperaba para salir de la celda, se percató de que la prisionera no disponía de comida alguna y le dio el hatillo que le había preparado Prudencia.

—Tome, usted lo necesita más que yo. Espero que lo interprete como una prueba de mis buenas intenciones.

—Muchas gracias, señor Fernández —dijo ella, abriendo la bolsa. Sacó un trozo de pan y lo mordió con voracidad, una evidencia de que estaba hambrienta.

En ese momento se escuchó el correr de los pestillos y el abrir del candado de la puerta, la cabeza del carcelero apareció por el quicio y Gregorio salió despidiéndose de la monja con una leve inclinación de cabeza. Ella se limitó a sonreír con los carrillos llenos de migas de pan y continuó comiendo y bebiendo vino. Acto seguido Martín cerró de nuevo la celda.

—¿Le ha dado comida? —preguntó a Gregorio mientras volvían hasta el recibidor de la prisión.

—Sí, y a partir de ahora quiero que esté bien alimentada, ¿queda claro? —Sacó una pequeña bolsa y le dio dos reales de plata al guardia.

—¡Por supuesto señor! —Era evidente que estaba encantado con la generosa propina que le había dado—. Me encargaré de que no le falte de nada.

—Tenga en cuenta que la señora De Luna es amiga personal del rey y no debe sufrir daño alguno, ni más torturas.

—Descuide que yo me encargaré de que se la cuide como a una señora de la realeza.

—Más le vale, porque si a ella le sucediera algo usted sería el primer señalado y acusado de cualquier percance —dijo el historiador, señalándole con un dedo índice.

—Sí señor —fue la escueta respuesta del carcelero, que tragó un nudo de saliva.

Cuando llegaron a la puerta principal, Gregorio se giró de nuevo hacia Martín antes de ponerse el sombrero y salir al exterior. Había dejado de llover y quedaron charcos empantanados por toda la plaza, repletos de barro y aguas turbias. El viento seguía soplando con algo de fuerza desde el norte y el joven se colocó la capa sobre los hombros para intentar taparse mejor. El cielo parecía hecho de plomo fundido y daba la impresión de que iba a caer sobre los techos de Logroño en cualquier momento. A pesar de ser casi mediodía, daba la impresión de que iba a anochecer y que la oscuridad invadiría toda la ciudad en pocos minutos.

—Por cierto, procure que esté aseada y que pueda darse un baño cada semana —le ordenó Gregorio al carcelero antes de salir.

—No se preocupe, señor, me encargaré de todo —dijo Martín con una estúpida sonrisa dibujada en el rostro.

Gregorio se colocó el sombrero sobre la cabeza y cruzó la plaza para ir hasta el Archivo Judicial a seguir leyendo más cosas sobre el caso y sobre la secta de los molinistas. Por el camino, entre callejones oscurecidos por un clima tan triste como su propia alma, pensó en las palabras de Águeda sobre la sexualidad y la condición humana, el instinto primario de la existencia de todo ser vivo. Por mucho que le costara aceptarlo, su corazón anhelaba el amor y ser amado, y la sensación de soledad se volvió tan pesada como una bala de cañón que ocupara su pecho, en vez del corazón frío y solitario que latía en el interior de la caja torácica.

Oscuros Cómplices

Capítulo 7

Después de pasar otra noche en la lujosa vivienda de dos plantas y hecha de piedra maciza y con techo de tejas a dos aguas, Gregorio se preparó para ir a visitar al siguiente acusado en importancia, el fraile Juan de Longas. Según las anotaciones que portaba consigo, el religioso llevaba encerrado desde mil setecientos veintinueve y fue condenado a cumplir condena de doscientos azotes, diez años en galeras y la prisión perpetua. De dichas penas, los doscientos azotes no se le aplicaron y los diez años en galeras se redujeron a tres, debido a su edad cuando fue juzgado —tenía setenta y seis años en aquel entonces—, así que tan sólo cumplía en ese momento la última de las sentencias impuestas.

Ahora contaba con ochenta y siete años, una edad notable para una persona en tiempos como los que la esperanza media de vida en España se situaba en los sesenta y pocos años. Según tenía entendido, a pesar de tan avanzado estado, seguía manteniendo un intelecto avispado y un don de la retórica que rivalizaba con los más ilustrados licenciados. En todo caso, Gregorio necesitaba saber cuál era el origen de la secta de los Molinistas para entender mejor qué motivaciones tenían y hasta dónde llegaban los hilos de dicha doctrina.

Como el día anterior, Prudencia le había preparado un refrigerio y él recorrió el mismo camino que había realizado para ir hasta la prisión a entrevistarse con Sor Águeda, aunque en esta ocasión el clima parecía favorecer el paseo y tan sólo unas pocas blancas y esponjosas nubes se dejaron ver entre los techos de las estrechas callejuelas de Logroño. Es más, comprobó que los lugareños se movían atareados de aquí para allá, cargando en burros con alforjas unos aromáticos quesos, a la vez que otros portaban sobre sus espaldas unos fardos de verduras frescas para llevar al mercado.

Sí, había vida más allá de los oscuros muros de la prisión y Gregorio agradeció esta visión de realidad mundana que le reconfortaba y hacía su solitaria vida más llevadera. Incluso pensó en pararse a almorzar en una posada que vio cuando cruzó por delante de sus ojos, justo antes de llegar a la plaza donde se encontraba la cárcel. Los efluvios de la carne asada y del vino recién hecho que provenían del interior de la taberna, eran un reclamo y una tentación que el erudito no podía desaprovechar.

Mientras pensaba en ello, la puerta de la prisión se abrió antes de que él llegase y el mismo soldado que le recibió la mañana anterior le dedicó un saludo marcial cuando pasó ante él. En el interior, Martín olía menos mal que cuando le recibió por primera vez y mostraba una estúpida sonrisa en la que faltaban dientes, y los que quedaban en la boca estaban amarillentos y torcidos. A Gregorio le desagradaba el aspecto del hombrecillo, pero no tenía más remedio que lidiar con él para llevar a cabo su trabajo.

—¡Buenos días señor! —le saludó con efusividad—. La monja ha sido alimentada y se le han proporcionado los cuidados que había pedido.

—Buenos días, Martín, le agradezco su eficiente servicio, pero hoy no he venido a ver a Sor Águeda —dijo Gregorio con seriedad.

—¿No va a verla? —comentó con sorpresa el carcelero—. Pues creo que ella se va a sentir muy decepcionada.

—Ya tendré tiempo de hablar con ella cuando termine mi ronda de entrevistas con el resto de acusados.

—Como usted diga.

—Hoy quiero ver a Juan de Longas —afirmó el cronista.

—¿Al viejo Juan, "el bocabuzón"? —Los ojos de Martín se abrieron de par en par.

—En efecto, así es. —Gregorio sonrió por la reacción del carcelero, pero guardó sus preguntas para el fraile.

—Pues nada, venga usted a su celda.

En esta ocasión se dirigieron al ala oeste de la prisión, al lugar contrario de donde se encontraba la celda de Águeda. La disposición era exactamente la misma que la de la otra parte, por lo que Gregorio entendió que el edificio tenía una parte dedicada a los presos masculinos y otra para las féminas. De igual manera, el ambiente era opresivo y el olor a orina era más fuerte en dicho lugar que en el que estaba encerrada la monja.

—¿Por qué huele tan mal aquí? —Gregorio se llevó la manga de la casaca a la nariz para intentar aliviar el impacto nasal de los hediondos aromas.

—Es por esos gorrinos de frailes, que mean en las celdas y me tienen todo el día limpiando como una vieja sirvienta —se quejó Martín—. Aquí están encerrados casi todos esos atolondraos de la secta de Molinos.

—¿Y en la otra parte está sólo Sor Águeda?

—No, también estuvo esa estripacuentos de Sor Josefa de Jesús, amiga de la otra, pero sólo por unos días.

—Sé quién es, la vi en el tribunal. —Al escuchar el nombre, se preguntó si tendría tiempo de verla—. ¿Está aquí encerrada?

—Imagino que le habría gustado entrevistarla también, pero será imposible porque la enviaron a Corella de vuelta.

—Una lástima, pero hoy dígame dónde está encerrado el fraile al que he venido a ver —dijo Gregorio, que estaba ansioso por deshacerse del carcelero durante un buen rato—. Ya me encargaré de Sor Josefa en otro momento.

—Como quiera —dijo mientras señalaba una puerta que estaba a la izquierda, en la esquina. Martín abrió el candado y los pestillos y dejó entrar a Gregorio—. Ahí le tiene.

Cuando éste se introdujo en la estancia, vio que el anciano encorvado estaba sentado ante una mesa pequeña de madera y escribía algo en folios raídos y manchados a saber de qué elementos y sustancias. Las barbas de la pluma que tenía en la mano diestra estaban en pésimas condiciones y la extremidad, arrugada y temblorosa, tenía que hacer un esfuerzo titánico para detener los temblores producidos por la parálisis agitante que sufría, entre otros achaques. Cuando intentaba meter el cálamo en el tintero, el ejercicio de puntería era aún más difícil de lograr. Sin embargo, Juan de Longas no alzó la cabeza de su labor ni cuando Gregorio entró en la celda y Martín cerró la puerta, produciendo un ruido estridente. Al contrario, el fraile parecía absorto en lo que estaba escribiendo en ese momento y parecía ajeno a lo que le rodeaba. Pero eso sólo era en apariencia.

—Márchese muchacho —dijo de repente, sin alzar la vista—. No he requerido de su visita.

—Lamento molestarle señor, pero me gustaría hablar con usted, si fuera posible —dijo Gregorio, usando los mejores modales posibles y un tono de voz suave.

—No tengo nada que decir —fue la cortante respuesta de Juan.

—Pues yo diría que sí, o no estaría escribiendo lo que sea que esté anotando en esos viejos folios. —El cronista se mostró más elocuente de lo que el viejo esperaba. Eso sí hizo que al fin le dirigiera la mirada.

—¿Qué quiere, licenciado?

—¿Cómo sabe lo que soy?

—Pude distinguir su presencia en el tribunal, a pesar de mi mala vista, y allí no entran los lerdos. ¿O han cambiado las normas de la Inquisición? —dijo con sorna.

—No, no han cambiado —respondió Gregorio, que no pudo reprimir una sonrisa ante la chanza del viejo.

—Ya me lo imaginaba. —Juan se levantó del taburete en el que estaba sentado y fue a la cama, igual que la que tenía Sor Águeda en su celda. Gregorio dejó sus pertenencias en el suelo y fue a ayudarle, pues Juan se movía con dificultad—. ¡No, ya sé hacerlo solo! —Le empujó con una mano.

—Como quiera señor.

—Así que licenciado, ¿y en qué materia exactamente? —dijo cuando estuvo tumbado.

—Soy historiador y cronista. —Gregorio cogió el taburete y se sentó al lado de la cama—. Su Católica Majestad me ha enviado para que deje constancia de este proceso inquisitorial.

—¿Felipe de Anjou le ha enviado? —Se incorporó un poco de lado y miró al joven—. ¿Por qué?

—Quiere que las conclusiones que salgan de este juicio sean veraces y no estén manipuladas por los tribunales afines a la iglesia —respondió Gregorio.

—Entonces ya puede volver por donde ha venido, maese cronista —dijo Juan, tumbándose de nuevo y mirando al techo de oscura piedra.

—Si me ayuda, seguro que puedo hacer una recopilación de los hechos lo más realista posible de este caso.

—¿Y eso de qué me va a servir? Estoy condenado hasta mi muerte a estar encerrado en esta mísera prisión.

—Cierto, pero su alma debe descansar en paz.

—Mi alma está condenada, muchacho.

—¿Por qué escribe entonces?

—Esa sí es una buena pregunta.

—Dígame pues, Fray Juan, ¿por qué tanta inquina de la Inquisición contra los Molinistas? —Gregorio se inclinó un poco sobre el anciano—. Usted sabe tan bien como yo que este juicio está viciado de alguna forma y quiero saber por qué.

—Mi joven cronista, si le cuento todo lo que sé, su vida estaría en peligro —susurró el fraile.

—No me importa, tengo protección del rey —respondió con bizarría.

—Ese es el problema, que al mentar esta historia del todo, y desde el principio, necesita más protección de la que imagina.

Las palabras de Fray Juan de Longas surtieron un efecto inesperado en Gregorio, que se mantuvo en silencio durante unos minutos e intentó ordenar el torbellino de preguntas que en ese preciso momento cruzaban su mente como las olas de un mar tempestuoso. Sobre todo había una cuestión que saltó hacia el exterior y se convirtió en palabras sonoras, en la duda clave que tenía que resolver.

—¿Por qué iba a correr ningún peligro? —expresó con gesto preocupado—. ¿Quién más está implicado en la secta, Fray Juan?

* * *

Los pasos de la sombra que se movía de madrugada por Logroño como un gato esquivo, resonaban en el empedrado como los tambores de un destino irreversible. Caminando a paso vivo, Largo se dirigió al monasterio donde se hospedaban las personas que formaban el tribunal y que le habían contratado para seguir a Gregorio. La orden que recibió era que cada día debía ir donde él fuera y obtener toda la información posible de sus actividades, una misión fácil para un veterano garduño como él. En todo caso, también tenía otras formas de conseguir información sobre el enviado del monarca, pero no estaba dispuesto a revelar sus fuentes a nadie.

Cuando llegó a la parte trasera del edificio, una pequeña portezuela se abrió de forma furtiva y Largo se introdujo rápidamente por el resquicio que le franqueaba el paso al interior. El que le ayudó a acceder era el novicio que era de confianza para Andrés, el cual portaba un candil que emitía una débil luz amarillenta, y guió a Largo por un estrecho pasadizo que terminaba en unas escaleras que bajaban de forma oculta hasta las mazmorras. Los peldaños le llevaron hasta la sala donde se habían reunido con anterioridad. Allí le esperaba el juez, sentado en el sillón que correspondía a su posición en el tribunal.

—¿Y bien? —preguntó de improviso, mientras sorbía vino de una copa de oro y gemas.

—Ayer estuvo en la prisión, como me habías dicho —respondió Largo, mientras se acercaba y se servía de la misma botella en una copa un poco más austera, pero también lujosa. Apuró el contenido de un solo trago—. Solicitó que alimentaran bien a la monja y que la lavaran. Pagó dos reales de plata al carcelero para que hiciera el trabajo.

—¿Cómo sabes eso?

—Tengo mis fuentes de información.

—¿Algún espía?

—Podríamos llamarlo así, si lo desea vuestra merced. —Largo se sirvió otro vaso de vino que apuró de golpe.

—¿Y es de fiar?

—No, pero sus servicios son baratos y no necesita saber nada sobre mí y mucho menos sobre usted, así que puede estar tranquilo.

—¿Y ese espía os ha dicho algo más? —inquirió Andrés, tomando otro sorbo sin apartar la mirada de su interlocutor.

—Nada de importancia, al parecer Águeda y el chico estuvieron hablando durante una hora, más o menos, y luego él se marchó al poco rato.

—¿Nada más?

—Es pronto para saber todavía algo concreto, señoría, así que tenga paciencia.

—No nos sobra el tiempo, Largo.

—Por eso no se preocupe, yo haré que disponga de más del que imagina —respondió, mientras su ojo sano se arrugaba, un gesto que se podría interpretar por la sonrisa taimada que ocultaba bajo el paño que cubría la cara.

—Más te vale. —Andrés terminó de beberse el vino y salió de la estancia por la puerta principal, mientras que el novicio indicó a Largo que le siguiera para marchar por el pasadizo por el que habían llegado.

El garduño siguió al adolescente y cuando estuvo de vuelta en la calle, volvió a escurrirse como una sombra apenas distinguible entre la niebla que invadía poco a poco las callejuelas de la ciudad. Su próxima parada era una taberna en concreto, un lugar secreto donde se reunían los miembros de su orden y donde le esperaba el espía que usaba como informador para que le contara qué había hecho Gregorio ese día.

Capítulo 8

El viejo fraile se sentó en la cama con dificultad y agachó la cabeza a la que le faltaba cabello, y el poco que quedaba era blanco como la nieve. Suspiró de forma notoria y pensó durante varios minutos cómo iba a contarle toda la historia a Gregorio, quien esperaba con impaciencia que empezara el relato que aguardaba desde que comenzó a escuchar al fraile. Llegar al fondo de todo el asunto podía ser la oportunidad que le abriera las puertas de la Casa Real y de una vida de opulencia hasta el fin de sus días. Sin embargo, no era consciente del peligro que iba a suponer para él saber al detalle cómo se había expandido la doctrina molinista y quiénes estaban implicados.

—¿Ha oído hablar de Miguel de Molinos? —preguntó el anciano sin mirar a Gregorio.

—No, lo cierto es que no —respondió él mientras sacaba el cuaderno de notas y comenzaba a escribir sobre la pequeña mesa, sin apartar los papeles de Juan.

—Pues primero debo hablarle de él para que entienda mejor lo que sucedió después y cómo ha llegado usted hasta aquí y por qué motivo lo ha hecho—dijo el fraile, alzando la cabeza—. Es muy importante que entienda bien cada detalle, pues así podrá hacerse una idea más exacta de todo lo que ocurrió.

—De acuerdo, cuénteme pues.

—De acuerdo, lo primero que debe saber es que ese hombre fue el precursor de una nueva forma de dogma llamada quietismo y defendía en un libro suyo que nos acercamos más a Dios con la pasividad en la vida espiritual y mística, ensalzando las virtudes de la vida contemplativa.

» Sostenía que el estado de perfección únicamente podía alcanzarse a través de la abolición de la voluntad: *"es más probable que Dios hable al alma individual cuando ésta se encuentra en un estado de absoluta quietud, sin razonar ni ejercitar cualquiera de sus facultades, siendo su única función aceptar de un modo pasivo lo que Dios esté dispuesto a conceder"*, era lo que él decía.

» En principio no había nada que pudiera considerarse como una doctrina hereje, pero el Papa Inocencio XI ordenó anular la publicación de su obra y Molinos fue condenado por la Inquisición a prisión perpetua por sus enseñanzas. Bajo torturas indecibles confesó todo lo que le imputaron y al final fue acusado de actos de inmoralidad. Una locura vamos, pero así sucedió.

» En todo caso yo tuve contacto con él y éste me enseñó dicho dogma, con el que comulgué con rapidez y me sentí más pleno en mi labor religiosa. Entre él y yo difundimos sus palabras por diferentes conventos y monasterios de Soria, Burgos y Lerma, donde conocí a Sor Águeda. Ya por aquél entonces la muchacha tenía un carisma especial y la acogí como mi alumna más aventajada. Su aura emanaba una energía como no había visto nunca, así que decidí convertirla en mi sucesora para aprender las enseñanzas de Molinos.

» Pero me equivoqué por completo con ella. Es cierto que la ensalcé como una santa y corrí la voz por los pueblos y aldeas de sus hazañas milagrosas, como que era capaz de orinar piedras con sangre marcadas con una cruz y que éstas podían sanar todas las dolencias del cuerpo o el espíritu. Sabe todo religioso que los estigmas y dolores del sacrificio son señal inequívoca de ser una elegida por Nuestro Señor para expandir sanación y milagros. El vulgo, crédulo

e ignorante, aceptó semejante pantomima y Águeda fue aclamada por todos como una enviada de la Virgen María para salvar almas y despistar pecados.

» Sí, supongo que fui yo quién le metió en la cabeza toda la megalomanía de la que luego haría fama, pero ese tema lo hablaremos después. El caso es que a mí me apresaron hace años, cuando era confesor en el convento de Lerma, y me culparon de muchas de las cosas que allí sucedían, como concubinato con las monjas o enseñanzas heréticas. Fui el cabeza de turco elegido por la Inquisición para tapar algo más oscuro, más siniestro.

—¿A qué se refiere? —preguntó Gregorio, que no dejaba de anotar cada detalle en el cuaderno. Hasta llegó a preguntarse si había traído suficiente tinta para rellenar tantas páginas.

—En realidad, mi estimado licenciado, el problema auténtico que se esconde en esta historia es que las enseñanzas molinistas no fueron interpretadas de forma adecuada por Sor Águeda e hizo del mensaje lo que a ella le vino en gana, por lo que la corrupción de tales ideas se convirtieron pronto en objeto de atracción para personas que estaban dentro y fuera del clero.

» Personas influyentes de la sociedad, como conocidos aristócratas, militares, licenciados como vos y personas de alto abolengo en general, se sintieron hechizadas por las novedosas prácticas y no tardaron en unirse a las bacanales que se formaban en el convento y fuera de él. Tal fue así, que algunas de esas personas también fueron detenidas y encausadas.

—¿Cómo quién?

—Hubieron varios acusados, pero yo destacaría a Francisco Causadas, que era Racionero de la Catedral en Tudela; o también a Francisco Latorre y Ocón y Agustín Zariquiegi, canónigos de la Catedral. También había monjas de la Compañía de María, como la hermana de Francisco Causadas y a Polonia Zariquiegi, hermana del Canónigo de la Catedral. Vamos, que en Tudela las enseñanzas de

Molinos tuvo sus seguidores, y no cualesquiera, sino gentes de gran poder e influencia social, política y religiosa.

—Entiendo, ¿y qué condenas tuvieron? —preguntó intrigado Gregorio.

—Lo cierto es que poco o nada se supo de su proceso, ya que parece ser que a Causadas no llegaron a juzgarle como es debido —dijo el anciano, que se incorporó y se acercó al visitante—. Cuando se enteró de que iba a ser condenado por la Inquisición, Causadas desapareció con otros de sus correligionarios y con él desapareció también todo rastro de su presencia activa, sus seguidores hicieron desaparecer toda huella y también sus escritos.

—Es extraño que alguien desaparezca y no quede constancia de nada, ¿no os parece? —indagó Gregorio, que parecía sorprendido por la misteriosa desaparición de un prisionero de tanta importancia.

—Largos y oscuros son los dedos de la Inquisición, mi joven cronista —respondió Juan—. Aquí estoy yo, pagando las culpas de otros y sin haber hecho absolutamente nada.

—¿Permítame una última pregunta, Fray Juan?

—Por supuesto.

—¿Por qué, si los principales adalides de Molinos desaparecieron, nadie ha hecho nada por buscarles y traerles ante un tribunal?

—Esa pregunta debería hacérsela a Andrés Francisco de Arratabe —comentó con vehemencia.

—¿Qué tiene que ver el juez en todo esto? —insistió Gregorio, que no lograba entender por qué quería implicar a un letrado con la reputación que tenía el que ahora llevaba el caso de Corella.

—Hágame caso, pregúntele a él.

Gregorio asintió y terminó de anotar las últimas palabras mencionadas por el fraile, luego cerró el cuaderno y limpió de tinta el cálamo de la pluma con un paño que llevaba en el maletín. Introdujo los utensilios de escritura dentro del mismo y se dispuso a abandonar la celda.

—Muchas gracias por haberme respondido con tanta sinceridad, Fray Juan —dijo con cortesía, haciendo una leve reverencia.

—La parca me observa desde cada esquina, así que ya no tengo nada que temer. —El anciano se acercó con pasos titubeantes y puso una mano sobre el hombro derecho de Gregorio—. Espero que ahora que se sabe la verdad, sean otros los que esperen la muerte en una prisión, al igual que yo.

—Haré lo que pueda en nombre del rey para llegar hasta el fondo de este asunto y que se haga justicia —le prometió el ingenuo historiador.

Acto seguido, tocó con los puños en la puerta y el carcelero le abrió para que saliera de la estancia. Antes de que se cerrara de nuevo, Gregorio se giró y observó que Fray Juan volvía a sentarse en el taburete y retomaba la actividad de escritura que había dejado de lado para hablar con él. En ese momento, el joven se preguntó qué estaría trasladando a esos papeles y qué secretos esconderían dichos testamentos.

Capítulo 9

Tras pasar una mala noche por culpa de una repentina tormenta, llena de rayos y truenos, Gregorio se despertó con cierta pereza. Como cada mañana, se aseó un poco y eligió algo que ponerse entre la poca ropa que había llevado hasta Logroño. Por suerte, Clarita, que era quien se ocupaba de su baño cada noche, le lavaba la ropa y se la preparaba cada día para que todo estuviera en orden. De hecho, la joven adolescente no paraba de ordenar la habitación y la perfumaba con flores de lavanda que ella misma recogía de un campo cercano, un gesto que el cronista le agradeció.

En todo caso, tras el paso del temporal nocturno, el día amaneció bastante despejado e incluso había una temperatura más propia de la época en la que se encontraba. Este hecho fue bien recibido por él, ya que esta vez le tocaba andar un buen trecho para llegar hasta el Convento de las Carmelitas de Logroño, donde estaba recluida la sobrina de Sor Águeda, la hermana Sor Josefa de Loya. Al parecer no se la condenó a prisión porque fue gracias a una carta suya, enviada a la sede de la Inquisición, por lo que se destapó lo que ocurría en Corella. Debido a esto, y tras confesión voluntaria —y también debido al apellido de su noble familia—, no sufrió más acusación y el castigo quedó en un encierro en el convento de clausura.

Gregorio sabía que iba a tener algún problema para poder

acceder al recinto en cuestión, pero confiaba en que la autorización del juez y el encargo de parte del propio rey le abrieran las puertas del convento para poder hablar con la monja. Deseaba saber qué tipo de acusaciones había vertido en la misiva que remitió al Santo Oficio y cuál era el punto de vista que tenía sobre lo que había pasado en Navarra. Estos datos eran de suma importancia, pues su testimonio lo consideraba el más objetivo de todos los que iba a obtener.

A pesar de que Josefa de Loya entró de niña en el convento, en la confesión que pudo leer Gregorio contó que había sufrido abusos por parte de varios frailes y otros hombres que no pertenecían al clero. Dichos abusos se produjeron casi desde que entró en la orden y fue su propia tía la que permitió que sucedieran tales hechos. Al crecer en un ambiente semejante, cuando alcanzó la edad suficiente la chica decidió denunciar lo que estaba ocurriendo en el convento. En todo caso, el historiador sabía que debía haber otros motivos que la joven no había contado sobre lo ocurrido y por eso deseaba tener un encuentro con ella.

Cuando bajó a desayunar, Prudencia le esperaba con la mesa puesta y le había preparado el habitual hatillo de almuerzo, aunque el día anterior había optado por entregar el contenido a un pobre ciego y su famélico perro. Degustó con tranquilidad casi todo lo que le había servido y sacó el cuaderno de notas para revisar algunos detalles que pensó que podrían tener importancia en la entrevista con la siguiente acusada.

—Disculpe la indiscreción, señor, pero todos los días le veo revisar ese libro cuando está desayunando —comentó con ingenuidad el ama de llaves.

—Sí, son mis anotaciones sobre el trabajo que estoy llevando a cabo —respondió él, mientras masticaba un trozo de queso curado y bebía un trago de leche caliente.

—¿Y es mucho preguntar qué trabajo es? —continuó curioseando la rechoncha mujer.

—Bueno, no es ningún secreto que he venido para hacer un informe sobre el juicio a los acusados del convento de Corella.

—¡Dios bendito! —La mujer se santiguó al instante—. ¡Malditos sean esos endemoniados bocachanclas que han embaucado a las monjas y novicias de media España!

—¿Acaso ha oído hablar de ellos? —Gregorio sonrió por la cara de asustada que había puesto Prudencia.

—¡Pues claro que sí, señor!

—Seguro que se refiere a las habladurías del populacho.

—Diga vuestra merced lo que quiera, pero dicen que bailaban con Satanás y copulaban con él. —La mujer puso las manos juntas y miró hacia el techo, como si pretendiera ver a los ángeles del Cielo—. Ruego a Dios que usted no se vea tentado por esos cabezahuecas.

—Descuide, señora Heredia, que me andaré con ojo de no caer en tentaciones —comentó él, a la vez que le guiñaba un ojo con complicidad. En cierto modo, la actitud de la mujer le parecía cómica.

—Eso, eso, manténgase alejado de sus tretas libidinosas, que son malignas y arrastran al alma al pecado carnal. —Según dijo estas palabras, salió del comedor y volvió a la cocina a paso vivo.

Gregorio se levantó de la mesa y recogió el hatillo, metió el libro de nuevo en el maletín y se dirigió hacia la puerta, donde tomó el sombrero y lo colocó sobre su cabeza. Salió de la casa sin despedirse y agradeció que el día fuera algo más cálido y sin un atisbo de que pudiera llover. Bajó los tres escalones que le separaban del empedrado suelo y cruzó la atestada calle para ir hasta la zona oeste del pueblo, donde le esperaba la visita prevista a Josefa de Loya.

Tal como previó, entrar en el convento de las Carmelitas no fue nada fácil pero logró convencer a la Madre Superiora de sus buenas intenciones y también tuvo que echar mano de un pequeño soborno en forma de dos escudos de oro y cuatro reales de plata para que le dejara entrevistarse con la sobrina de Sor Águeda. Desde luego era un precio bastante alto por la información que buscaba, pero si de algo no iba carente Gregorio era de dinero, que tenía más que de sobra. No obstante, disponía de unos generosos fondos que estaban guardados a buen recaudo en la casa en la que se hospedaba, escondido bajo llave en un cofre que el propio rey tenía en la parte superior del armario del dormitorio y que, en sus propias palabras, "podía disponer de la cantidad que quisiera". En efecto, podría decirse que la amistad entre el padre del cronista y el rey era tan estrecha, que éste le veía casi como un hijo más y le trataba como tal.

Gracias a estos generosos fondos ahora seguía los pasos de una monja que le guiaba en silencio por los pasillos hacia el lugar donde estaba la hermana Sor Josefa, que en esos momentos se encontraba de rodillas y labrando unas pequeñas tierras para plantar fresones. Cuando le vio, ella se puso en pie y en su rostro se dibujó una expresión de asombro, pues no esperaba visita alguna, y menos de un varón joven y apuesto con aspecto de hombre adinerado y de buena posición.

Josefa de Loya todavía era una mujer joven, de apenas veinte años, bajo cuyos hábitos se encontraba en la lozanía. No era demasiado alta, pero sí delgada. Era también hermosa como su tía, con unos magnéticos ojos azules y unos marcados pómulos que le otorgaban una belleza sublime, aún con la capucha del escapulario tapando el cabello castaño claro. El cronista no pudo evitar preguntarse por qué no había dejado los hábitos y se había casado con alguien que mereciera su amor y respeto, y la alejase de todo ese mundo sórdido en el que había crecido.

—Buenos días, hermana —comenzó a presentarse—, mi nombre es Gregorio Fernández de León y vengo en nombre de Su

Católica Majestad para tener una entrevista con usted sobre un asunto en el que estuvo involucrada.

—La hermana Josefa ha hecho voto de silencio, señor —contestó la Madre Superiora.

—¿Entonces no me dirá nada sobre el caso de Corella? —insistió él.

—Mucho me temo que ha venido para nada—replicó la religiosa.

—A usted le ha venido bien el negocio, según parece. —Gregorio comenzó a sentirse molesto y estafado.

—Madre, déjeme hablar con este hombre, por favor —dijo de repente Josefa, rompiendo el sagrado voto. Sabía que tal acto conllevaría un castigo por parte del confesor del convento, pero sintió la necesidad de hablar con alguien que no fuera parte del clero.

—Como gustes, pero si te molesta no dudes en llamarme —respondió la Superiora de mala gana, dejándoles a solas.

—No se preocupe, que así lo haré. ¿Qué quiere saber, señor Fernández? —preguntó la joven, a la vez que se limpiaba las manos en un delantal ya sucio de barro.

—Tengo entendido que fue usted quien denunció a su propia tía y a la secta de Corella —le lanzó de golpe el cronista.

—Sí, envié una carta para contar las abominaciones que estaban teniendo lugar en ese endemoniado sitio. —Ella comenzó a caminar en dirección a un lugar donde hubiera menos oídos indiscretos y le hizo un gesto al emisario para que la siguiera, pues había más monjas en el huerto y miraban de reojo a la pareja.

—¿Qué cosas pasaron, hermana? —preguntó Gregorio cuando llegaron a un pasillo vacío.

—Antes de comenzar a contar mi historia, vayamos a la biblioteca y así estaremos a solas —respondió ella, mientras otra religiosa se cruzó entre los dos—. Lo que le voy a contar no es para ser escuchado por otras personas, pues eso me pondría en un gran peligro.

Al momento, la monja le llevó hasta el lugar indicado y cerró la puerta en cuanto estuvieron en el interior. Era un recinto no demasiado grande, con dos únicas ventanas que estaban cerradas y con las paredes llenas de estanterías con libros de varias épocas, así como unos pocos pupitres dispuestos alrededor del centro de la habitación. El olor a incienso era de tal intensidad que tapaba el aroma de los tomos apilados en cada balda.

—Tome asiento, por favor —le indicó a Gregorio, señalando una de las pequeñas mesas. Ella se sentó al lado y comenzó a hablar—. Tenga en cuenta que esta historia no va a ser de su agrado y tampoco pienso callar por más tiempo las atrocidades que sufrí yo y otras de mis hermanas, tan jóvenes como yo.

—No se preocupe, tomaré nota de cada detalle para que Su Majestad sea consciente de la realidad de este caso —dijo Gregorio, sacando el cuaderno, la pluma y el tintero.

—Bien, entonces empezaré por el principio, cuando entré en el convento con once años por convencimiento de mi tía, a pesar de la contrariedad de mi madre —empezó a decir, a la vez que emitió un suspiro profundo—. Mi padre estaba muerto y me sentía perdida, pues no tenía claro que iba a ser de nuestra vida sin él.

—Tengo entendido que su progenitor era don Blas de Loya y Gaztelu, Caballero de la Orden de Santiago, ¿cierto? —la interrumpió el cronista.

—Sí, y mi madre es Josefa de Luna, aunque nunca me sentí demasiado unida a ella —respondió la monja.

—¿Y por qué motivo se fue junto a su tía Águeda al convento? —No lograba entender cómo una niña de tal abolengo había caído en las manos de la secta—. Con la dote que le dejó su padre, seguro que habría encontrado un buen esposo.

—No lo sé, supongo que porque ella me colmaba de atenciones y fue muy zalamera en el trato que tuvimos tras el óbito de mi padre y a esa edad no pensé en un futuro matrimonio —respondió ella, encogiéndose de hombros.

—¿Cómo la embaucó para entrar en la orden de los Carmelitas?

—Me decía que allí sería más feliz, pues todos los días había fiestas y las otras novicias se divertían y no había tristeza entre esos muros. Contaba historias sobre dulces, vino y una vida dedicada a satisfacer el espíritu a través de la contemplación de la felicidad de la carne.

» Como puede imaginar, a esa edad no era consciente de a qué se refería cuando me hablaba de todas esas cosas y yo las creía como una cría inocente que sólo buscaba una salida a la opresiva vida del luto que mi madre nos había impuesto.

—¿Cuándo se dio cuenta de que en realidad no era todo tan bonito como su tía lo había pintado?

—Al principio, cuando llegué, me sentí muy integrada entre el resto de novicias y monjas. Al fin y al cabo, todas estábamos allí por ser unas rebeldes en nuestras casas y otras porque se negaban a ser moneda de cambio para matrimonios concertados, así que el ambiente era como me lo había imaginado.

» Sin embargo, a los pocos meses de haber ingresado en el convento, una tarde en concreto mi tía me dijo que la acompañara hasta su claustro. Allí pasé la peor experiencia de mi vida. —Josefa comenzó a sollozar y Gregorio le dio un pañuelo que llevaba en un bolsillo de la casaca.

—¿Quiere descansar un poco? ¿Le traigo agua? —se ofreció Gregorio, que sintió algo de lástima por ella—. Tengo una bota de vino, si eso la reconforta más.

—No, se lo agradezco —respondió entre lágrimas—. Deseo terminar con este secreto que llevo guardado en mi corazón durante tantos años y que tanto dolor me ha provocado.

—Si ese es su deseo, la escucho. ¿Qué pasó?

—Esa tarde estaban dos personas dentro del dormitorio de mi tía

Águeda, una de ellas era Fray Juan de la Vega, que era confesor del convento. Con él estaba también otro hombre que no conocía, pero no tenía aspecto de religioso. Mi tía hizo que me sentara en la cama, ella se puso a mi lado y comenzó a desvestirme poco a poco ante aquellos hombres.

» Intenté resistirme por pudor, pero sus zalamerías fueron como una droga y luego me dio a beber un mejunje que tenía un sabor amargo, pero cuyos efectos enturbiaron mis sentidos. Podía ver, oír y notar cómo los hombres tocaban mi cuerpo y vi unas sombras de cuerpos masculinos desnudos, cuyos falos erectos parecían los cuernos del mismísimo Diablo.

» Recuerdo el dolor en mis entrañas. —Volvió a llorar, pero no detuvo el relato—. Los cuerpos sudorosos moviéndose sobre mí como animales en celo y los gemidos guturales de esos hijos de Satanás. Para finalizar, la simiente cálida de la vil copulación inundó mi vientre y me desmayé.

» Imagínese, maese Fernández, era una niña aún sin entrar en la pubertad y ya me habían violado dos hombres, uno de los cuales era de nuestra congregación. ¡Y mi tía no hizo nada! —exclamó de rabia.

—Lo siento mucho, hermana —dijo él, cuyo rostro mostraba una consternación sin mesura—. ¿Todas las demás monjas y novicias sufrieron lo mismo?

—¡Uy, y cosas peores! —apostilló ella.

—¿Como cuáles?

—Cada dos por tres quedábamos preñadas por las violaciones en el transcurso de rituales de adoración a Lucifer que mi propia tía y Juan organizaban. Luego aparecían personas acaudaladas que querían participar de las orgías y a nosotras nos drogaban para que fuéramos sumisas a los oscuros deseos carnales de los invitados.

» Cuando alguna quedaba encinta, nos obligaban a abortar mediante bebedizos y otras cosas. Luego cogían los cadáveres de los bebés y los enterraban en el huerto trasero del convento. Se le decía al jardinero que nunca removiera las tierras allí y éste obedecía sin rechistar. Si hubiera descubierto tantos cadáveres de infantes, estoy segura de que él habría denunciado a mi tía, pero eso nunca pasó.

—¡Dios Santo, qué atrocidad! —dijo Gregorio, que no salía de su asombro—. ¿Y cuándo decidió denunciar a Águeda?

—Fue hace año y medio, cuando no soporté más los abusos, las violaciones y todas las patrañas sobre su aparente santidad. Estaba harta de todo, quería quitarme la vida y como eso va contra la ley de Dios me arriesgué a denunciar, sabiendo que a mí también me acusarían y me condenarían por ser cómplice de sus actos.

—Por lo que tengo entendido, su condena fue atenuada por ser confesa de herejía y, espere que leo mis notas *"Por ser cómplice con otros y otras de la doctrina de Molinos, haber renegado de Dios y de su Santísima Madre, y de su Santa Ley Evangélica. También de haber tenido pacto con el demonio, haber entregado su alma por escrito, haberle adorado como a Dios y creído que él solo le podía dar felicidad en esta vida y en la otra. Haber hecho menosprecio y escarnio de la Cruz de Cristo y confesar que con los frailes eran muy frecuentes los actos carnales y siempre con el pretexto de la confesión."*

—Sí, eso fue lo que les conté a esos hipócritas de la Inquisición. —Se levantó de la silla y caminó alrededor del cronista—. Me encerraron en una prisión durante días y me torturaron con saña para que les contara lo que querían oír.

—¿Por qué dice que son hipócritas?

—Porque algunos de ellos también estuvieron en las orgías y copularon con nosotras, bebían vinos y drogas, y también lanzaban blasfemias.

—Lo que me está contando es de extrema gravedad, Sor Josefa. —Gregorio se quedó estupefacto ante tales acusaciones—. ¿Tiene pruebas de tales actos?

—Yo no, pero sé alguien que sí —respondió ella con firmeza.

—Si lo que me cuenta es cierto, las consecuencias para la orden de la Iglesia pueden ser muy duras —reflexionó él—. Esto llegará a oídos de Felipe V, nuestro rey, y no se va a quedar de brazos cruzados si se entera de las cuitas que estos monjes tienen pendientes.

—Pues va siendo hora de que paguen por sus crímenes ellos también.

—De acuerdo, tomaré con veracidad su testimonio. ¿Quién tiene pruebas de que estos frailes y monjes participaron en dichos actos atroces? —preguntó Gregorio, dispuesto a escribir un nombre concreto.

—Mi tía, Sor Águeda de Luna, tiene las pruebas que necesita —fue la contundente respuesta de la joven monja.

—¿Y dónde las guarda?

—Eso tendrá que preguntárselo, porque ignoro qué hizo con ellas.

—Eso haré, descuide. —El historiador pensó durante unos segundos si podría sonsacar más información, pero ante tal revelación consideró que la entrevista había llegado a su fin—. Será mejor que la deje tranquila con sus quehaceres cotidianos.

—Le agradezco que me haya escuchado, señor Fernández —dijo ella, que le agarró de una mano con delicadeza—. Espero que tenga suerte y encuentre esas pruebas, si es que mi tía le dice dónde las tiene escondidas.

—Espero que lo haga, hermana. —El tacto de la mano sobre la suya le hizo estremecer—. La informaré en cuanto sepa algo.

—Muchas gracias. —Ella le dio un beso en la mejilla y acto seguido abandonó la biblioteca.

Gregorio la observó mientras desaparecía por un recodo del pasillo y por su cabeza pasó una idea fugaz que desechó al instante. Imaginó que cuando todo aquél asunto terminase, él podría volver a

Logroño y sacarla del convento para pedirle matrimonio. Era una idea descabellada y que no tenía ningún sentido, pero el hecho de mirar en sus ojos azules y ver tanta tristeza le provocó un repentino sentimiento de protección. Agitó la cabeza como quien apartaba una molesta mosca y esbozó una estúpida sonrisa.

—Deja los sueños pueriles para los adolescentes —susurró para sí.

Capítulo 10

Durante el resto de la tarde, y parte de la noche, el cronista no pudo dejar de dar vueltas en el dormitorio pensando en las declaraciones y confesiones que le había hecho la sobrina de Águeda. Sabía que las consecuencias de tales afirmaciones podrían provocar un cisma entre el rey y parte de la Iglesia Católica, que le veían como un monarca usurpador y esperaban la menor de las oportunidades para provocar en el gentío malas ideas sobre su figura. Estaba claro que el siguiente paso que diera, tendría que hacerlo con la mayor de las discreciones y procurando evitar que cualquier información de lo que estaba descubriendo se supiera más allá del círculo de las investigaciones que estaba llevando a cabo.

—¿Va a cenar, señor? —le preguntó Prudencia, que apareció por una rendija abierta de la puerta del dormitorio.

—¿Eh? —Su cabeza no estaba en el mundo real y se sorprendió al verla—. Sí, sí, claro. Gracias, señora Heredia.

—¿Envío a Clarita a que le prepare también el baño?

—Sí, por favor —fue la escueta respuesta de éste.

Mientras cenaba y la sirvienta ordenaba la habitación y preparaba la bañera para él, sopesó las opciones que tenía ante lo que estimaba podría ser el mayor caso de corrupción del momento en toda España. Las posibles decisiones que tomase podrían ser catastróficas o, por el contrario, podrían suponer un movimiento de prestigio para Felipe V. De hecho, si la joven monja le había dicho la verdad, estaba claro que debía lograr hacerse con las pruebas y el rey decidiría qué hacer con ellas. Podría perseguir a la secta molinista y dar caza a todos sus responsables, lo que le otorgaría un aura de santidad de tal magnitud que ningún estamento eclesiástico volvería a poner en duda su capacidad para reinar el país.

Finalmente decidió que lo primero que debía hacer era escribir una carta al propio rey, con el fin de poner en su conocimiento que estos hechos se estaban revelando como un contubernio lleno de corrupción, intrigas y misterios que afectaban a diferentes estratos de la sociedad, tanto clerical como secular. Necesitaría ayuda y protección, pues era evidente que tarde o temprano surgirían problemas que él no era capaz de imaginar. Con todas las dudas que todavía le quedaban por aclarar, lo que Gregorio sí había descubierto es que los acusados contaban su propia versión de los hechos y, como experto en el concepto de historiador, sabía que entre todas las confesiones vertidas se encontraban partes ciertas y partes edulcoradas en favor de cada acusado y acusada.

Se sentó a escribir la misiva bastante tarde, casi de madrugada, y le llevó cierto tiempo redactar en orden las conclusiones que había sacado hasta ese momento. De hecho, tuvo que echar mano varias veces del cuaderno de notas para no olvidar los detalles más importantes que había obtenido de las entrevistas que había realizado. Tardó casi dos horas en terminar la carta, pero la releyó varias veces y el resultado le satisfizo lo suficiente como para enviarlo al día siguiente a la casa de postas y remitirlo al Palacio Real con su propio sello, lo que le otorgaría máxima prioridad al correo.

En la misma le contaba lo que había averiguado de Sor Águeda, Fray Juan de Longas y Sor Josefa de Loya, y también contó que aún le quedaba por saber qué iba a testificar Fray Juan de la Vega. Según supo por las acusaciones vertidas sobre él, había sido amante de

Águeda, pero necesitaba profundizar más en esa relación para saber qué parte era verdad y cuál no. También pidió al rey que le enviase a alguien de confianza para que fuera su escolta, pues temía que la situación se volviese peligrosa. En estos asuntos, como solía decirse, «con los curas y los gatos, mejor poco trato».

Después de preparar el envío y poner la estampa de lacre rojo en la doblez del papel, el cronista se fue a la cama y entró en un sueño profundo con rapidez. Estaba agotado y necesitaba descansar la mente. Al día siguiente, con un nuevo amanecer, tomaría las decisiones necesarias para dar más pasos en busca de la verdad sobre el caso de la secta molinista de Corella.

* * *

Andrés esperó con impaciencia la llegada de Largo. A pesar de no pertenecer al clero, llevaba una vida de aparente espiritualidad dentro del monasterio en el que se hospedaba. Sin embargo, en esta ocasión se había saltado la oración de maitines y no tenía intención de retrasarse demasiado en sus obligaciones oratorias, ya que todavía tenía otra jornada de acusaciones por delante, todas ellas relacionadas con el caso del convento de los Carmelitas Descalzos, pero en el que estaban implicadas algunas monjas de menor consideración, como Rosa y Teresa Alonso, o María Ramírez de Arellano.

Las tres estaban a la espera del juicio y no mostraron síntomas de arrepentimiento en ningún momento. Según decían en el convento de Palencia, donde estaba recluida, Rosa Alonso, Sor Rosa de Cristo como la conocían, todavía rezaba la oración de santa, en forma de redondilla, que le habían aplicado a la hermana Águeda y que solían cantar en el coro de Corella. Decía así:

"Planta Jesús por tu mano,

la cruz en mi corazón
y dará fruto en sazón
porque el campo está lozano"

En todo caso, para el inquisidor éstas no eran más que unas personas abducidas por una fe errática y tenía la esperanza de que con el encierro en sus respectivos claustros, siguiendo las normas de cada convento como era debido, olvidarían las enseñanzas perniciosas de Sor Águeda y la maldita secta de Molinos. Ni bajo tortura confesaron nada del otro mundo, salvo los rituales a los que decían las obligaban a asistir, drogadas y sumisas. Por lo tanto, estaba claro que los principales acusados estaban a buen recaudo y el resto no eran más que títeres. Aun así, todo ese asunto le mantenía en tensión constante y quería cerrarlo con la máxima celeridad.

Sentado en el sillón del tribunal, el novicio que le servía trajo el desayuno y el monje comenzó a devorarlo con fruición. Cuando estaba a punto de terminar, la figura de Largo apareció por el pasillo secreto de la mazmorra. Como de costumbre, lo único que podía verse bajo el sombrero ajado y el paño que cubría el rostro era sólo el ojo marrón del garduño. La capa, también del mismo color, tapaba la mitad del cuerpo del mercenario y dejaba a la vista la empuñadura de la espada, desgastada de tanto uso.

—Te has retrasado, Largo —le recriminó el juez mientras se limpiaba la comisura de los labios con un paño.

—Discúlpame, pero mi confidente no pudo venir a verme hasta bastante tarde —se excusó él, usando el tuteo que le otorgaba la confianza de su vieja amistad y que sólo mostraba cuando estaban a solas—. En todo caso, hay dos cosas que debemos hablar antes de contarte lo que sé.

—Tú dirás.

—Tendrás que pagarme más, si quieres que mi informante siga con su labor.

—Por eso no hay problema. —Al instante siguiente Andrés sacó una pequeña bolsa con monedas del bolsillo que llevaba oculto en la manga derecha de la casaca y se la lanzó a Largo, que la capturó en el aire—. ¿Algo más?

—Sí, al parecer ese mojigato de buena cuna se ha enterado de que estás implicado en el caso —le comentó.

—¿Quién le ha dicho eso? —Andrés se levantó lleno de ira y dando un golpe con el puño sobre la mesa.

—Fray Juan le indicó que hablar contigo, pero parece ser que Sor Josefa de Loya es la que más se ha ido de la lengua.

—¿La sobrina de Sor Águeda? —preguntó extrañado el juez—. ¿No está encerrada en un convento de clausura?

—Sí, pero ese hombre sobornó a la Madre Superiora para que le dejase entrar y hablar con la muchacha.

—¿Y qué le contó exactamente? —Andrés bajó los tres escalones y se acercó a Largo.

—Por lo que he sabido, le ha contado unas cuantas cosas sobre lo que sucedió en Corella, algunas bastante embarazosas para ti y algunos amigos tuyos.

—Bueno, es la palabra de una monja adolescente que no tiene valor alguno —comentó el juez, que se giró y miró hacia uno de los aparatos de tortura que quedaban en la sala—. No tiene pruebas de esas acusaciones.

—Ahí radica el problema —dijo Largo de forma misteriosa, bajando la voz.

—¿Cómo? —Andrés se volvió para mirarle con los ojos desorbitados.

—Sí que hay pruebas, y parecer ser que Sor Águeda las tiene a buen recaudo. —El garduño apartó el paño y dejó su cara al descubierto. Se acercó aún más a la cara del letrado—. Esto se complica y a muchos nos va la vida en ello.

—Lo sé, mi viejo amigo —respondió el anciano—. Tendremos

que tomar algunas decisiones radicales para detener toda esta vorágine de acontecimientos.

—Exacto, o nos veremos arrastrados con ellos.

Afectado por la noticia, Andrés comenzó a trazar algún plan para detener la investigación de Gregorio. Si éste sabía de la existencia de esas pruebas, podría usarlas contra la Inquisición y contra todos los adversarios que tenía el rey en aquella zona de España. Aunque ignoraba qué podría ocultar Águeda, cualquier indicio, por nimio que fuera, y que pudiera imputar delitos a la orden o a sus socios, podría ser devastador y acarrear consecuencias imprevisibles.

—Francisco Herrera —le llamó por su nombre, algo poco habitual en la relación entre la garduña y quiénes les contrataban, pero que en entre los dos era algo más común—. Hemos sido amigos desde que te acogí cuando eras un huérfano en las calles de Zaragoza, así que ahora tendrás que hacer algo por mí.

—Lo que sea necesario, señor. —Volvió a taparse el rostro con el pañuelo—. Si es necesario, le mataré sin miramientos.

—Ya veremos, amigo, ya veremos.

Entre susurros, y en la oscuridad de la mazmorra, trazaron un plan para que la situación no llegase a mayores. Sea como fuere, esas pruebas nunca debían hacerse públicas. De ser conocidas por el monarca y sus acólitos, el futuro de los últimos austracistas que quedaban en España sería la horca, y lo mismo les sucedería a los miembros de la Iglesia que aún les apoyaban. Andrés lo sabía y por eso era perentorio que el enviado real no siguiera adelante con sus pesquisas. No importaba el precio que tuviera que pagar por ello.

Capítulo 11

Un jarrón de agua helada despertó a Águeda, que dormía en el camastro enroscada y abrazada a sus propias rodillas por culpa del frío que hacía en la mazmorra. Dio un salto asustada por la interrupción tan brusca de su descanso y se limpió el rostro con presteza para intentar comprender qué estaba pasando. Sin embargo no tuvo tiempo de reaccionar, pues unos hombres con hábitos de monjes benedictinos la agarraron de los brazos y los tobillos y la encadenaron en pocos segundos. Le taparon la cabeza con un pequeño saco para que no viese nada y luego la empujaron al exterior de la celda. La obligaron a caminar a trompicones hasta las escaleras, ya que ella intentó resistirse como pudo al secuestro. Sin embargo, por más que lo intentó todo esfuerzo era inútil y la obligaron a subir los peldaños que la llevarían hasta el exterior de la prisión. En todo caso, subió con dificultad por culpa de los cepos y los eslabones que la tenían cautiva y cayó varias veces al suelo hasta que llegó a la salida del edificio.

Martín se asomó un poco y observó por un resquicio de su puerta cómo la portaban a la fuerza y se tapó la boca para no emitir la expresión de sorpresa y miedo que estuvo a punto de descubrirle ante los monjes. Les observó con detenimiento, pero no logró distinguir ningún detalle de sus rostros pues tenían las caras tapadas hasta la nariz con pañuelos de color marrón oscuro, como las ropas que llevaban puestas. Lo único que pudo ver fue que eran bastante altos y de apariencia fuerte.

Los dos raptores y la prisionera salieron a la calle y cerca de la puerta había un carruaje cerrado a cal y canto, en el que sólo había una portezuela abierta para introducirla dentro del mismo. Al instante siguiente, el vehículo comenzó a moverse y la monja se mantuvo tumbada tal como la habían arrojado al interior. Se preguntó qué estaba pasando y el miedo atenazó sus músculos, ya tensos por el brusco despertar.

El vehículo traqueteó por la plaza en la que se erguía la prisión como una edificación ominosa que se empapaba bajo una incesante lluvia de finales de la primavera. A pesar del ruido que hacían las ruedas del carro sobre las calles adoquinadas, nadie se atrevió a asomarse a una ventana para ver qué ocurría. A esas horas de la madrugada, la mayoría de la población dormía en sus casas y cualquier sonido quedaba opacado por el de las gruesas gotas que caían del cielo sobre los techos de Logroño.

Pocos minutos después de que hubieran emprendido la marcha, el carruaje se detuvo y la portezuela volvió a abrirse, los dos monjes agarraron a Águeda con fuerza y la bajaron con la misma brusquedad como la apresaron. Le quitaron el saco que tapaba su vista y, entre empellones, pudo observar que la habían llevado a una especie de monasterio y un escalofrío recorrió su espalda, pues sabía qué podía significar tal visita indeseada a un recinto como aquél. Estar en un lugar así en medio de la noche no podía ser nada bueno, e intuyó lo que iba a pasar a continuación: las temidas torturas para que confesara sus pecados, aunque ella sabía que no era lo único que querían sonsacarle.

La llevaron hasta la mazmorra del tribunal y la desnudaron por completo, arrancando el sanbenito a tirones y quitándole las argollas y las cadenas. Luego, una voz que le resultó familiar resonó en la estancia que se encontraba casi a oscuras, pues sólo había una vela encendida sobre una pequeña mesa que estaba al lado de un potro de tortura.

—Es una noche fría, ¿verdad Sor Águeda De Luna?

En el escritorio estaba sentado Fray Diego, el Calificador del Tribunal, mirándola con una pluma entintada en la mano derecha. Pero no era él quién había hablado, así que dedujo que Andrés Francisco de Arratabe, el juez, fue quién pronunció las palabras con tono desagradable.

—¿Qué quiere de mí? —preguntó ella con la voz temblorosa y tapándose como pudo los senos y las partes pudendas con las manos.

—Una confesión, tan solo eso —respondió él, que se acercó y apareció desde las sombras como un espectro.

—¿Qué confesión?

—La vuestra, una confesión de culpabilidad como cabecilla e instigadora de lo que sucedió en Corella.

—Usted mismo ya me ha acusado de eso y me sacó una confesión mediante torturas, pero le dije que no tenía nada que ver —contestó con algo de entereza—. Soy tan víctima como las demás monjas.

—¿Y también me va a decir que no tiene escondidas las pruebas que acreditan tales actos?

—No sé de qué me habla.

—Sabe que eso es mentira y es el Diablo el que habla por su boca. —Andrés se colocó a la altura de la monja y apartó las manos con un tirón fuerte. La miró de arriba a abajo y esbozó una sonrisa ladina—. Lucifer y sus mentiras están dentro de su cuerpo y vamos a sacarle la verdad, y créame que lamento tener que hacerlo por las malas.

Acto seguido, los dos monjes que la habían secuestrado de la celda la subieron al potro y la tumbaron sobre el mismo, amarrando las piernas juntas y colocando los brazos hacia la parte superior. Luego, sin ninguna muestra de compasión, comenzaron a girar las poleas para estirar el cuerpo poco a poco. Águeda sintió que las articulaciones comenzaron a emitir calambres y dolores, pero apretó la mandíbula y soportó el dolor durante unos segundos. Al ver que no surtía efecto, Andrés hizo un gesto a los monjes para que se detuvieran.

—Veo que es una mujer fuerte —le susurró al oído—. Sin embargo, no tiene por qué soportar estas torturas.

—Ya le he dicho que soy inocente y que no sé de qué pruebas me habla—le espetó, girando la cabeza y escupiéndole en la cara.

—¡Maldita puta blasfema! —Le propinó un bofetón tan fuerte que partió el labio de Águeda, que comenzó a sangrar un poco—. ¡Seguid tirando y arrancadle las extremidades!

Cuando los monjes retomaron el proceso, la monja sintió el crujir de sus huesos y notó que estaban a punto de romperse por la presión que ejercían las cuerdas. Comenzó a gritar de dolor e hizo intentos fútiles de desembarazarse de las sogas. Hasta tal punto llegó el sufrimiento, que llegó a perder el conocimiento durante unos segundos. Al poco recuperó la conciencia y notó que habían aflojado las poleas, lo que provocó algo de alivio en ella.

—¿Va a confesar sus pecados? —insistió Andrés.

Ella le miró con lágrimas en los ojos y todavía tuvo fuerzas para dibujar una leve sonrisa en sus labios. Miró hacia el techo bajo de la mazmorra y respondió a la pregunta del inquisidor.

—¡No le diré nada, bastardo! —fue la contundente respuesta que pronunció entre gemidos.

Sin dudarlo, las torturas continuaron durante casi dos horas y con otras formas conocidas por los taimados y brutales monjes, pero no obtuvieron confesión alguna de Águeda que, ajena ya a todo sufrimiento, tenía la mente en otro mundo y se imaginaba volando entre ilusiones de ángeles y vírgenes.

* * *

Al abrir los ojos, Gregorio se volteó sobre la cama y vio una figura difusa y gruesa al lado del escritorio. Adormilado todavía, intentó enfocar mejor la vista y vio que Prudencia estaba colocando y ordenando los papeles que tenía sobre la mesa. Observó también que el cuaderno estaba cerrado y puesto a un lado, cuando la noche anterior recordaba haberlo dejado abierto. También vio que ella tenía la carta en la mano izquierda, mientras con la diestra pasaba un paño sobre la superficie de mármol.

—Buenos días, señora Heredia —la saludó mientras se estiraba como un gato.

—¡Por Dios, señor, qué susto me ha dado! —se sobresaltó el ama de llaves, que puso una mano sobre el pecho.

—Disculpe, no era mi intención —respondió él, mientras sonreía por el gesto que aún se dibujaba en el rostro de Prudencia.

—¿Ha dormido bien? —preguntó ella, más calmada.

—No demasiado, la verdad.

—Claro, si es que con ese asunto de las monjas y los frailes, seguro que tiene hasta pesadillas con diablos, brujas y esas cosas malignas.

—No, no es por eso. —Gregorio fue hasta el baño para lavarse la cara en la jofaina. El agua estaba helada y eso despertó del todo al cronista—. Anoche estuve trabajando hasta tarde, por eso dormí poco.

—Entonces permita el señor que hoy le sirva una buena infusión de achicoria, verá como le sienta de maravilla y estará el resto del día como un toro —dijo la mujer, que iba a salir como una exhalación de la habitación antes de que él le respondiese.

—Por cierto, señora Heredia —la interrumpió él, asomándose a la puerta e interrumpiendo su marcha—, procure que esa carta que tiene en la mano llegue a la casa de postas esta misma mañana, por favor —le dijo con seriedad.

—Por supuesto, señor —comentó ella con la voz nerviosa.

Gregorio no se preocupó por si la había leído, ya que había observado que el sello seguía intacto y, por lo tanto, el contenido de la carta seguía siendo confidencial. Todo lo que estaba investigando debía mantenerse en el más absoluto secreto, y sólo el monarca tenía que ser conocedor de todas las averiguaciones que iba realizando Gregorio.

Cuando fue a vestirse, observó que el escritorio estaba en perfecto orden y que ella había cambiado la vela del candelabro por otra nueva, además de limpiar los restos de cera que manchaban el dorado metal del que estaba hecho. Gregorio no pudo evitar sonreír y valorar el entusiasmo que la señora le ponía a su labor, con una meticulosidad que rayaba en la obsesión.

De cualquier forma, lo que centró su atención en ese momento era la idea de volver a la prisión para interrogar de nuevo a Sor Águeda, dadas las circunstancias. Tras la confesión de su sobrina, estaba claro que la monja era la pieza clave, la piedra angular de una secta que abarcaba mucho más de lo que él hubiese imaginado cuando salió de Madrid hacía ya una semana. Todas las implicaciones, los acólitos y las víctimas estaban conectadas en una red que él quería descifrar a la mayor brevedad posible. La pregunta era hasta qué punto iba a llegar el entramado de la tela de araña de lujuria y violencia.

Después de desayunar y vestirse, el cronista preparó el maletín para ir hasta la cárcel y se fijó en el cuaderno de notas. El hecho de haberlo visto cerrado y a un lado de la mesa, mientras Prudencia limpiaba la habitación, le produjo un repentino temor. ¿Y si ella lo había estado leyendo mientras él dormía? ¿Qué podría hacer el ama de llaves con la información que tenía anotada entre las páginas del libro?

Gregorio desechó la idea de inmediato y pensó que sus temores eran infundados, ya que la mujer no estaba allí por ser precisamente una cotilla. De haber sido así, el rey la habría despedido hacía años. En todo caso, se dijo a sí mismo que debía ser más cauteloso de ahora en adelante con sus cosas y pensó que no volvería a dejar nada a la vista para evitar tentaciones e indiscreciones de la oronda mujer.

El día había amanecido lluvioso en Logroño y maldijo la suerte que estaba teniendo con el clima de la región. En esa mañana también tuvo que enfrentarse a un viento helado y fuerte que hacía rielar a sus espaldas la capa que le tapaba el cuerpo. Por último tuvo que agarrar el sombrero con una mano para evitar que éste saliera volando por las calles de la ciudad. Al final llegó hasta la prisión y agradeció que la puerta se abriera cuando estaba a unos pocos pasos de arribar hasta ella.

Martín le franqueó la entrada con rapidez para llevarle a la celda que ordenase y le ayudó a deshacerse de la capa y el sombrero, que estaban empapados. Pero cuando Gregorio dijo que quería ver de nuevo a Sor Águeda, el carcelero puso una expresión de sorpresa y buscó una forma de evitar dicha visita. Él la había visto cuando se la habían llevado y cuando la trajeron de regreso antes del amanecer, y también sabía que el aspecto con el que llegó no iba a ser del agrado de Gregorio.

—Señor, la monja no se encuentra bien hoy para otra entrevista —intentó mentir.

—Eso no me importa —le cortó el joven—, necesito hablar con ella ahora.

—Pero señor... —balbuceó el carcelero.

—No me haga perder el tiempo, Martín, si no quiere que le denuncie por obstrucción a una orden del rey —se impuso Gregorio, que parecía estar de mal humor.

—Antes de ir, debo contarle algo importante.

—Usted dirá.

—Anoche vinieron unos monjes benedictinos y se llevaron a la monja —susurró el carcelero.

—¿Cómo dice? ¿Por qué motivo? —preguntó desconcertado.

—No lo sé, pero la trajeron hace unas pocas horas.

—Está bien, vayamos cuanto antes a su celda.

—De acuerdo señor, sígame—respondió, tragando un nudo de saliva.

Bajaron hasta la estancia de Águeda y Martín abrió los cerrojos y el candado. Cuando Gregorio la vio tumbada sobre la cama, desnuda por completo y con algunas magulladuras y heridas, el historiador se giró y miró con ira al carcelero.

—¿Qué le ha pasado? —le gritó, agarrándole por la camisola a la altura del pecho.

—Han sido los monjes, señor —dijo con voz turbada—. Ya se lo dije, vinieron de madrugada a buscarla y se la llevaron no sé a dónde.

—¡Esos cabrones enfermizos! —exclamó el emisario real—. Traiga agua caliente, paños y busque ropajes para ella, ¡muévase! —le ordenó.

Mientras Martín iba a cumplir con lo que le había solicitado, Gregorio se acercó a la mujer y le puso la capa por encima para taparla. Comprobó que no tenía heridas graves, salvo algunos cortes y unas feas marcas de quemadura con algún objeto candente en las aureolas de los pezones. Ella despertó y le dirigió una sonrisa agradecida, mientras se movió en la cama con algunos gestos de dolor que se dibujaron en la cara. Se arrebujó bajo la prenda y puso el cuerpo en posición fetal para entrar en calor.

—¿Por qué os han hecho esto? —preguntó él, que le ofreció un poco de vino que llevaba en la bota que Prudencia le preparaba todos los días. La monja bebió un poco y suspiró.

—Querían que confesara —respondió con la voz débil.

—Confesar qué. —También le ofreció comida de la que trajo consigo y ella mordisqueó un trozo de pan con pocas ganas.

—Querían que les dijera que soy culpable de todo lo que me acusan y que les dijera la verdad. —Se incorporó un poco y comenzó a comer con más fruición. No sabía por qué, pero junto a Gregorio se sentía diferente, más cómoda—. Sin embargo, son ellos los que deben confesar lo que han hecho y lo que están haciendo.

—¿A qué se refiere? —A pesar de que él sabía lo de las pruebas, gracias a la confesión de Sor Josefa de Loya, esperaba sacar más información de Águeda.

—Pues que hay una única verdad y usted aún no la conoce —dijo ella, mientras daba otro trago de la bota de vino.

—¿Y qué verdad debo saber?

—Que me acusan en falso, mi hermoso joven. —Ella acercó el rostro al de Gregorio y estuvo a punto de besarle, pero sólo fue un amago para tentarle.

—No es eso lo que tengo entendido —respondió él, que no se apartó un centímetro y tampoco cayó en la trampa, a pesar de la tentación.

—¿Qué le han dicho? ¿Que soy una puta del Diablo? ¿Que he realizado rituales satánicos? ¿Qué exactamente? —dijo ella, apartándose de nuevo.

—Bueno, con esas palabras no, pero sí he oído que ha cometido actos de herejía y falsa doctrina.

—¿Herejía? ¡Qué sabrán esos zopencos incultos! —exclamó ella, molesta.

—Pues cuénteme por qué la acusan en falso, según sus palabras.

—¿Ha leído las enseñanzas de Miguel de Molinos?

—No, pero Fray Juan de Longas me contó que desarrolló un tipo de fe que fue prohibida y perseguida en varios puntos de España. ¿Por qué lo pregunta?

—¿Sólo le dijo eso?

—Sí, me dijo que fue usted quien manipuló las doctrinas de Molinos.

—¡Viejo cabrón! —exclamó ella, iracunda—. No le contó que también nos enseñaron que Dios permitía que nos violaran o abusaran de nosotras porque así alcanzaríamos la pureza espiritual, ¿verdad?

—No, no mencionó nada de eso —dijo Gregorio.

—¿Tampoco dijo que nos aplicaba a rajatabla las mezquinas y lujuriosas enseñanzas molinistas? —Águeda se indignó y comenzó a contar cosas que el cronista ignoraba por completo—. Nos forzaron a seguir sus directrices y las que venían en sus diabólicos libros, y hablo por palabras escritas por Miguel de Molinos:

» *Dios permit, y quiere, para humillarnos, y hacernos llegar a la verdadera transformación en algunas almas perfectas, que el demonio cause violencia en nuestros cuerpos y las haga cometer actos carnales, aun despiertas, y aun sin ofuscación de mente, moviéndoles físicamente las manos y otros miembros contra la voluntad de ellos.*

» *Puede darse el caso que en estas violencias de actos carnales sean, a un mismo tiempo, por parte de dos personas; esto es, hombre, y mujer, y se siga el acto por parte de los dos. Cuando vienen estas violencias, es menester dejar obrar a Satanás, sin usar industrias propias, ni propia fuerza, sino dejarse llevar. Y aunque sucedan poluciones y actos obscenos con las manos, y aun cosas más extrañas, es necesario no inquietarse, sino echar fuera los escrúpulos, las dudas y los miedos, porque el alma queda más iluminada, más fortificada y pura, y se adquiere la santa libertad; y sobre todo es menester no confesarse; y se hace santísimamente el no confesarse de ellas, porque así se vence al demonio y se gana un tesoro de paz.*

—¿Me está diciendo que lo que en realidad pasó en Corella y en Lerma fueron actos impuros, violaciones y abusos carnales, y que fueron los frailes los que los impusieron y no usted?

—Eso era lo que hacíamos, seguir el Molinismo como una

forma de vida —dijo ella, que pareció calmarse.

—Las palabras de su sobrina no son las mismas, ni tampoco me dio la misma versión que usted —dijo Gregorio, a la espera de ver cómo reaccionaba ante este hecho.

—¿Ha hablado con ella? —se Sorprendió Águeda.

—Sí, ayer mismo.

—¿Cómo está?

—Resentida con usted y deseando vivir una nueva vida —fue la seca respuesta de Gregorio.

—La entiendo. ¿Y qué le contó? —Águeda bajó la cabeza con tristeza.

—Que fue usted quien la obligó a tener actos impuros con Fray Juan de la Vega y con otro hombre cuando apenas llevaba unas semanas en el convento.

—Entiendo —fue la cortante respuesta de la monja.

—También comentó cosas acerca de la secta molinista y que había muchos más implicados —continuó Gregorio—. Dijo que usted tiene las pruebas para acusarles e implicarles en todo este suceso. ¿Es cierto?

Águeda calló durante unos segundos se paseó por la celda con la capa puesta alrededor del cuerpo y pensó qué respuesta dar a la pregunta del cronista. El sentimiento de culpa por lo que le había hecho a su sobrina todavía la atormentaba y el hecho de que el enviado del rey hubiera hablado con ella le abrió una vieja herida que parecía no cerrar nunca.

—Sí, eso es cierto —respondió al final movida por los remordimientos—. Por eso me torturaron anoche, por orden de Andrés de Arratabe.

—¿Les dijo dónde las esconde? —inquirió el historiador, asustado por la posibilidad de que dichas pruebas cayeran en las manos del inquisidor.

—No y jamás se lo diré a nadie —respondió ella con firmeza—, ni aunque me torturen todos los demonios del infierno.

—¿Por eso sostiene que es inocente de los cargos que se le imputan?

—En efecto y por eso mantengo firme en mi decisión de no confesar actos de los que no me siento culpable.

—Cuénteme pues con todo detalle las circunstancias que la han llevado hasta aquí y así aclararemos todo esto. —En la mente del cronista había un plan.

Quería conocer la vida de la monja al completo y saber por qué motivo estaba en una situación tan peligrosa para ella. Si además obtenía el paradero de dichas pruebas, la situación podría dar un vuelco de ciento ochenta grados y lograría ganarse el favor del rey.

—Está bien, le contaré lo que ha pasado y espero que lo anote todo en su mente para que quede constancia de la injusticia que se está cometiendo conmigo —respondió la monja, que se sentó de nuevo al lado de Gregorio.

Antes de comenzar a hablar, Martín entró en la celda con la comanda que le había pedido el cronista. La monja se deshizo de la capa cuando el carcelero volvió a marcharse y comenzó a limpiarse las heridas y los cortes sin pudor alguno, a pesar de su desnudez. Luego se puso encima una túnica gruesa de lana y volvió a ponerse la capa por encima, dispuesta a revelar a Gregorio todos los secretos de la secta de los molinistas.

Capítulo 12

La esquina en la que Largo esperaba al informante en el que confiaba estaba escondida detrás de una taberna de nombre malsonante y peor reputación. Había varios barriles vacíos en el callejón que le ocultaban a los ojos de las personas que paseaban otra vía transversal, así que nadie podía ver que estaba allí escondido y a la espera de alguien con quien compartía un delicado trato. Esa persona llevaba apenas semanas trabajando para él, pero había mostrado una eficiencia sorprendente en la labor que se le había encomendado.

De cualquier forma, era una tarde desapacible para reunirse en un rincón oculto en la parte trasera de una taberna llena de rufianes y prostitutas. Las nubes grises y oscuras que surcaban el cielo anunciaban otra jornada de lluvias y frío intenso y el garduño maldijo el mal tiempo que todavía hacía mientras continuó a la espera, pues cada dato que le aportara esa persona de confianza era fundamental para la misión que estaba realizando. Ahora que la situación parecía estar fuera del control del juez, la labor Largo era más vital que nunca.

Justo cuando comenzaron a caer las primeras gotas de una fina llovizna, apareció la persona a la que esperaba desde hacía casi una hora. La figura se acercó a él y miró alrededor para asegurarse de que nadie la había seguido. Era alguien de baja estatura y con forma de mujer que poseía un cuerpo de generosas curvas y prominentes senos. Por lo poco que se veía de ella, se podría deducir que la voz de la fémina en cuestión debía ser grave y profunda, aunque al hablar la espía modulaba el tono para intentar ocultar su verdadero tono. Tampoco se podía distinguir bien ningún rasgo más de su cuerpo, pues iba cubierta de varias prendas. Ante todo, lo más importante entre la Garduña es que nadie conocía a nadie; esa era la forma más segura de evitar que alguien pudiera delatarte ante las autoridades.

—De nuevo llega tarde —le dijo Largo, molesto por el retraso.

—¿Cree usted que es fácil obtener la información que me pide? —replicó ella, hablando entre susurros.

—Ese es su problema, no el mío —se quejó él—. No me sobra el tiempo, así que dígame qué ha averiguado hoy.

—Lo que sí es su problema es que el historiador ha enviado una carta al rey —fue la elocuente respuesta de la mujer.

—¿La ha leído? —Largo se inquietó ante la noticia.

—Sí, le ha escrito todo lo que sabe por ahora y las implicaciones de la Inquisición —respondió ella—. Pero él no se ha dado cuenta de que la leí, ya que me encargué de limpiar los restos de lacre rotos y puse un sello nuevo mientras dormía.

—¡Maldita sea! —exclamó en voz baja—. ¡Se lo advertí a ese jodido juez!

—Eso no es todo —continuó ella—. Creo que esta mañana fue a la prisión para hablar con Sor Águeda otra vez.

—Esto se complica y no quiero imaginar qué le estará contando esa zorra.

—Mañana le podré decir algo, cuando pueda tener acceso a su libro de notas mientras duerme —dijo ella, intentando justificarse.

—Entonces será demasiado tarde, la situación se está tornando peligrosa para nosotros —dijo con severidad—. Tendré que actuar cuanto antes, pero debo hablar primero con mi patrón.

—¿Va a matar al historiador? —le preguntó ella.

—Si no queda otro remedio, así será —fue la contundente respuesta que recibió.

—¿En serio es necesario acabar con él?

—Eso no es de su incumbencia.

—Es un enviado de Felipe V —replicó ella, que le había tomado afecto a Gregorio—. ¿No es demasiado peligroso hacerle algún daño?

—Ya le he dicho que eso no es asunto suyo, así que tome el pago por la información de hoy. —Le tendió una pequeña bolsa con monedas—. Ya no es necesario que nos veamos más.

Acto seguido, mientras la lluvia comenzó a arreciar con más intensidad, Largo desapareció por la parte opuesta del callejón y dejó a la mujer con la bolsa en la mano. Ella la abrió y suspiró con resignación. Volvió a cerrarla y susurró para sí:

—Con esto no tengo suficiente.

La mujer retomó el mismo camino por el que había llegado hasta allí y apretó el paso entre las calles empedradas para regresar hasta la casa donde vivía desde hacía años. Aunque no fuera suya la consideraba un hogar, pero sólo de forma momentánea; o eso esperaba. Tenía planes para hacer su propia vida y no iba a permitir que nadie la detuviera, aunque ello la llevara a exponerse a peligros que no era capaz de imaginar.

* * *

Andrés no esperaba una reunión tan temprana con su socio, pero según le indicó el novicio que le despertó de la siesta, Largo traía un mensaje importante que el juez debía conocer al instante. El juez se vistió con la casaca negra, que tapaba de forma parcial el chaleco del mismo color y la blusa de tono marfil, y bajó hasta la mazmorra con celeridad, usando el pasadizo secreto para que ningún otro miembro de la congregación que estuviera dc vigía le descubriese. Después de unos pocos minutos, se encontraron en el rincón de conjuras que usaban habitualmente.

—¿A qué viene tanta prisa? —le espetó el inquisidor.

—Gregorio ha enviado una carta al rey contándoselo todo — dijo el garduño sin demora.

—¿Cómo? —Andrés abrió los ojos de par en par y le flaquearon las piernas al instante.

—Y eso no es todo, esta mañana estuvo de nuevo hablando con Sor Águeda —afirmó Largo—. Estoy seguro de que le contó dónde esconde esas pruebas que buscamos.

—Si las encuentra antes que nosotros, entonces estamos muertos —dijo Andrés, preocupado—. Tenemos que hacer algo, y rápido.

—Ahora sí que tenemos que eliminar a ese hombre — puntualizó con firmeza el mercenario.

—¿No será demasiado peligroso? —dudó el letrado.

—Eso déjalo de mi cuenta —replicó Largo—. Acabaré con él con rapidez y esconderé su cadáver donde nadie pueda encontrarle.

—No te precipites, Francisco —porfió el anciano—. No olvides que es un enviado del rey y le echarán en falta con rapidez.

—Por eso no debes preocuparte, nadie puede relacionarnos con su muerte.

—Pero sospecharían de nosotros, sobre todo de mí, y ya estoy bajo demasiada presión con este asunto como para cargar también con la muerte de ese muchacho.

—Hazme caso, sé cómo acabar con él y que nadie descubra nada.

—¿Y cómo harás eso?

—Es un historiador, ¿qué peligro puede tener?

—En fin, lo dejo de tu cuenta —reflexionó Andrés—, pero recuerda que no debe quedar prueba alguna de nuestra implicación en este crimen.

Largo asintió y se marchó con rapidez de la sala, dejando al juez a solas con sus elucubraciones. Ahora que el rey iba a ser conocedor de las acusaciones y las diferentes ramas que abarcaba la secta molinista, lo más importante era que Sor Águeda confesase dónde tenía escondidas las pruebas que les implicaban. Con ellas en su poder, todo quedaría en el desquiciante alegato de unas simples monjas que ya estaban cumpliendo condena por herejía o estaban encerradas por sus castigos.

Además, con Gregorio muerto, no quedaría rastro alguno de la supuesta implicación de la Inquisición, por lo que el caso se cerraría y él y sus amigos quedarían impunes de cualquier culpa. Ese era el plan que ahora tendría que llevar a cabo y para lograr que funcionase sólo necesitaba una cosa: sacar la información de la boca de Águeda. De cualquier forma, Andrés sabía que lograr que ella le contase dónde escondía las pruebas iba a ser una tarea difícil y debía buscar la manera de que lo confesara a alguien.

Pensando en cómo lo conseguiría, el juez salió de la mazmorra y encontró al novicio en su dormitorio, preparando la cama para que descansase. Sin embargo, antes de que terminase la labor, le ordenó que fuera a buscar a los misteriosos monjes que habían secuestrado a la monja la vez anterior y pidió que volvieran a llevarla de nuevo hasta él para seguir con el interrogatorio y las torturas. Andrés se prometió que usaría todos los medios a su alcance para obtener lo que quería.

* * *

Algo más repuesta del cansancio y del dolor de las heridas producidas por las torturas que le habían infligido, Águeda miró a Gregorio y buscó la forma de comenzar a contar la historia que éste estaba esperando escuchar, la propia versión de la principal encausada en todo aquel embrollo. Para ella no era fácil recordar cómo y cuándo comenzó la sumisión que le fue impuesta por Juan de Longas, que la acogió cuando era una lozana adolescente con un carisma fuera de lo común y con una fe en la Virgen de Araceli también inaudita.

—Cuando era una niña y paseaba con mi hermana Josefa por Corella, siempre me detenía a pasar por la iglesia para ir hasta ella —comenzó a recordar su infancia—. Tenía una devoción total por la Virgen de Araceli y no dejaba escapar una oportunidad para ir a verla, tan hermosa y tan perfecta, con el niño Jesús cogido en brazos.

» Mis padres me inculcaron la fe, pero la obsesión nació conmigo y también la pasión por la vida de los curas y las monjas, por eso, aun siendo una niña, tenía claro qué quería ser al crecer. De esta forma, cuando conocí a Fray Juan de Longas no dudé en tomar los hábitos y convertirme en monja en Lerma, cerca de mi hogar. Era tan feliz, me sentía tan agradecida a Dios y a la Virgen que no pensaba en otra cosa que ser la mejor monja del mundo y que me vieran los ángeles desde el Cielo y cantaran entre ellos "mirad, ahí va Sor Águeda, ejemplo de alma santa y caritativa que las personas de bien deben seguir".

—Y siendo usted así de pía, ¿qué cambió para que todo acabase de esta forma? —preguntó Gregorio, mientras tomaba notas de todo lo que escuchaba.

—Paciencia, maese cronista, paciencia —sonrió ella, que le acarició el rostro con ternura—. Primero debe ser consciente de que nunca quise formar parte de la secta molinista, y por eso le he contado la primera parte.

—Discúlpeme, la escucho —dijo él, avergonzado.

—Como le decía, mi vida en Lerma empezó siendo muy tranquila, pero ¡ay de mí! —Miró hacia el ventanuco que había en la parte superior de la celda, donde las nubes dejaban caer lluvia sobre Logroño—. Jamás imaginé que las verdaderas intenciones de ese monje loco eran convertirme en una figura imprescindible de sus endemoniados vicios.

» Antes de que me diera cuenta su cómplice en todo el asunto, Fray Juan de la Natividad, comenzó a mostrarme las enseñanzas de Miguel de Molinos que era su tío, y yo, embobada y por mera curiosidad, comencé a leer los libros prohibidos de ese hombre. Cuanto más aprendía, más me llamaba la atención lo que enseñaba y no puedo negar que deseos impuros comenzaron a crecer dentro de mí, sobre todo cuando probé la lujuria y ésta me hizo perder la razón. Al fin y al cabo, era una niña que estaba descubriendo su sexualidad, a pesar de llevar mis hábitos de monja.

» A causa de ello pronto cogí una enfermedad que hacía que sacara piedras ensangrentadas con la orina y Fray Juan y su cómplice quisieron interpretarlo como un símbolo de mi santidad. Decían a todo el mundo que había sido elegida por Dios y la Virgen para hacer milagros y no tardó en hacer buen negocio de eso. No se imagina cuánto dinero ganamos con la credulidad de los campesinos y aldeanos de Lerma y alrededores. Venían por decenas a verme y pedirme que les curara sus enfermedades, que cuidara de sus animales o cosechas y, en muchas ocasiones, hasta que intermediara por sus familiares muertos para que no estuvieran en el Purgatorio. Es increíble lo que unas pocas monedas pueden comprar en el espíritu de las personas.

» Sin embargo, a escondidas de todos se producían verdaderos actos abyectos que nadie podría imaginar y que estaban encabezados por Fray Juan de Longas y por Juan de la Natividad, en el que realizábamos copulaciones impuras y que provocaron que quedase embarazada en una ocasión. Como era boticaria del convento, tomé un bebedizo para que el niño saliera forzado de mi vientre, lo que ocurrió a los pocos días. Lloré de rabia, pero estaba tan ciega por la lascivia y la vida de santa que me habían hecho creer, que guardé el secreto y continué haciendo el papel que me habían asignado.

» Durante dieciséis años estuvimos viviendo en pecado, sobre todo yo con Juan de la Natividad, que luego me acompañó hasta Corella cuando se inauguró el convento y a mí me nombraron Abadesa del mismo. Llegué allí con corona de santa, sí, pero con el misterio que portaba en mi interior y que era desconocido por todos. Él se quedó cuatro meses conmigo y pronto se habló de su inútil labor entre la congregación, así que me aseguré de quitarlo de en medio.

» En el nuevo convento también se corrió con rapidez mi fama y otra vez volvieron los crédulos a atosigarme para que hiciera el paripé y fingiese tener visiones de la Virgen o para que obrara supuestos milagros. Me cansaba tanta pantomima y todo aquel embuste, pero no podía hacer nada para detenerlo. Seguí con la mascarada todo el tiempo que pude y continué satisfaciendo cada vez más mis instintos primarios.

» Cuantos más meses pasaron, la congregación fue creciendo en monjas nuevas y jóvenes. Algunas venían por imposición familiar, por descerebradas o descarriadas; otras venían por miseria y no tener dónde vivir. En todo caso, para mí lo más importante era que cada vez éramos más y empecé a pensar que la fe molinista era la verdadera. Me sentía embriagada de poder y ese sentimiento me dominaba más aún que la lujuria.

—¿Es cierto que las nuevas monjas también participaron de vuestras bacanales? —la interrumpió Gregorio en ese punto.

—Sí, en algunas ocasiones sí, sobre todo las más alocadas —respondió ella.

—Pero en el auto de imputación de la Inquisición describen, y leo el escrito de acusación:

"La madre Águeda Josefa de la Encarnación hizo pacto expreso con el diablo, entregándole su alma y cuerpo, admitiéndolo como esposo y enseñando mediante engaños a las otras monjas esta herejía." —Leyó de sus anotaciones—. La acusan de ser la instigadora de que se produjeran estos actos.

» Además, también menciona que:

"Siendo boticaria del convento, procuraba a las monjas embarazadas las pócimas para provocar los abortos, habiéndose encontrado en el huerto trasero del mismo varios cuerpos de fetos."

» Entre otras cosas, también dice:

"Tenía por falsos todos Sus misterios, ultrajaba las imágenes de Jesucristo, reverenciando y dando culto hincada de rodillas al Diablo cuando le llamaba y aparecía visiblemente en forma de mancebo hermoso. Todo ello lo ejecutó repetidas veces, renovando dicho pacto y exhortando a la perseverancia y continuación a los demás cómplices del grupo, que son siete entre monjas y religiosos, los cuales se reunían en la celda donde aparecía el diablo para adorarle. En esos momentos, todos tenían acceso carnal con el demonio, con deleite y con mucha frecuencia.

En su grupo estaban los frailes Antonio de la Madre de Dios y Juan del Espíritu Santo. Cuando una quedaba embarazada se le entumecía su vientre. El diablo se aparecía físicamente o en sombra monstruosa. Al ser penetrada por la "sombra", recibía en su interior unas ráfagas de aire que se adentraban en todas las partes de su cuerpo.

Confesó que era mujer muy viciosa y haber tenido contactos sexuales varias veces con el diablo, y con los religiosos cómplices, quedando preñada varias veces, y que sabía más en estos asuntos que las putas más corridas de Madrid. Al ser encargada de la botica, la madre Águeda componía bebidas para hacer abortar a la monja preñada, para no ser descubiertas. Tuvieron muchos abortos en sus celdas de criaturas animadas. Ocultaban dichos partos, ahogando en ocasiones a criaturas; las enterraba en un lugar apartado de la huerta, prohibiendo al hortelano no labrase en ese lugar; y sembraban flores para despistar."

» ¿Qué tiene que decir sobre todo esto? —preguntó Gregorio, que seguía sin tener claro si la monja era tan inocente como pregonaba.

—Tuve que reconocer eso bajo tortura, y no pocas, a las que me sometieron esos cerdos del tribunal. Me obligaron a decir que participé de esos viles actos, pero lo cierto es que fue por imposición de los frailes, sobre todo del que era mi amante en ese momento, Juan de la Vega. —Se tumbó en la cama de nuevo y se llevó la mano al vientre—. Con él llegué a tener cinco vástagos.

» Decía que era peligroso dar vida a cualquier niño que naciera de aquellas violaciones, ya que había muchos que participaban en secreto. Venían muchos hombres que no conocíamos a copular con las chicas y conmigo, aunque cuando me fui haciendo vieja ya no me ponían las manos encima. Siempre las buscaban en edad de adolescencia, o incluso menos, como le pasó a mi sobrina.

—Ella me dijo que tenía pruebas de la implicación de los participantes en la secta —comentó él.

—Y es cierto, tengo apuntados los nombres de cada uno de los que venían a las visitas y la cantidad que pagaba cada uno —afirmó ella, que volvió a incorporarse.

—¿Dónde está esa lista y qué se hizo del dinero?

—Esa es una información que no puedo darle, señor Fernández —apostilló ella.

—Si quiere que la ayude, debe decirme dónde ocultó las pruebas, hermana Águeda —insistió Gregorio.

La monja no contestó y le dio la espalda al joven cronista, tumbándose de nuevo y mirando hacia el muro que estaba pegado a la cama. Él esperó unos minutos a que reflexionara, pero parecía que las ganas de hablar de la acusada se habían terminado y no estaba dispuesta a decir una palabra más. Decidido a dejarla allí, y desesperado por no haber obtenido tan sustancial información, recogió los usos de escritura y los guardó en el maletín. Después, tocó en la puerta y el carcelero le abrió en pocos segundos para que saliera.

—Espero que reflexione, porque la única forma que tiene de salir de aquí será si me ayuda a encontrar esas pruebas —dijo él con vehemencia.

Antes de abandonar la celda, Gregorio observó que ella seguía en la misma posición y movía los labios sin emitir sonido alguno, aunque era evidente que estaba orando. Si a Dios o al Diablo, eso no podía asegurarlo. Después de lo que había oído, no le quedaba la menor duda de que Águeda era tan culpable como los demás implicados.

Capítulo 13

os gritos del monarca se podían escuchar por casi todas las estancias del Palacio Real de San Ildefonso, lugar al que a veces acudía para descansar. La carta de Gregorio le acababa de llegar al caer la tarde y lo que leyó en ella hizo que explotara de ira, como solía ser costumbre en él cuando las circunstancias le sobrepasaban o le contrariaban, aunque fueran de forma nimia e insustancial. En todo caso, lo que estaba escrito en aquel papel no tenía nada de prosaico y esta vez sí que estaba justificado el monumental enfado del que estaba haciendo gala.

Desde la llegada a la corona de Felipe de Anjou, impuesto por el rey Luis XIV de Francia al propio Carlos II, que no tuvo descendencia, éste tuvo que enfrentarse a una cruel guerra contra los austracistas, seguidores de la casa del Sacro Imperio Romano Germánico que encabezó el archiduque Carlos, y que fueron apoyados por diferentes monarquías del resto de Europa para que los Borbones no se quedasen con el reinado de España. Después de casi dos años de guerra civil, Felipe V tomó finalmente el control del país en 1715, con la capitulación de Mallorca. Sin embargo, con la desconfianza posada en el clero que siempre apoyó los intereses de los austracistas, Felipe buscó la forma de someterlos bajo su control.

Aunque habían pasado casi veintidós años desde aquello, Gregorio pensó comunicárselo al rey y decirle que se presentaba una oportunidad vital de conseguir que los poderes eclesiásticos le reconocieran abiertamente como legítimo heredero a la corona y que nunca más se cuestionase la autoridad que poseía. Por este motivo era un objetivo de suma urgencia encontrar las pruebas que implicaran a otras personas relacionadas con la aristocracia austracista o con los poderes de la Iglesia, sobre todo en Aragón, Navarra y Cataluña, lugares que se mostraron más beligerantes ante la llegada del nuevo monarca.

Dada la situación, en dicho escrito el cronista también solicitaba que le enviasen a alguien que le protegiera ante posibles intentos de hacerle callar, unas sospechas que también puso en conocimiento de Felipe. Después de ver las torturas que le habían hecho a Águeda De Luna y lo que ella le confesó, no dudaba de que su integridad física también pudiera ser objetivo de algún acto violento para hacerle desistir del trabajo que estaba haciendo. Como era evidente, el rey no se iba a quedar de brazos cruzados y estaba dispuesto a hacer lo que hiciera falta para evitar otra guerra civil.

—Querido, no deberías dejarte llevar por la ira —comentó su esposa, que estaba sentada tomando un té.

—Créeme si te digo que esta vez tengo motivos más que de sobra para estar así —respondió él, que dejó en las manos de Isabel Farnesio la carta que acababa de leer. Ésta le echó una ojeada y puso cara de sorpresa.

—Pues sí, tienes razón esta vez —replicó ella—. ¿Qué vas a hacer al respecto?

—Voy a asegurarme de que la inestabilidad no vuelva a este reino, y menos por culpa de esos curas mojigatos y traidores — apostilló él, mientras daba vueltas por la sala lujosamente decorada al estilo barroco.

—¿Y cómo vas a hacerlo?

—Enviaré a alguien para que proteja a Gregorio y le ayude en la investigación.

—¿Se te ocurre quién podría ser el más indicado para esa tarea?

—preguntó Isabel.

—Tengo a alguien en mente, un hombre que me sirvió bien en la guerra y que espero cumpla con mis propósitos como hizo entonces, a pesar de las acusaciones que se vertieron en su contra —respondió Felipe, asomándose a uno de los grandes ventanales que daban a la entrada de palacio.

—¿Vas a enviar a Carvajal? —se sorprendió ella, que hizo la pregunta de forma retórica. Conocía bien la respuesta a dicha cuestión.

—En efecto y le enviaré un mensaje ahora mismo para que vayan a buscarle y le den mi orden de ir hasta Logroño —contestó el rey.

—Pero dijiste que no te fiabas de él.

—Y por eso quiero que sea él quien se encargue de esto.

—De verdad, Felipe, que me caiga un rayo si te entiendo —contestó Isabel, que parecía confusa con las intenciones de su esposo—. ¿Vas a enviar a un hombre del que no te fías para que proteja a Gregorio?

—Eso es, y espero que Carvajal haga lo que se espera de él, como hizo en Cataluña. —El rey dejó de mirar por la ventana y se giró hacia su mujer con una extraña sonrisa dibujada en el rostro.

Dicho esto, sopesó durante unos minutos el paso que estaba a punto de dar y luego se dirigió al despacho para escribir las órdenes él mismo y que se las llevasen de forma urgente a alguien con el que podía contar, aunque fuera de una forma poco ortodoxa. Alguien que cumpliría con una misión ineludible y secreta que nadie más podía conocer, y que estaba seguro que haría cualquier cosa para llevar a cabo el trabajo al que debía su vida entera.

* * *

Gregorio salió tarde de la prisión, cuando ya era noche cerrada.

Lo que había escuchado de la propia versión de Águeda fue muy esclarecedor para él, pero debía confirmar todas las acusaciones y buscar pruebas de la veracidad de las mismas. Si éstas existían, como ella decía, entonces debía hacerse con las mismas y que llegaran a las manos de Felipe V de cualquier forma. Con ellas en su poder, el monarca tendría en las manos la llave para desequilibrar la balanza a su favor en contra de una Iglesia que siempre se había mostrado favorable a su fallecido opositor, el último de la casa de Habsburgo, Carlos II y al heredero que nombró para sucederle, el archiduque Carlos.

Mientras pensaba en todo ello y andaba por un estrecho callejón, débilmente iluminado por la luz de la luna creciente que brillaba en un cielo nocturno despejado, Gregorio agudizó el oído y pudo percatarse de que unos pasos le seguían de cerca, por lo que aceleró el caminar para encontrar un lugar más iluminado en el que poder identificar a quién le perseguía. Pasó al lado de la Catedral de Santa María de la Redonda y se dirigió a la plaza que vigilaban los muros de sólida piedra, con las dos altas torres como custodios silenciosos.

Cuando Gregorio se giró para comprobar si le seguían, no vio a nadie en la esquina que él mismo acababa de doblar. Decidió continuar su camino y apuró para llegar a la casa lo antes posible, que no quedaba muy lejos de dónde se encontraba en ese momento. Sólo tenía que andar por un par de calles más y llegaría hasta la mansión, situada a pocos metros de la Iglesia de Santiago el Real, un emblemático lugar para todos los peregrinos que quisieran hacer la ruta de Santiago Apóstol.

Aunque llevaba un paso vivo y rápido, pronto volvió a escuchar unas botas que le seguían y se puso nervioso. Sabía que la misión que le habían encomendado era seria, pero nunca imaginó que ésta se tornase peligrosa para su integridad física. En todo caso, continuó andando y no se detuvo hasta que llegó cerca de la puerta de la vivienda en la que residía. Fue justo en la confluencia de dos calles, a apenas veinte metros de la entrada, cuando decidió plantar cara a quien fuera que le acosaba. No estaba dispuesto a que le amedrentaran y tenía la gallardía de alguien que había sido bien entrenado en el ejército, lo cual le daba ventaja sobre posibles agresiones.

—¿Quién anda ahí? —dijo con aparente autoridad.

Nadie respondió a la pregunta, aunque sí vio que una sombra se acercó unos pasos. No podía distinguirla con claridad, ya que sólo pudo ver una figura que iba embutida en una capa y cuya cabeza estaba tapada por un sombrero raído de ala ancha y un pañuelo grueso que le tapaba el rostro. Lo único que revelaron las lámparas callejeras era un ojo brillando y otro tapado por un parche negro.

—¿Quién es usted? ¿Por qué me está siguiendo? —insistió.

—Creo que ya ha ido demasiado lejos en su investigación, maese historiador —respondió Largo, sacando la espada ropera de la vaina que escondía bajo la capa marrón oscuro.

Gregorio reculó unos pasos, pero no se amilanó con facilidad ante la amenaza del garduño. Le habían entrenado en la Infantería Real y había aprendido diferentes formas de combate cuerpo a cuerpo. Desconocía qué capacidades tenía el oponente, así que intentó ganar tiempo para calcular bien los movimientos que debía realizar para desarmarle y plantarle cara.

—¿Qué sabe sobre mi trabajo? —le preguntó a Largo, que siguió avanzando paso a paso hasta él—. ¿Quién le envía?

—Quién me ha ordenado hacer esto no es asunto suyo, y sé lo suficiente sobre sus visitas a la monja como para adivinar que su vida ya no vale nada, señor Fernández. —De un salto, Largo intentó estocarle en el vientre, pero Gregorio se apartó con agilidad, girando sobre sí mismo.

—¿Y lo dice por algún motivo concreto? —Gregorio se alzó con rapidez y continuó plantando cara a su agresor.

—Ya se lo he dicho, aquí se acaba su labor —repitió, intentando esta vez un ataque cruzado. Gregorio le volvió a esquivar, tirándose al suelo y rodando para acabar con una rodilla doblada apoyada en el empedrado—. Veo que es escurridizo —le dijo Largo, que se mostró estupefacto por la habilidad de Gregorio.

—Hay muchas cosas que no sabe de mí —replicó.

—Tampoco me interesan. —Esta vez, sin que el cronista se diera cuenta, el asesino sacó una navaja de debajo de la casaca y la usó para apuñalarle en el costado, justo debajo del esternón.

Para lograrlo, primero había engañado a Gregorio con una estocada que iba dirigida a la parte inferior del vientre. Éste intentó protegerse usando la capa para apartar el arma con el brazo, pero dejó la guardia abierta para recibir la puñalada casi en la boca del estómago. Debido a la gravedad de la herida y la cantidad de sangre que brotó de ella, el joven historiador se derrumbó sobre los adoquines de la calle y sintió que perdía el conocimiento poco a poco.

En ningún momento Gregorio pensó que el trabajo que el rey le había encargado pudiera acarrear el pago de un precio tan alto como su propia vida. Puso la mano derecha sobre la herida y comprobó que la mano se empapó con rapidez del líquido vital que recorría sus venas, cuya procesión mortal parecía no tener fin. Le invadió un repentino frío y su cuerpo emprendió una lucha contra el reloj para evitar la muerte, movido por un mecanismo biológico que le hizo permanecer unos segundos más con los sentidos atentos a lo que sucedía a su alrededor.

De repente, cuando Largo se disponía a rematarle con la espada, Gregorio escuchó un grito que no supo identificar y el garduño huyó de la escena del crimen, alertado por una extraña presencia que apareció en el momento adecuado para evitar el final del historiador. Allí tumbado, con un escalofrío recorriendo su cuerpo y mirando a la media luna, las piedras del suelo se tiñeron de carmesí y Gregorio se desmayó sin saber quién había espantado al asesino.

* * *

Estíbaliz de Jesús estaba rezando en su claustro de la Iglesia del Sagrado Corazón de Logroño cuando alguien llamó a la puerta de forma débil pero audible, lo que hizo que se sobresaltara ante la inesperada y misteriosa visita. Al estar en posición de genuflexión, tuvo que levantarse e ir a abrir a quien la molestaba en sus oraciones nocturnas, las que realizaba antes de acostarse. Cuando vio quién era, se asustó al instante. Ante ella estaba la figura de un cura de titánicas proporciones y al que ella conocía a la perfección, quizá demasiado bien.

—Aitor, ¿qué haces aquí a estas horas? —dijo, mientras dejaba entrar al sacerdote.

—Sor Águeda requiere de tu presencia —respondió él—. Me dijo que te diera el recado cuando he ido a pasar la confesión en la prisión donde está recluida.

—¿Ahora?

—Sí, me dijo que te hiciese llamar para una confesión urgente.

—¿Otra vez la han torturado?

—Eso parece —lamentó el cura, bajando la cabeza.

Él era el prior de la Iglesia de Santiago el Real y tenía acceso a la prisión donde estaban encerrados los acusados del caso de Corella. Era el confesor y sacerdote que se les adjudicó para que los encarcelados tuvieran asistencia espiritual. Sin embargo, cuando se le dio ocasión de elegir, Águeda prefirió elegir a Sor Estíbaliz para que fuera su confesora personal.

—De acuerdo, acudiré a su requerimiento —contestó la monja con resignación—. Espera que me ponga algo más abrigado encima.

—No podemos demorarnos, así que date prisa.

—¿Qué quiere confesar? ¿Te ha dicho algo al respecto?

—Nada, pero insistió que fueras esta misma noche —afirmó el

sacerdote—. Creo que teme por su vida.

—¡Santo Dios! —dijo Estíbaliz en voz baja—. ¿Piensa que la van a matar?

—No lo sé, querida, pero debemos irnos ya —respondió Aitor Oyarte con vehemencia.

Sor Águeda llevaba encerrada varios meses en aquel lugar frío y oscuro, que era la prisión en la que estaba recluida, y Sor Estíbaliz sintió pena por ella desde el primer día. Al principio no se habían ensañado con las torturas, pero desde hacía pocos días, sin saber por qué motivo, Águeda mostraba heridas cada vez más preocupantes. Además, el enviado del rey que solía visitarla y procuraba que estuviera bien cuidada, hacía varios días que no había ido a verla. En todo caso, Estíbaliz imaginó que el cronista había perdido ya el interés en la monja recluida y estaría continuando con las entrevistas a otros acusados.

La confesora fue hasta la prisión caminando, acompañada del Padre Oyarte, cuyo porte rivalizaba con el de un dios griego, dada su estatura y fortaleza física. Con casi cuarenta años, llevaba cumpliendo con la labor de sacerdote de reos desde hacía más de diez y su complexión le había librado de más de un problema con presos lunáticos, violentos y demás calaña con los que solía tratar a diario en la cárcel.

Por su parte, Sor Estíbaliz era una mujer menuda y delgada, que también rondaba los cuarenta años y llevaba apenas cinco ayudando al cura en la labor de confesora de la prisión. En su caso, había sido testigo de acusaciones de brujería a varias muchachas alocadas a las que luego se escarmentaba con algunos azotes y poco más. Pero este caso era diferente, y mucho. Cuando fue Águeda quien quiso que ella fuera su confidente no supo cómo reaccionar, dadas las graves acusaciones que recaían sobre la monja corellana. Aun así, asumió el rol que le otorgaban los hábitos y Estíbaliz aceptó el encargo. Después, con el paso de las semanas, ambas fueron tomándose un extraño cariño y que derivó en muchas horas de conversaciones interminables sobre valores morales, religión, filosofía y aspectos inconfesables del alma.

La monja pensó en cuánto afecto le tenía a la presa y la sola idea de que pudieran matarla le parecía una ignominia imperdonable, por eso, cuando llegaron al edificio tocaron la puerta con brío y un somnoliento Martín les abrió, después de hacerles esperar un par de minutos. El carcelero dormía en un pequeño cuarto que estaba justo delante de la entrada, al otro lado del recibidor, y le costó desperezarse y ser consciente de que alguien estaba aporreando la madera que le separaba del exterior.

—¿Qué queréis a estas horas? —preguntó con los ojos aún entrecerrados, a la vez que les abría para que entrasen.

—La hermana Águeda solicitó ver a Sor Estíbaliz cuanto antes —replicó Oyarte, que le sacaba más de dos palmos de altura el carcelero.

—¡Dios santo, esa maldita zorra no hace más que dar problemas!

—Cuide el lenguaje, Martín, o tendremos problemas —le recriminó el cura con tono autoritario.

—Lo siento, Padre —se disculpó—. Les llevaré hasta ella, aunque no sé si podrá confesarse ahora ya que acaban de traerla esos monjes del juez.

Estíbaliz sabía lo que eso suponía y bajó a todo correr hasta la celda, adelantándose a Martín y a Oyarte. Éstos llegaron pocos segundos después y la confesora observó por la compuerta de la celosía que, en efecto, habían vuelto a someter a Águeda a duras sesiones de torturas. Cuando pudo entrar, lo primero que hizo fue pedirle agua y trapos a Oyarte, que fue a cumplir con el recado con presteza.

—Gracias por venir, hermana De Jesús —susurró Águeda, que mostraba el pómulo izquierdo hinchado y varios cortes en los muslos y los brazos. No eran heridas graves, pero sí dolorosas.

—¿Por qué le hacen esto, hermana? —preguntó la confesora.

—Tengo que contarle algo y debe hacerme un favor —le soltó la prisionera—. No sé cuánto tiempo aguantaré este calvario y quiero que haga algo por mí antes de morir.

—¡No diga tonterías! —se indignó Estíbaliz—. No va a morir aquí.

—Eso sólo Dios lo sabe.

—Es hija de nobles, no pueden hacerle más mal. Incluso ni siquiera debería sufrir estos ataques.

—Créame, aquí no tengo apellido ni abolengo que me proteja —se quejó Águeda. Oyarte regresó con una tinaja de agua y algunos trapos, luego salió de la celda y cerró tras de sí.

—¿Y qué favor quiere que le haga? —dijo Estíbaliz, a la vez que comenzó a limpiar las heridas.

—Escúcheme bien, hermana —comenzó Águeda—. Debe ir a Corella, al convento de los Carmelitas Descalzos donde fui abadesa, y tiene que encontrar un cofre que oculté en mi antiguo claustro.

—¿Ir a Corella? —La monja puso gesto de extrañeza, pues no entendía nada—. ¿Un cofre?

—Sí, está oculto en la pared de la izquierda, a la altura de los ojos —continuó diciendo—. Hay una piedra que está suelta y tiene una marca con una "A" que hice yo misma con un cincel.

—¿Y por qué es tan importante ese cofre? —preguntó Estíbaliz, extrañada por la petición que le estaba haciendo—. ¿Qué hay en el mismo que tenga tanto valor?

—Es mejor que no lo sepa, pero en cuanto lo tenga en su poder debe enviárselo a Gregorio Fernández de León.

—¿Ese es el joven historiador que la ha estado visitando?

—Sí, él sabrá qué hacer con el contenido.

—¿Cómo se lo hago llegar?

—Busque en el convento a un buen amigo mío, Fray José de los

Ángeles, él la ayudará —dijo Águeda—. Dígale que vaya a la Casa Real de esta ciudad y pregunte por Don Gregorio.

—De acuerdo, haré lo que me indica —contestó Estíbaliz.

—Debe hacerlo cuanto antes, pues el tiempo corre en mi contra —le exigió.

—¿Quiere que vaya ahora a buscar ese cofre? —preguntó con sorpresa la confesora.

—Sí, se lo suplico. —Águeda se agarró a la falda del hábito—. Muchas vidas corren peligro.

—De acuerdo, hablaré con el Padre Oyarte y...

—¡No, nadie debe saber nada de esto! —la interrumpió.

—Pero no puedo atravesar los caminos hasta Corella yo sola, es peligroso —intentó hacerla reflexionar.

—Vale, pero no le diga por qué motivo va, sólo que debe acompañarla —reflexionó Águeda—. El secreto de confesión la protege.

Estíbaliz asintió y terminó de curar y vendar las heridas de la monja. Luego se preparó para partir y se despidió de Águeda, que cayó en un profundo sueño a los pocos segundos. Sin que se hubiera dado cuenta, Estíbaliz había vertido algo de belladona en el agua que le dio de beber para aliviar los dolores y la mente. Pensó que la pobre estaba desquiciada por llevar tantas semanas encerrada, pero estaba dispuesta a cumplir su palabra de ir a Corella, aunque fuera un viaje estéril. En todo caso, nada tenía que perder y su misión era salvar a todos los hijos de Dios y, para ella, Sor Águeda lo seguía siendo, a pesar de todas las maldades que había hecho.

En Busca de Pruebas

Capítulo 14

Las gotas de sudor perlaban la frente de Largo, a pesar del frío de la noche. Corrió como un podenco de Burgos para llegar hasta el monasterio y no tardó en encerrarse en la mazmorra para esperar la llegada de Andrés. Tomó aire y pidió al novicio que le trajera vino para tragar mejor el intento de asesinato frustrado. Sabía que había herido de gravedad a Gregorio, pero la imposibilidad de haberle clavado la espada dejó dudas sobre si estaba aún con vida. Ese era un error garrafal para alguien de su experiencia. Por supuesto, tuvo la opción de usar la pistola, pero el ruido habría despertado a los vecinos y si de algo presumía la Garduña era que nunca solía haber testigos de los crímenes que cometían.

Francisco Herrera había combatido en varios conflictos, entre los que estaba la Guerra de Sucesión. Había nacido en Barcelona y fue el propio Andrés el que le había adoptado cuando tenía siete años y lo encontró vagando por Zaragoza, donde su familia lo abandonó delante de la Catedral del Pilar. Después de un tiempo criándose entre monjes dominicos, y con la supervisión del juez, se alistó en el ejército y con dieciséis años ya estaba luchando del lado de las tropas del Archiduque Carlos. Estuvo en el sitio de la Ciudad Condal y pocos meses más tarde Barcelona capituló ante Felipe de Anjou. Lo único que sacó de recompensa de todo ello fue la cicatriz que un trozo de metralla le dejó sobre la ceja y la pérdida del ojo.

Cuando la guerra terminó para él, dejó las filas de las milicias austracistas y se dedicó a vagar por las calles y aprendió el oficio de ladrón y asesino a sueldo. Pronto se ganó una reputación en la zona del barrio del Raval, que estaba comenzando a convertirse en la principal zona productiva de la ciudad tras el conflicto. Ante una bullente industria, y con rivalidades entre diferentes gremios que luchaban por hacerse con el control de los sectores en los que trabajaban, Francisco tuvo encargos de sobra y ganó mucho dinero con ello. Le pedían que eliminara a tal o cual empresario, o a algún miembro de su familia para infundir miedo. No tenía escrúpulos y sólo le importaba el dinero que ganaba con tan lucrativo y sórdido negocio.

Con apenas veinte años, la Garduña le siguió los pasos y le alistaron como miembro de la orden, algo que aceptó gustoso. Dado que estaba prohibido pronunciar los nombres reales de los miembros que pertenecían a esta sociedad secreta, a él le apodaron "El Largo" por su alta estatura, que alcanzaba casi el metro noventa. Además le tatuaron los tres puntos negros en la palma de la mano y no tardó en convertirse en uno de los mejores asesinos a sueldo que habían tenido en décadas.

Conocía bien qué significaba pertenecer a dicha organización y los beneficios que podía reportarle. Obtuvo importantes contactos con miembros de la aristocracia, el clero y con mercaderes muy poderosos que podrían pagarle el doble o el triple de lo que había ganado hasta ahora. Lo que menos le importaba era tener que compartir una parte del botín con sus compañeros de andanza.

Sin embargo, en esta ocasión se trataba de realizar un trabajo que no tenía que ver con ellos, sino que era una cuestión personal entre él y Andrés. Le debía mucho al viejo letrado y la lealtad que le sometía era tan inquebrantable como las cadenas de acero que usaban en la mazmorra para retener a los herejes que juzgaban. Por ese mismo motivo, la frustración que soportaba era todavía de mayor envergadura. No sólo había errado en los cálculos cuando intentó matar a Gregorio, sino que también había puesto a Andrés en una posición incómoda que le situaría bajo la lupa de la sospecha.

Mientras analizaba todo lo que había pasado y la situación en la que se encontraban ahora, el juez llegó hasta la mazmorra sin que Francisco Herrera, el Largo, se percatara de su presencia. Estaba de espaldas, mirando por un ventanuco que estaba situado por encima de su cabeza cómo el cielo comenzaba a clarear con un nuevo amanecer.

—¿Qué ha pasado? —preguntó el inquisidor, que apareció de repente y sorprendió a Largo bebiendo una copa de vino.

—Hice lo que acordamos, pero ha habido un inconveniente —respondió el mercenario.

—¿De qué se trata? —Andrés comenzó a sentirse incómodo y molesto.

—El historiador recibió una puñalada que le di en la zona del vientre, pero no pude rematarle cuando estaba herido en el suelo. —Volvió a servirse vino y apuró la bebida de un trago—. Alguien apareció y tuve que salir huyendo de allí.

—¡Maldita sea! —El juez estaba fuera de sí—. ¡Sólo tenías que matarle y dijiste que no sería complicado!

—Lo sé, pero se mostró muy ágil y fue difícil atacarle —se disculpó Largo—. Creo que debió recibir algún tipo de instrucción militar.

—¿Qué hacemos ahora? —Andrés comenzó a dar vueltas por la mazmorra como un animal enjaulado.

—¿Ya le ha sonsacado a esa monja dónde esconde las pruebas?

—Lo he intentado, pero la muy zorra no suelta prenda, y no pienso torturarla más para que confiese —dijo el anciano con tono reflexivo, aplacando los nervios que le atenazaban—. Es una mujer de noble cuna y no quiero más problemas. En los próximos días dictaré sentencia y me olvidaré de todo esto.

—¿Y cómo se va a asegurar de que mantenga el silencio? —preguntó el garduño preocupado.

—Imponiendo la pena más leve posible para ganarme su favor y enviarla a un lugar de clausura, posiblemente en Pamplona, con voto de silencio absoluto.

Largo prefirió no decir nada más y confió en el buen hacer de su amigo, ya que no tenía tampoco demasiadas opciones. Como bien decía, torturarla para que confesara dónde escondía las pruebas era una pésima idea. Su familia podría pedir explicaciones al Santo Oficio y además eran amigos de Felipe V, lo que podría provocar la ira de éste con Andrés y el resto del tribunal. En todo caso, tampoco podía dejarla en libertad debido a la gravedad de los actos que había cometido mientras fue monja en Lerma y Abadesa en Corella. La única opción que le quedaba al juez era que mantuviera el secreto hasta su muerte, encerrándola durante un tiempo hasta que la tormenta y el escarnio pasaran.

* * *

Cuando Gregorio despertó varios días después, lo primero que percibió fue el tacto suave de las sábanas de la cama donde solía dormir. Las cortinas de la ventana que colgaban en el lado derecho, estaban abiertas y dejaban entrar un fugaz rayo de sol que se coló entre unas nubes grises que venían del oeste y auguraban otro día de lluvia. Sentir y ver aquello era una buena señal, porque significaba que seguía con vida, aunque sintió un dolor punzante en la boca del estómago y se llevó la mano con dificultad hasta ese punto. Apenas pudo palpar el vendaje que tenía alrededor del cuerpo y procuró no moverse.

—Estuvo cerca, maese cronista —dijo una voz masculina que apareció en el dormitorio y se sentó a su lado, tomando un taburete que estaba cerca de la cama.

—¿Quién es usted? —preguntó Gregorio con la voz aún débil—
. ¿Qué ha pasado?

—Mi nombre es Felipe Carvajal y me envía Su Católica
Majestad para protegerle, tal como pidió en una carta —contestó el
visitante, esbozando una sonrisa a la que faltaban un par de
dientes—. Veo que llegué justo a tiempo.

Era un hombre de estatura media, fornido y con algo de flacidez
en la zona abdominal, que sobresalía un poco por delante de la
casaca roja que llevaba puesta. Por las arrugas que surcaban el
rostro, Gregorio calculó que debía superar los cuarenta y tantos años,
más cerca de los cincuenta. Tenía el cabello mezclado de gris y
castaño claro, recogido en una larga coleta y sus ojos verdes
mostraban vigor y un porte apabullante. Pero lo que más llamó la
atención del joven era que le faltaba la oreja derecha al completo,
por lo que un mechón de cabello caía sobre el pabellón auditivo de
forma furtiva para tapar la cicatriz.

—Parece que le debo la vida pues —dijo Gregorio.

—No me debe nada, señor Fernández —respondió Felipe—. El
rey se preocupó cuando recibió su carta y me envió aquí de
inmediato. Cuando llegué a la casa le vi en el suelo y con ese
garduño que estaba a punto de ensartarle como a un cochinillo.

—¿El que intentó matarme es un miembro de la Garduña? —
preguntó con asombro.

—No lo dude, se ha granjeado algunos enemigos y éstos no
dudan en contratar los servicios de esos gañanes.

—¿Y cómo sabe que era uno de ellos?

—¿Se le ocurre quién intentaría matar a un enviado del rey, si
no es un asesino a sueldo?

—Pensé que esa sociedad no existía —comentó Gregorio, que
dudaba todavía de que fuera real lo que le había pasado.

—Pues se equivoca, mi joven amigo —replicó Felipe, que tomó
un sorbo de agua del botijo que estaba al lado de la cama—. La

Garduña es tan real como usted y yo. Su nombre lo obtuvieron de un animal de hábitos nocturnos, depredador sigiloso y eficaz donde los haya. Se han establecido por gran parte del país desde comienzos del siglo quince y están infiltrados en todos los estamentos de la sociedad, desde los más bajos arrabales hasta las altas esferas de la aristocracia o el clero.

—¿Qué más sabe de ellos? —Ahora que había sufrido el ataque de un miembro de la Garduña, Gregorio quiso saber más sobre quiénes eran en realidad.

—Lo sé todo, señor Fernández —comenzó a decir Felipe, que se sentó al lado de la cama—. Es mi trabajo saber ciertas cosas que puedan incomodar el reinado de Su Majestad, por eso conozco tan bien a esa panda de matones y criminales.

» Todos sus miembros sienten una clara abnegación por la orden e incluyen algunos rituales esotéricos entre los procesos de iniciación de sus componentes. Fueron cómplices de la Inquisición cuando hubo que expulsar a judíos y musulmanes de España y se hicieron inmensamente ricos gracias a ello. De hecho, lograron forjar una estructura de tal complejidad que establecieron una jerarquía muy parecida a la de otras órdenes religiosas, con un Gran Maestre como líder.

» Éste es un personaje de alta condición social que maneja los hilos y tiene a sus órdenes diversos capataces. Cada capataz dirige a dos tipos distintos de malhechores: los punteadores, que son principalmente asesinos o matones, y los floreadores o ladrones. Por debajo de cada uno de estos punteadores o floreadores están los postulantes, que los ayudan, recaudan las contribuciones y esperan alcanzar la posición de punteador o floreador. Por último, están los fuelles o aprendices, de los cuales hay diversos tipos, como son los soplones, chivatos, coberteras y sirenas.

» Los soplones suelen ser mendigos o ancianos que hacen la labor de ojear potenciales víctimas, pueden vigilar o entrar en las casas prevalecidos de su venerable condición y así saber si merece robarse o qué y en qué condiciones. Los chivatos suelen ser personas infiltradas en todos los lugares de interés para la Garduña. Las coberteras son peristas que venden mercancía robada, y las sirenas son las prostitutas, que también suelen ser fuentes de información para los delincuentes. Los miembros de la sociedad secreta se reconocen por tener tres puntos tatuados en la palma de la mano.

—Vaya, veo que los conoce a fondo —dijo Gregorio, que no daba crédito a la información que tenía aquel hombre sobre una sociedad que parecía ser tan secreta—. ¿Qué más debo saber sobre esa gente?

—Bueno, hay leyendas de que existe una facción religiosa dentro de la Garduña, los Sagrados Caballeros de Cristo, que también dependen jerárquicamente del Gran Maestre, pero eso nunca se ha demostrado.

—Creo que todo esto empieza a quedarme demasiado grande —comentó Gregorio asustado.

—Descuide, mientras yo esté con usted no le pasará nada —dijo Felipe para tranquilizarlo—. Tengo varios contactos que podrán echarnos un cable cuando llegue el momento.

—Le agradezco mucho lo que está haciendo por mí.

—No hay por qué darlas. Es mi trabajo tener bajo control todo aquello que pueda ser un incordio para la estabilidad del reino —contestó Felipe, que sonrió. Se levantó el taburete y se dirigió a la puerta para abandonar la estancia.

—Así que piensa que son ellos los que intentaron matarme.

—No tengo la menor duda —contestó sin remilgos—. Tendremos que andarnos con cuidado, ya que ellos nunca dejan cabos sueltos. Mire mi oreja —dijo, mientras apartaba el mechón de cabello que tapaba la cicatriz—, fue un garduño el que me hizo esto, aunque él salió peor parado. Lo maté.

—¿Por qué le buscó?

—Fue en Barcelona, durante la guerra —añadió Felipe—, cuando estaba realizando labores de espionaje.

—Debo deducir entonces que volverán a buscarme.

—Es probable, pero ya le he dicho que en su lugar no me preocuparía de eso ahora —respondió con un guiño.

—¿Ya se marcha?

—Por ahora está en buenas manos, así que yo iré a dar una vuelta por la ciudad para ver si averiguo algo sobre su atacante. —Y sin mediar más palabra, el militar abandonó la habitación a la vez que entraba Prudencia con un austero desayuno.

Sin embargo, Gregorio ni la miró cuando puso la bandeja a un lado sobre una mesa pequeña que estaba al lado de la cama. Él tenía la mente en mil preguntas que hurgaban su cabeza como termitas que comen madera, buscando respuestas a lo que estaba pasando. Sobre todo intentó comprender quién le quería muerto y cuál era el motivo para que deseasen eliminarle.

Estaba claro que la situación del caso de Corella se estaba volviendo más peligroso de lo que imaginaba y dudó sobre si debía continuar con la investigación o no. Por supuesto, abandonar le llevaría ante una situación de oprobio ante el rey que no quería sufrir, pero si seguía adelante tentaría la buena suerte que tuvo con el garduño que le atacó. Si les daba una segunda oportunidad a sus enemigos invisibles, era probable que no viviera para contarlo.

* * *

Águeda llevaba días sin que nadie la visitase y cuando Estíbaliz de Jesús se marchó para realizar el encargo que le había solicitado, la monja sintió una enorme sensación de soledad. Se puso de rodillas y comenzó a orar en silencio, pidiendo que no la condenaran a morir en la hoguera o bajo oscuros tormentos. Las lágrimas cayeron por sus mejillas como diamantes líquidos que brillaron a la luz de una mortecina vela que estaba sobre la mesa que le habían dejado en la celda.

De repente, un ruido brusco rompió el momento de catarsis litúrgica que llevaba a solas y observó que dos monjes con aspecto de benedictinos entraron y la alzaron de los brazos. Eran los mismos que la habían secuestrado con anterioridad para llevarla ante el juez, pero esta vez no la cogieron por sorpresa y comenzó a resistirse con más violencia.

—¡Dejadme en paz! —gritó, a la vez que se retorcía como una gata en una pelea—. ¡He dicho que no voy a confesar nada!

—No nos importa eso, puta del diablo —dijo con voz ronca uno de ellos.

Se fijó en que no podía más que verles los ojos, pues ambos tenían el rostro tapado con pañuelos de color negro que impedían descubrir los rasgos de las caras. Entonces entendió que aquellos hombres no eran monjes e intensificó los intentos de liberarse de los secuestradores. Sin embargo, cualquier esfuerzo resultó inútil y al final terminaron por taparle la cabeza con una capucha que sólo tenía un agujero a la altura de la nariz. Así, sin poder ver dónde la llevaban, lo último que sintió Águeda fue su costado golpeando contra un suelo de madera y el traqueteo de una carreta; la misma que la había llevado en dos ocasiones hacia la mazmorra.

En todo caso, el trayecto pareció durar más de lo debido y, tras varios minutos, notó que la sacaban del transporte y la volvían a llevar en volandas a algún lugar indeterminado. Le quitaron la capucha y sólo pudo ver que estaba en una especie de cueva y que el ambiente estaba sumido en una penumbra que volvía las sombras apenas perceptibles para la vista. En el lado contrario del que ella se encontraba había un candil que estaba colocado sobre una piedra que sobresalía del muro de sólida roca caliza y que parecía ser una mesa hecha en mampostería.

No pudo ver por dónde había entrado en la caverna e intuyó que debía encontrarse bastante en el interior de alguna montaña o una colina, o alguna posición similar. Allí dentro notó un olor nauseabundo que le provocó algunas arcadas al principio y que parecía provenir del mismo suelo, hasta que terminó por acostumbrarse. Giró la cabeza a su alrededor y no logró distinguir mucho más, salvo que las paredes eran lisas y apuntaban a un techo plano, sin duda esculpido por la mano del hombre. En el mismo, había algunas figuras pintadas que simbolizaban personas y animales, cuyas formas estaban desgastadas y rememoraban épocas muy lejanas en el tiempo. Era evidente que no estaba en la mazmorra donde la habían torturado y donde la estaban juzgando.

—Discúlpeme si no hay más luz, hermana De Luna, pero no queremos molestar a los murciélagos que hay en los diferentes túneles que nos rodean —comentó la misma voz que escuchó cuando la sacaron de la prisión.

—¿Quiénes sois? —se aventuró a preguntar, sorprendida y asustada a la vez—. ¿Dónde está el juez?

—Nuestros nombres no importan —añadió el supuesto monje— . Lo único que nos importa es que está en posesión de algo que queremos.

—¿Qué puedo tener yo que deseéis tanto?

—Queremos las pruebas incriminatorias contra todos los miembros y socios de la secta molinista.

—¿Quién os ha dicho que posea esos datos?

—Esa pregunta está fuera de lugar, y lo sabe. —El hombre se levantó del taburete donde estaba sentado, también tallado en la roca, y se acercó a ella hasta ponerse a su altura—. Dígame dónde están escondidas y no volveremos a molestarla.

—Lo siento, hermano, pero no sé de qué está hablando —dijo ella con tono desafiante.

—Como quiera. —El supuesto religioso se giró y ordenó a su

compañero que se acercase a él. Le susurró algo al oído y él fue hasta Águeda con paso decidido.

Arrancó el blusón que llevaba puesto y la dejó desnuda ante los ojos de los dos, que observaron que las heridas producidas durante la tortura del inquisidor habían curado bien. Acto seguido, el monje de voz ronca también volvió a donde ella estaba y comenzó a acariciar su cuerpo con manos ásperas y callosas.

—¿Qué hace? —gritó ella—. ¡No tiene ni idea de las consecuencias que va a tener este secuestro!

—¿Cree que nos asusta su posición o su cuna? —susurró el misterioso raptor, acercándose al oído de la prisionera.

—¡Mi familia se enterará de esto y arderéis en una hoguera!

—Si no quiere que sigamos, entonces díganos dónde están escondidas las pruebas —insistió él.

—Jamás se lo diré. —Águeda le escupió a la cara.

—Va a lamentar haberme desafiado, hermana De Luna, y le aseguro que sufrirá tanto que deseará estar en el infierno antes que en este lugar —susurró a la monja.

Ésta se estremeció ante el tono de la amenaza y vio que los dos hombres la sujetaron de las cadenas y la tumbaron en el suelo, colocaron un eslabón atravesando un grueso clavo que estaba sobre la piedra fría y ataron sus tobillos a otros dos que estaban en paralelo el uno del otro, lo que dejó las piernas de la monja en una posición bastante impúdica. Lo que vino a continuación, tal como le había advertido el monje de voz gutural, fue algo que ella nunca olvidó y que ningún mortal de mente cuerda habría soportado contemplar.

Capítulo 15

Se suponía que ya no debía seguir haciendo el trabajo que le había encargado el mercenario, pero la espía necesitaba más dinero y buscó a Largo en la taberna en la que se habían conocido y establecido contacto por primera vez. Como esperaba, le encontró sentado en una mesa a solas, bebiendo vino y mirando a los presentes como un perro guardián que vigila el ganado para que no lo ataquen los lobos. Delante de él, sobre la mesa, había un trozo de pan y otro de queso a medio comer.

El local era en realidad un salón que estaba bajo una casa señorial y que contaba con paredes de sólida roca caliza de un tono macilento. Había cinco mesas rectangulares de recia madera de unos dos metros de largo, que daban cabida a seis clientes por cada una de ellas. Entre los presentes había otros miembros de la Garduña, tres prostitutas, una de ellas desnuda de cintura para arriba, y una mujer de proporciones generosas que iba y venía desde la barra hasta las mesas llevando jarras de vino y comida para los presentes.

Había un hombre detrás de la encimera, un fornido posadero que miró a la visitante con el ceño fruncido y que servía las viandas con la misma celeridad con la que su compañera las llevaba de aquí para allá. Dentro de la taberna había una densa humareda que producían los fumadores de pipas o cigarrillos artesanales y que otorgaba al local un ambiente aún más opresivo. Olía a grasa de cerdo quemada de un animal que giraba dentro de una burda chimenea. Dicho aroma chocaba con el de las bebidas fermentadas que consumían los clientes en cantidades ingentes.

En todo caso, ella pasó por alto el olor fuerte e intentó pasar lo más desapercibida posible. Lo que quería la mujer era hablar con Largo y contarle algo que era de una urgencia más que necesaria. Se acercó a la mesa en la que estaba él a solas y esperó que le hiciera alguna seña para que se acercase, pero el garduño no movió un dedo y la informante decidió arriesgarse. Dos pasos más y estaría tan cerca del garduño que podría haberle abrazado, pero él levantó la mano para indicarle que se detuviera dónde estaba. De pie, con una sala atestada de miembros de la orden, la mujer sintió un irreprimible escalofrío. Si él decidía acabar con su vida, podría hacerlo allí mismo y nadie abriría la boca para denunciarlo. Al contrario, le ayudarían a esconder el cadáver y nadie sabría jamás que ella había estado en ese antro.

—¿Qué hace aquí? —le preguntó Largo.

—Discúlpeme señor, sé que me advirtió que no volviera —balbuceó la mujer—. Sólo he venido a informarle de que el señor Fernández sigue con vida.

—¿Algo más?

—Sí, ha venido otro caballero para protegerle.

—¿Sabe quién es? —preguntó él.

—Se llama Felipe Carvajal y dijo venir en nombre del rey —respondió ella con voz temblorosa.

Largo pensó durante un par de minutos y repasó en su mente la nueva situación. Había oído hablar del militar cuando estuvo en Barcelona y conocía bien la mala fama que tenía entre los miembros de la organización de criminales. Sabía que era mejor no soliviantarle y tuvo que reconocer que escuchar tal nombre le producía un escalofrío de terror. Sin cambiar para nada la expresión de la mirada, se dirigió de nuevo hacia la mujer.

—Muchas gracias por la información. —Le dijo con tono seco y cortante. A continuación sacó dos monedas de plata y las arrojó sobre la mesa—. Ahora márchese y espero no verla nunca más.

—Sí señor —dijo la mujer, que cogió las dos monedas con premura y salió a todo correr de la taberna.

Nadie del interior se dignó a mirarla, ya que tenían sus propias aventuras entre cartas, prostitutas y contándose los negocios realizados para informar a los superiores en la jerarquía. A nadie le importaba qué cuitas tuviera pendiente el capataz de la orden en Logroño con una fémina irrelevante para ellos. De hecho, tampoco prestaron atención cuando Largo se levantó y salió por la puerta, pocos minutos después de que se hubiera marchado la espía.

El asesino se dirigió hacia el monasterio para hablar con Andrés y ponerle al corriente de la situación. Sabía que no le gustaría enterarse de que el propio monarca también había enviado a alguien para ayudar a Gregorio. Estaba claro que la carta había llegado hasta la residencia Real y que el propio Felipe V estaba dispuesto a tomar partido en el asunto. Decir que la situación se estaba volviendo especialmente peligrosa para los dos, era ser magnánimo en el balance de la causa.

Como siempre, cuando llegó al edificio tocó la pequeña portezuela de la parte trasera y esperó que el novicio abriera, pero tardó bastante en hacerlo. En ese tiempo Largo se puso nervioso y aporreó la madera varias veces con fuerza. Le daba igual si alguien más se enteraba de los encuentros furtivos que tenían el juez y él. Cuando el muchacho le franqueó la entrada, fue como una exhalación hasta el propio claustro de Andrés. Varios monjes le miraron con con asombro y algunos murmuraron entre dientes sobre los oscuros asuntos que ya corrían por el lugar por culpa del caso de Corella.

—¡Estás loco! —le gritó Andrés en cuanto vio a Largo entrar en su estancia—¿Cómo se te ocurre venir a verme aquí?

—¡Escúchame bien, viejo! —le señaló el garduño con un dedo—. El rey ha enviado a alguien para proteger al historiador y eso no es buena señal.

—¿A quién ha enviado? —preguntó el juez, asustado por la actitud irreverente del asesino.

—Es Felipe Carvajal —respondió Largo, que se sentó en un taburete sin pedir permiso—. Es el escolta personal de ese Borbón y ya se enfrentó a uno de nuestros hermanos en Barcelona. Tuvimos que recoger sus trozos por cada barrio de la ciudad.

—¡Dios Santo! ¿Qué hacemos ahora?

—Usted me metió en este asunto y ahora soy yo el que decide marcharse.

—¡Pero no puedes dejarme expuesto de esta manera! —suplicó Andrés.

—No lo entiendes, ¿verdad? —Largo le agarró del camisón por el pecho—. No voy a poner mi vida en peligro para salvarte el pellejo a ti ni a esos aristócratas viciosos.

—¿Y si te pago tres veces más?

—No hay suficiente oro para comprar mi vida —afirmó el garduño, que se preparó para marcharse.

—¡Si te vas vendrán a por mí! —exclamó el juez con pánico.

—Ese no es mi problema, señoría.

Según pronunció la última y lapidaria frase, Largo se marchó por donde había venido y dejó a Andrés a solas en la habitación. Estaba arrodillado en el suelo y se llevó las manos a la cabeza, pues nunca imaginó que el asunto de las "Satánicas Descalzas de Corella", como llamaban las malas bocas a las monjas acusadas, fuera a escaparse de sus manos de aquella manera.

Se suponía que todo estaba dispuesto para acabar con la secta molinista y tapar las vergüenzas de aristócratas y sacerdotes, pero la situación se había torcido de tal manera que el juez se sentía perdido. Perdido y asustado como jamás lo había estado en toda su vida.

* * *

Después de más de una semana echado en la cama, Gregorio se encontró con fuerzas renovadas para continuar la investigación. Felipe no le era de mucha ayuda en cuanto a recuperar datos que aún le faltaban, pero sí que había estado atareado en la labor de buscar a quién intentó matarle y qué motivos tenía para hacerlo. Sobre todo, sacó sus propias conclusiones acerca de la razón que subyacía detrás del intento de asesinato y no tuvo reparos en compartir dichas ideas con el historiador. Le contó que había un local donde se refugiaban los miembros de la Garduña en la ciudad y que había varios sospechosos, pero todavía no tenía ninguno en concreto.

Dadas las circunstancias, durante el tiempo que estuvo convaleciente el joven estuvo repasando sus notas y le había contado a Carvajal todas las confesiones que había recibido de algunos implicados, sobre todo de Sor Águeda y Sor Josefa, la sobrina de la antigua Abadesa de Corella, aunque no le contó que sentía una atracción especial hacia la muchacha. Cada dato recopilado en dichas entrevistas apuntaba a que había intereses subrepticios en diferentes estratos sociales para que fueran las monjas, y algunos frailes advenedizos, los que cargasen con las culpas de lo que pasó en el convento.

Él había hecho también sus propias investigaciones en el Archivo de la Inquisición y había descubierto un texto bastante interesante acerca de la secta molinista. Era un escrito que databa de finales del siglo anterior y que hacía un repaso a una serie de acontecimientos que, al parecer, podrían ser el embrión que luego expandió tal locura por diferentes conventos de la zona, desde Burgos hasta Pamplona.

—Así que esto viene de lejos, según parece —comentó Felipe, cuando Gregorio le informó de sus pesquisas.

—Sí, es más grave de lo que imaginaba. —Cogió su cuaderno de notas y comenzó a leer algunos extractos de lo que había copiado—. Fíjate en esto, en Tudela ya comenzó a destaparse todo el caso de los seguidores del Quietismo en mil seiscientos noventa, y tres años antes ya habían realizado juicio contra Miguel de Molinos, el dos de noviembre en Roma.

» Se reconocieron a varios seguidores del molinismo tras la detención de Francisco Causadas. Entre ellos estaban los canónigos de la Catedral, Francisco Latorre y Ocón, y Agustín Zariquiegi. También estaban implicados Francisco Garcés del Garro, presbítero, el propio Fray Juan de Longas, del que ya te he hablado y que era sobrino de Causadas; a Magdalena Ros Pasquier, Alberto Pérez Salinas, que era el boticario, a Luis de Mur y las monjas de la Compañía de María, entre ellas estaba la propia hermana de Causadas y Polonia Zariquiegi, que era hermana del Canónigo.

» Por supuesto, Sor Águeda aprendió de todos ellos los preceptos de la secta de la mano de Fray Juan de Longas y por eso los siguió como un dogma indiscutible. Así que uno se pregunta si realmente es tan culpable como nos quieren hacer ver desde la Inquisición. Tengo la impresión de que fueron esas personas las que descarriaron su mente con esas doctrinas heréticas.

—Pero según me has dicho, ella misma ha confesado ser culpable de los hechos de Corella —replicó Felipe, que escuchaba atento al cronista, mientras mordisqueaba una manzana que había traído Prudencia en una bandeja de frutas frescas.

—¿Y de verdad lo es? —reflexionó Gregorio—. ¿O se lo han hecho creer para que cargue ella con todo el peso y dejen a los demás implicados impunes?

—No tenemos pruebas de eso, mi joven amigo.

—Pero tenemos testimonios. —Siguió leyendo sus notas—. Cuando detuvieron a Miguel de Molinos en Roma, se inició la persecución de la doctrina que extendió como una enfermedad por

España y es cuando se comienzan a cursar las denuncias contra las personas que comenté con anterioridad.

» Sin embargo, Francisco Causadas desapareció antes de que le atraparan con algunos de sus correligionarios y también despareció todo rastro de las actividades que llevaban a cabo. Además, otros seguidores hicieron desaparecer las huellas y escritos que confirmaban los delitos que les imputaban. Por lo tanto no quedó rastro alguno de sus fechorías ni de sus actividades en diferentes conventos.

» De los pocos escritos que sobrevivieron, hay uno que relata que sólo hay papeles y noticias desordenadas sobre la secta y el proceso inquisitorial. Sin embargo, ¿por qué tanto empeño en dejar constancia del juicio que ahora tiene lugar? ¿Por qué debe ser Sor Águeda la que lleve esa carga?

» Pero, deja que termine antes de responder, por favor — continuó Gregorio, que sacó unos papeles sueltos que llevaba en el interior del cuaderno—. Esto es importante porque así verás a qué me refiero cuando intento exculpar a la pobre monja de parte de sus actos.

» Se sabe que Causadas fue uno de los primeros miembros fundadores de la secta y que fue el que adoctrinó a frailes y monjas para cometer horribles actos de herejía, satanismo y de lujuria sin límites, provocando hasta relaciones incestuosas dentro de la propia congregación. Es más, para él y su secuaz, Latorre, el convento era una especie de laboratorio en el que imponían y desarrollaban sus prácticas molinistas. Hasta hizo traer monjas desde Barcelona para ampliar sus vicios.

» Se sabe también que Causadas y Molinos mantuvieron correspondencia, y en una de las casi doce mil cartas que se intercambiaron, puede leerse este extracto:

"Entré a la habitación con las dos doncellas en el nuevo Convento y allí Satanás, encarnado en mi cuerpo, mantuvo contacto

carnal con las futuras madres, antes de que tomaran sus hábitos para que entrarán limpias de pecado a nuestra causa. Les recomendé no confesarse y que entre ellas realizarán tocamientos para no perder la pureza de su alma, y que mantuvieran siempre secreto de mis visitas espirituales a sus aposentos".

—Es espeluznante, cierto —comentó Felipe.

—Es más que eso, a mí me parece que Sor Águeda es el eslabón de la cadena que ellos quieren romper y por eso la retienen aquí —dijo Gregorio con convicción.

—¿Quieres decir que en realidad es Francisco Causadas quién ha hecho detener a la monja para se tape todo el caso y así continuar por ahí con sus prácticas?

—Estoy totalmente seguro de ello.

—¿Y cómo piensas demostrarlo?

—Buscando las pruebas que dice tener escondidas Sor Águeda.

—¿Y por dónde piensas empezar a buscar? —preguntó Felipe, que cogió una mandarina y comenzó a pelarla. Su apetito parecía no tener límites.

—Iremos primero a Lerma, donde ella comenzó su carrera religiosa —respondió Gregorio con aplomo.

El militar le miró y suspiró con resignación.

—De acuerdo, vístete y preparémonos para ir hasta Lerma —comentó, mientras saboreó la primera porción del cítrico.

Capítulo 16

Los caballos no parecían agotados, a pesar del galope que habían tenido que soportar desde que la monja y el cura habían partido de Logroño la noche anterior. Tampoco les afectó la llovizna ni los caminos embarrados que atravesaron en la travesía que les llevaba hasta Corella. En cuanto los dos llegaron a sus respectivos claustros, se vistieron con ropas seculares para pasar desapercibidos y así cumplir con la misión solicitada por Águeda. Salieron de la ciudad una hora después de que Estíbaliz recibiera el encargo de la prisionera, en medio de la oscura noche riojana.

Todavía les quedaban casi veinte kilómetros para llegar hasta el pueblo y Sor Estíbaliz y el Padre Oyarte decidieron detenerse a descansar al raso, ignorando los peligros que ello suponía y aprovechando que el clima había mejorado bastante. Apenas quedaban cuatro horas para que amaneciera y deseaban calentarse con una buena fogata y comer algo de lo que habían preparado en las alforjas antes de abandonar la seguridad de sus claustros.

Alrededor de ellos, un pequeño sotobosque les protegía del ulular sombrío del viento del noroeste y el cura se ofreció para hacer guardia mientras la monja descansaba un rato. Tenían la intención de retomar el viaje cuando despuntara el alba, por lo que procuraron reposar lo mejor posible, sobre todo Sor Estíbaliz, en la cual recaía la responsabilidad de encontrar el cofre con las pruebas de las que habló Sor Águeda.

—Bueno, supongo que seguirás sin decirme por qué motivo estamos inmersos en este viaje —dijo el sacerdote, mientras preparaba una improvisada almohada con una manta corta que llevaba en su petate.

—Sabes que el voto de secreto de confesión me obliga a no decir nada sobre eso —respondió Estíbaliz, que se tumbó sobre una manta gruesa y se tapó con otra.

—Es que no entiendo qué puede ser tan perentorio para esa mujer, que nos obliga a realizar esta misión de forma tan apresurada y furtiva —insistió él.

—Hay cosas que están por encima de nosotros, Aitor, por eso es mejor dejarlo estar.

Cuando Aitor Oyarte supo en Logroño que debían realizar una labor secreta en nombre de la monja acusada de herejía, preguntó varias veces el motivo por el cuál debían realizar tal empresa. En cualquier caso, Estíbaliz no podía contarle nada por el voto de secreto de confesión, que la obligaba a mantener en silencio la revelación que había recibido. De todas formas, dado que para él era casi como una hermana de sangre, obedeció sin insistir más y ahora sólo se preocupaba de que cumpliera con la labor que se le había encomendado, aunque él la desconociera.

—De acuerdo, descansa y espero que sueñes con cosas agradables —comentó sin acritud y mostrando una sonrisa a la monja.

—Y tú no te duermas —dijo ella, devolviéndole el gesto.

El cura apoyó la cabeza contra el tronco de un alcornoque y usó la almohada para estar más cómodo durante la vigilia. Observó cómo Estíbaliz se arrebujó bajo la manta y ocultó casi por completo la cara bajo la misma. Pronto cayó dormida y él, a pesar de que procuró hacer ímprobos esfuerzos por mantenerse despierto, no tardó en caer en un sueño profundo.

El día amaneció también con un cielo gris plomizo que auguraba nuevas lluvias y Estíbaliz despertó cuando el sol aún no había aparecido en la delgada línea del horizonte que separaba la tierra del cielo. Se apoyó en un costado y vio a Oyarte con la cabeza caída hacia un lado, sujetada por la improvisada almohada sobre el árbol en una posición bastante incómoda. Se acercó a él y le tocó en el hombro con delicadeza.

—Menos mal que ibas a vigilar el puesto —le despertó la reprobación sarcástica de Estíbaliz.

—¡Santo Jesús! —Bostezó el cura, mientras se desperezaba—. ¡Lo siento mucho, hermana!

—Gracias a Dios, no hay nada que perdonar —dijo ella, que se giró y recogió los bultos para subirlos de nuevo a su caballo—. Parecer ser que hemos podido descansar con tranquilidad sin que tuviéramos percance alguno.

—Sí, pero he sido negligente en mis obligaciones —comentó él, que se levantó y la ayudó con la labor.

—No te flageles ahora por eso, querido.

—De acuerdo, no lo haré —dijo Oyarte, a la vez que sacó un trozo de pan y otro de longaniza de su macuto—, pero primero voy a desayunar antes de partir.

—Esa sí es una buena idea. —Estíbaliz sonrió y ambos se sentaron a la vera del árbol que Oyarte había usado para dormir.

Después de procurarse un ágape reconstituyente que les ayudó a desperezarse, pronto se vieron al galope de nuevo, esperando terminar el último trayecto que les quedaba por delante cuando estuviera bien entrada la tarde, antes del anochecer. Cuando arribaran al convento, no tenía claro cómo iba a lograr que la dejaran entrar en la antigua habitación de Águeda, pero eso lo pensaría cuando llegase el momento. Por ahora, lo más importante era alcanzar Corella y tener fe en que todo saliera bien para ellos.

Tardaron un poco más en llegar por culpa de la lluvia, por lo que el olor a petricor inundó las fosas nasales de los dos religiosos que iban de incógnito, vestidos como unos civiles más. Las calles estaban llenas de fango y había charcos por doquier, mezclado con la fina y densa llovizna que continuaba desplomándose desde el techo de acero que estaba sobre ellos y que en ningún momento dio un respiro a la región.

Corella era un pueblo situado al sur de Navarra, en la zona denominada La Ribera, conocida por ser tierra de huertas, sobre todo por la verdura y el vino. La villa se encontraba ubicada en un punto estratégico equidistante a casi cien kilómetros de Pamplona, Logroño, Zaragoza y Soria. Las calles eran estrechas, algunas con suelo adoquinado y otras aún sin pavimentar, cuyas casas estaban hechas de forma austera y con los tejados de dos aguas cubriendo a los habitantes que disfrutaban de una vida tranquila y sin sobresaltos.

Al menos, así había sido hasta que se destapó el escándalo de las monjas satánicas, como llamaron a Sor Águeda y sus discípulas. De hecho, Corella se había ganado un buen nombre cuando el rey Felipe V visitó la incipiente ciudad a comienzos de ese siglo, y por dos veces. Después de estas visitas, pronto comenzaron a construirse nuevas viviendas y la industria local de la agricultura cobró más importancia que nunca. Esta nueva etapa atrajo a aristócratas y burgueses de la comarca, e incluso de fuera de ella, y el marco económico tuvo un ascenso considerable.

Algunas de las casas señoriales mostraban el blasón de familias ilustres que allí vivían y pronto se desarrolló como un lugar destacado en el reino. De ello se sentían orgullosos sus vecinos y por eso el caso de las religiosas no empañó para nada tan buen abolengo. Pero eso no significaba que no hubiera hecho mella en la mente de las buenas gentes corellanas, que tacharon el incidente como impropio de mujeres que habían tomado los hábitos y que provenían de tan distinguidas familias, como el caso de la propia Águeda de

Luna.

Tanto Estíbaliz como el Padre Oyarte se deleitaron mientras pasearon por las calles adoquinadas y admiraron las exquisitas edificaciones aristocráticas. En ese paseo se detuvieron a preguntar a un ciudadano dónde estaba el Convento de los Carmelitas Descalzos y tardaron casi media hora en encontrarlo. Los peregrinos lo hallaron situado en el lado oriental de la población. Era una edificación de estilo manierista y que fue edificado a comienzos del siglo XVII para venerar a la Virgen del Carmen. Fue alzado sobre la base de la antigua ermita de San Pedro y se realizó para solventar el problema de falta de órdenes religiosas en la ciudad.

La fachada estaba hecha en piedra caliza y ladrillos, y estaba compuesta por tres calles. La central presentaba un pórtico enmarcado por pilastras y dos vanos laterales a modo de ventanas arqueadas. Contenían también una hornacina con la escultura de Nuestra Señora del Carmen, flanqueada por dos placas con los anagramas de Cristo y María; y una ventana con escudos de la Orden del Carmen rematados por un frontón triangular con óculo y torrecillas con bolas. Las dos calles laterales mostraban puertas adinteladas, remarcadas por cintas y enlazadas al bloque central por aletones curvos.

Estíbaliz y Aitor desmontaron de sus respectivos alazanes y los ataron a una encina que crecía a pocos pasos de la puerta principal. Para su sorpresa, encontraron que estaba abierta y cuando comenzaron a repicar las campanas para llamar a los fieles a la misa de la tarde, la monja cayó en la cuenta de que esa era la oportunidad para colarse en el interior del templo y buscar por su cuenta la habitación de Sor Águeda; que debía estar detrás de la iglesia; sin duda, parecía que Dios y la Virgen del Carmen estaban de su parte.

El interior del templo olía a incienso de forma intensa y estaba apenas iluminado por la luz del atardecer que se colaba por las cristaleras. El techo lo cubrían bóvedas de medio cañón con lunetos y una cúpula de media naranja en el crucero, estando este último espacio decorado con lienzos, ovalados en las pechinas y el emblema de la orden en la clave de la cúpula. A ello se sumaban tres capillas: la de San Cosme y San Damián; la de Santa Teresa, y la capilla de las Ánimas del Purgatorio, que enriquecían el conjunto con sus valiosas cubiertas, decoraciones y obras pictóricas. Destacaban también el retablo mayor, realizado en un estilo clasicista, en cuyo camarín se alojaba la Virgen del Carmen, y los laterales dedicados a San José y Santa Teresa, con sus ricos lienzos.

Sin embargo, a pesar de la hermosura que embelesó los sentidos de la monja, se concentró en buscar la forma de llegar a la parte conventual de la edificación. Como era evidente, con atuendo de paisana no podría colarse, por lo que se preparó antes de ingresar allí. En la misma calle, escondida tras unos setos que estaban en el lateral este del edificio y pegados al muro exterior, se despojó de las prendas raídas y volvió a ponerse el hábito de la orden del Sagrado Corazón a la que ella pertenecía.

Cuando encontró la parte dedicada a los claustros de las monjas, preguntó a una de ellas cuál era la estancia de la Abadesa. Por supuesto, nada sospechó la carmelita de las intenciones de su compañera y la acompañó hasta el lugar que le solicitó.

—En estos momentos la hermana Sor Fabiola no se encuentra entre nosotras, ya que sus obligaciones la mantienen ocupada en una reunión con los hermanos del templo, pero iré a buscarla si la necesita con urgencia —dijo presta la joven.

—No se preocupe —contestó Estíbaliz con todo el aplomo que pudo—. La esperaré dentro, si no le importa. Vengo desde Logroño y estoy calada de frío.

—Faltaría más, hermana... —La monja cayó en la cuenta de que no sabía el nombre de la visitante.

—Sor María de la Cruz —mintió.

—Póngase cómoda, Sor María —continuó la guía—. Avisaré a

Sor Fabiola de que la espera aquí.

—Muchas gracias, es usted muy amable. —Estíbaliz fingió una sonrisa complaciente, mientras la muchacha volvió a sus labores diarias.

Cuando se encontró a solas en el interior del claustro, una sensación de pánico la invadió pero hizo acopio de valor y buscó la piedra que Sor Águeda le había indicado, tras la que se encontraba escondido el cofre. Los nervios comenzaron a atenazarla porque no encontraba la roca hasta que se dio cuenta, después de un par de minutos, que la antigua abadesa era unos centímetros más alta que ella y fue entonces cuando la encontró. La movió un poco y no tardó en sacarla del sitio, la colocó en el suelo y metió la mano para buscar a tientas el pequeño arca. Después de unos segundos, sus dedos alcanzaron a palpar una fina tela que envolvía un objeto con forma de prisma, no más grande que la piedra que había extraído.

Apartó la envoltura de lino y el deseado objeto apareció hecho en burda madera de roble y con una diminuta llave de bronce que colgaba de una de las asas laterales, hechas en el mismo metal. De inmediato volvió a taparlo con la tela y lo guardó entre los pliegues de sus hábitos, puso la piedra en su sitio y se dispuso a salir de la estancia para abandonar el recinto antes de que llegase la hermana Fabiola. Para su sorpresa e inquietud, en ese momento la abadesa entró en la habitación y los ojos de Estíbaliz no pudieron evitar mostrar el sobresalto que sintió al verla.

* * *

Aunque estaba algo aturdido por haber estado tantos días en cama, Gregorio preparó todo lo que necesitaba para ir hasta Lerma en compañía de Felipe. Prudencia, como hacía cada mañana que él salía a investigar, le ayudó a guardar los usos de escritura en el maletín, incluido el cuaderno que siempre llevaba consigo, mientras él preparó la ropa y buscó al militar para que se hiciera con unas buenas monturas, rápidas y resistentes. Después de desayunar, regresó al dormitorio para recoger las pertenencias que iba a llevar consigo.

—¿Está seguro de que puede hacer estos viajes, señor? —le preguntó el ama de llaves.

—No me queda más remedio, señora Heredia —respondió él con ingenuidad.

—Pues qué quiere que le diga, creo que está mejor aquí —comentó ella, a la vez que terminó de doblar un blusón para meterlo en el petate de Gregorio—. Aquí puede seguir haciendo el trabajo que sea que esté haciendo, sin exponerse a saber qué peligros.

—Ya quisiera poder quedarme, pero me es imposible.

—Tenga cuidado entonces, licenciado, que Dios sabe bien cuántos esbirros tiene el Diablo sobre la Tierra —replicó la oronda sirvienta.

Gregorio sonrió ante el comentario y vio cómo ésta salía de la habitación y escuchó sus pesados pasos bajando las escaleras de mármol para ir hasta la cocina. Por su parte, terminó de revisar que no olvidaba nada importante y comenzó a cargar los bultos para llevarlos hasta el recibidor de la casa, a la espera de que Felipe apareciese con los caballos que le había encargado.

Aunque no esperaba encontrar las pruebas que necesitaba en Lerma, en realidad el motivo para ir hasta la ciudad burgalesa era otra distinta: quería comprobar hasta qué punto Águeda adquirió fama de santa. Más allá de lo que le habían dicho hasta ese momento, o de las notas que tenía apuntadas, a nadie la ensalzan de tal manera si no es por varios motivos. No creía que sólo con las supuestas visiones y un par de cuentos más, promovidos por Juan de Longas, fuera suficiente para que en Lerma y alrededores la aclamaran y luego ser repudiada en Corella como una hereje y una concubina de Lucifer. Debía haber más causas y él quería conocerlas a fondo.

Después de esperar casi media hora, Felipe apareció con dos buenos ejemplares de caballos árabes de colores blancos de talle y grises de crines y cola. Ya venían ensillados y preparados para cargar sobre ellos el petate de Gregorio y las pocas pertenencias que llevaría consigo el militar, entre las que también había una pistola y un mosquetón; según dijo, «nunca se está preparado del todo para las vicisitudes que surjan en el camino.»

El sol brillaba en un cielo que auguraba el final de una fría y lluviosa primavera, y parecía que los días de aguaceros intermitentes iban a pasar a mejor vida, o eso esperaban los viajeros. Montaron en cuanto estuvieron dispuestos y se despidieron de Prudencia, que les saludó desde el porche de la puerta. Por delante les quedaban más de ciento cincuenta kilómetros que recorrer, lo que les llevaría un par de jornadas de travesía. Gregorio era consciente de que no sería un viaje cómodo, pero tenía la esperanza de poder descansar en alguna posta y no tener que hacerlo en medio de los cerros, donde acechaban los peligros típicos a los que se enfrentaban los expedicionarios, tales como lobos, bandidos o algún oso hambriento.

Salieron de Logroño por un camino que les llevó hacia el suroeste y que pasaba cerca de Burgos, lugar en el que pararían esa misma noche. Allí tenían previsto descansar y alimentar a los animales, para retomar el camino hasta Lerma a la mañana siguiente y llegar a la villa pasado el mediodía del día posterior. En principio no tenían por qué encontrar complicaciones, salvo que el clima decidiera cambiar para hacer el trayecto más dificultoso.

—Lo cierto es que no imaginé que tendríamos que realizar este viaje —comentó Gregorio cuando ya estaban a las afueras de Logroño, trotando lentamente por un camino que estaba custodiado por una densa arboreda—. Supongo que el hecho de que alguien intentara matarme ha hecho que me implique más.

—Seguro que el que quería quitarte de en medio se sentirá muy frustrado —bromeó Carvajal.

—No cntiendo cómo puede alguien considerar que lo que hago es una labor amenazante —reflexionó el cronista.

—En estas situaciones siempre hay personas que no quieren que se sepan o descubran ciertas cosas.

—¿Y son capaces de matar a un emisario del rey para ocultarlas?

—Mi joven licenciado, no dudo de tu erudición en asuntos académicos, pero creo que no sabes mucho del mundo en el que te has metido.

—Ilustradme pues, señor —dijo el historiador con tono reverente y divertido a la vez.

—Por lo que me has contado, y por lo que el rey me informó sobre tu carta, este caso en concreto no es sólo una cuestión sobre rituales heréticos. —Antes de continuar, Felipe cogió la bota de vino que llevaba colgada a un costado de la montura y echó un trago, luego se la tendió a Gregorio, que rechazó el ofrecimiento, y volvió a ponerla en su lugar—. Se ve que esa doctrina caló hondo en muchos estamentos y en muchos lugares de esta parte de España.

» Si la Garduña está metida en el asunto, es porque habrás molestado a alguien con mucho poder y que no quiere que sigas indagando más sobre el caso en cuestión. Así que, como puedes comprobar, aunque no lo sepas, te has ganado con toda seguridad a muchos enemigos.

—¿Crees que Francisco Causadas puede estar detrás de todo? —preguntó Gregorio, que seguía teniendo sospechas sobre ello.

—Sinceramente, lo dudo mucho. Ese hombre ya debe rozar los ochenta y tantos años y no creo que esté para muchas aventuras de este tipo, si es que sigue vivo.

—Es cierto, puede que sea un viejo decrépito, o incluso esté muerto, pero me niego a creer que desapareció sin más y que todo lo que sabía vaya a quedar en ese esperpento de juicio inquisitorial.

—A veces las cosas son más simples de lo que parecen y si te empeñas en complicarlas más, entonces seguirás estando en peligro. —Felipe volvió a echar otro trago de vino—. No siempre estaré ahí para salvarte la vida como aquella noche, maese Fernández.

—Lo sé, soy consciente de los riesgos —dijo Gregorio, que esta vez sí aceptó la invitación—. Pero no puedo quedarme sin saber cuántas aristas tiene esta trama y a quiénes afecta.

—Lo dicho, te vas a meter en un buen lío —bromeó Felipe.

Gregorio también se echó a reír y durante el trayecto continuaron hablando de varias cosas más, como la relación que tenía Felipe con el rey, algo de su vida militar y también del padre de Gregorio y los servicios que prestó en la Guerra de Sucesión. Fueron conversaciones agradables que se contaron, a la vez que disfrutaban de un clima agradable.

Mientras tanto, pasaron por algunas poblaciones pequeñas como Lardero, Navarrete y Villafranca, en la que pernoctaron antes de llegar a la ciudad burgalesa al día siguiente, cuando ya era noche cerrada. A pesar de ello, no tuvieron problema alguno en encontrar alojamiento en una posada que estaba cerca de la impresionante Catedral de Santa María, una edificación de estilo gótico francés que podía verse desde la ventana de la habitación que le dieron a Gregorio. Cuando se acomodó en ella, no pudo reprimir la tentación de abrir las dos hojas de madera y asomarse a la plaza donde estaba emplazada la sobrecogedora construcción y disfrutar de la vista en toda su magnificencia.

Dado que no hacía frío y que habían comido bien una hora antes, el cronista dejó la ventana abierta y se tumbó en un austero camastro de colchón incómodo, puso las manos tras la nuca y giró el cuello para no perder de vista las agujas de la fachada de la catedral, que parecían orientarle a un sueño reconfortante y puro. Incluso, aun haciendo esfuerzos por no perder de vista tanta belleza, no pudo evitar que los párpados cayeran como losas y que las manos de

Morfeo le transportaran al mundo onírico que está más allá de la consciencia humana.

A la mañana siguiente, cuando todavía no había salido el sol, Gregorio tardó unos segundos en oír los golpes en la puerta mientras Felipe intentaba despertarle, aunque no tardó en levantarse para abrir y dejar entrar a su compañero. Éste ya estaba preparado para continuar el viaje, ataviado con su casaca roja, las botas negras de montar y el sombrero de tres picos de color marrón adornando su casi nívea melena. Se mostraba jovial y de buen humor, lo que tampoco era extraño en él y que era algo que siempre agradecía el historiador.

—¡Es increíble que aún estuvieras en la cama, haragán! —bromeó Felipe.

—Discúlpame, supongo que estaba más cansado de lo que imaginaba —comentó Gregorio, que se lavó la cara en una jofaina que llenó de agua hasta la mitad.

—Pues prepárate, mi joven amigo, tenemos que desayunar antes de continuar y mi estómago no tiene tanta paciencia como yo —se carcajeó el militar.

Los dos bajaron hasta el comedor y degustaron un temprano desayuno con pan recién hecho, leche caliente de vaca y una porción de chorizo y queso curado para cada uno. De hecho, Felipe tenía tanta hambre que pidió otro trozo de pan y de chorizo antes de pagar la cuenta de la estancia de los dos. Para sorpresa de Gregorio, y a pesar de que llevaban bastantes reservas en las alforjas, el militar solicitó un hatillo con un queso entero y varias ristras de chorizo que quería llevar consigo.

Al salir al exterior, el cielo comenzó a clarear a sus espaldas con tonos violetas y naranjas, recogieron a los caballos de la cuadra que estaba al lado de la posada y colocaron sus pertenencias en los cuartos traseros de sendos animales. Éstos bufaron y resoplaron como si se quejaran del madrugón que les obligaban a realizar y, sin darles tiempo a más remilgos, los dos jinetes saltaron sobre ellos para continuar el trayecto que les faltaba para llegar a Lerma. A la par que trotaban con paso firme por la plaza, Gregorio echó un último vistazo a la catedral y se prometió que algún día volvería para disfrutar de su exquisita arquitectura y se preguntó qué maravillas habría en el interior.

Capítulo 17

Durante toda la mañana se estuvieron leyendo en el tribunal las sentencias de los implicados en el caso del Convento de los Carmelitas Descalzos de Corella. En algunos casos, dichas condenas ya se estaban cumpliendo y el acto de leerlas ante los miembros del tribunal tan solo era una mera formalidad. En todo caso, sí había una sentencia que aplicar y leer ante la principal acusada de todo el asunto: el de Sor Águeda. Ordenó que la trajesen ante el juez y el resto de los miembros, y en cuanto la vieron entrar en la sala no pudieron evitar mirarse entre ellos con nerviosismo.

Cuando Andrés Francisco de Arratabe, nombrado juez inquisidor del caso, contempló el estado en el que se encontraba Sor Águeda de Luna, una expresión sombría y de tristeza cruzó su rostro. Le aterró ver las heridas, los moratones y el aspecto destrozado de la monja, y se preguntó quién había hecho tales atrocidades sin su consentimiento. Por supuesto que él había participado dos veces en procesos de tormento contra ella, pero ordenó que no volvieran a tocarla y parecía ser que su deseo no fue respetado. La cuestión era saber por qué, quién lo había hecho y cuándo había sucedido.

Sentados en ambos lados de la misma mesa, Fray Diego de Mora y Pablo DiCasitillo le miraron de reojo con gesto acusador. Sabían los oscuros negocios que Andrés se traía con la Garduña y lo que pretendía sonsacar de las confesiones de los acusados, pero ver a la mujer en aquel estado iba más allá de lo que se estimaba oportuno por un caso que no requería de métodos tan medievales y crueles. En todo caso, el juez hizo acopio de compostura y se dirigió a Águeda para comunicarle la condena que finalmente se le iba a imponer por sus fechorías.

—Sor Águeda de Luna y Argaiz, en este día de Nuestro Señor Jesucristo de veinte de junio de mil setecientos treinta y ocho, este tribunal va a darle informe de la condena que se le impone por su participación como antigua abadesa del Convento de los Carmelitas Descalzos de Corella en los hechos de los que ya es conocedora.

» Este tribunal la conmina a salir de esta sala vestida como una penitente, con sambenito de media aspa, y que salga absuelta de forma cautelar por su posición social. Recibirá grave represión y se le advierte que esta sentencia puede ser revocada si recae en sus pecados. Será confinada y recluida por dos años en el convento de las Carmelitas Descalzas de Pamplona.

» En su reclusión será privada de tener voz activa y pasiva dentro del convento e irá vestida siempre con velo negro en todos los actos propios de la congregación, excepto cuando sea también con hermanas legas y novicias. No podrá hablar ni escribir a nadie de fuera y sólo podrá tratar con las religiosas que a la condenada le parezca necesario. Estas personas deben ser monjas doctas y virtuosas, y no pueden ser de su misma orden, sino de cualquiera de las otras existentes para que la guíen en el buen camino de nuestra Santa Fe.

» Hemos reseñado este evento como anecdótico, ya que el mal está en todos los estamentos sociales y familiares. El objetivo es que sirva de reflexión y se eviten conductas antinaturales. En todo caso, y quiero que quede constancia, la condena nos parece demasiado blanda en función de los hechos cometidos, por lo que esperamos que tenga esto en cuenta, haga examen de conciencia y lleve vida plena de misericordia a partir de ahora.

» Trasládese copia del auto de condena a los miembros de este tribunal y al enviado de Su Católica Majestad, Felipe V, en virtud de Cronista Real, don Gregorio Fernández de León. Que Dios se apiade de su alma y la redima de sus pecados, hermana Águeda —terminó de decir Andrés, que hizo un gesto para que Martín la devolviese de nuevo a la celda de la prisión en Logroño.

El carcelero la agarró por el brazo y se la llevó sin apenas esfuerzo, ya que ella parecía totalmente ajena a lo que ocurría en su entorno. Estaba en un estado catatónico y su mirada perdida no dejaba de apuntar al suelo que tenía delante de sus pies descalzos, en busca de unas respuestas a las que no lograba llegar. Mientras tanto, casi todos los miembros adjuntos del tribunal se fueron marchando de la sala hasta que quedaron a solas Andrés, Pablo y Fray Diego.

—¡Por Dios bendito, Andrés! —comenzó a exclamar el Calificador del tribunal—. ¿Has visto su estado?

—¿Cómo has llegado tan lejos, juez? —le acusó Pablo—. Ya había confesado sus pecados hace meses, ¿a qué viene este tormento adicional?

—Calmaos, señores, por favor. —Andrés estaba nervioso también, pero intentó que su estado de ánimo no le delatase.

—¿Qué nos calmemos? —añadió el fraile—. Si su familia la viera en tal situación, estaríamos perdidos.

—Creedme, no sé quién la ha sometido a esas torturas pero no he sido yo —se disculpó Andrés—. De hecho, no tenía conocimiento de que estuviera así.

—¿Habrá sido el garduño? —continuó Pablo—. Te advertí que no era buena idea contratarle.

—Él ya no trabaja para mí, se fue sin terminar su labor —apostilló Andrés—. Ahora estoy solo en este asunto.

—¿Te abandonó? —preguntó sorprendido Fray Diego.

—Más o menos.

—¿Y se puede saber el motivo?

—Eso es algo que no os incumbe —replicó Andrés de forma tajante.

—Pues ándate con ojo avizor, Arratabe, pues cualquier circunstancia que complique este caso será puesto en conocimiento del Obispo y del Gobernador sin demora —dijo Pablo con vehemencia—. No pienso ser cómplice de tus turbios asuntos, al menos más de lo debido.

—Ya os he dicho que no hay por qué preocuparse. —El juez comenzó a recoger sus papeles y se encaminó a la escalera para salir de la mazmorra.

—Por tu bien, espero que así sea —apostilló DiCastillo, que se marchó de inmediato sin esperar una respuesta a su amenaza.

Fray Diego les observó partir y se quedó en silencio, reflexionando sobre las complicaciones que estaba tomando el caso. El juicio del convento de Corella ya había concluido y cualquier problema que surgiese a partir de ese momento tendría que afrontarlo el inquisidor a solas. Por su parte, Fray Diego y Pablo DiCastillo habían cumplido con su labor y no tenían intención de pasar un día más en Logroño.

* * *

A pesar de que era pasado el mediodía cuando llegaron a Lerma, una densa niebla se había establecido en la región y el ambiente que encontraron en sus calles tenía un aspecto lúgubre y poco acogedor. Tanto Gregorio como Felipe tenían claro qué hacer, cada uno en su labor; el cronista iría hasta el convento donde estaba recluida Sor Rosa, cuñada de Águeda, para entrevistarse con ella, y el militar buscaría un hospedaje para ambos, pues estaba seguro de que tendrían que pasar la noche en el pueblo.

El verdadero nombre de la monja en cuestión era Bernarda Morales de Rada, aunque al tomar los hábitos se le impuso otro apelativo que era el de Sor Rosa de la Concepción. La hermana de Águeda y el hermano de Bernarda se habían casado cuando ellas ya eran monjas en el Convento de la Madre de Dios en Lerma, y eso las convirtió en familia al instante. Tal información era todo lo que Gregorio sabía de ellas en ese momento, por ello era tan importante para él hablar con Sor Rosa. Sin duda alguna, Bernarda, mejor que nadie, conocía a la Águeda natural que fue antes de ser abducida por las teorías de Miguel de Molinos.

Mientras Felipe se separaba del cronista en las afueras de los muros del pueblo, éste llegó hasta la puerta del convento. El edificio y sus instalaciones se encontraban en la parte oeste, situado frente a la puerta de la muralla llamada Puerta de la Cárcel. La fachada era sobria y austera, hecha en piedra maciza y con pocos adornos. Tan sólo podían distinguirse dos blasones familiares tallados en la roca; uno perteneciente al Duque de Lerma, que ordenó la construcción del convento, y el de la Condesa de Santa Gadea, que fue la priora del lugar en sus primeros años de existencia y que era la suegra del hijo primogénito del aristócrata.

La puerta de entrada era de dos hojas y con segundos accesos, y estaban bajo un arco circular y en cuya parte superior había una pequeña losa que marcaba escrita la palabra "Yglesia", lo que dejaba claro a qué parte del convento iba a acceder el visitante. Gregorio golpeó con el puño cerrado dos veces sobre la superficie de recia madera y esperó a que le abrieran. Pocos segundos después, un fraile carmelita asomó la cabeza con cara de desagrado.

—¿Quién osa molestarnos en plena oración? —dijo el hombrecillo con tono brusco, una persona de pequeña estatura y rostro adusto.

—Discúlpeme, hermano, pero mi nombre es Gregorio Fernández de León y soy un enviado de Su Católica Majestad, Felipe V —contestó él, a la vez que sacaba las credenciales reales de su inseparable maletín—. Me gustaría hablar con la hermana Sor

Rosa de la Concepción.

—Así que un emisario del rey, nada menos —respondió el fraile, después de comprobar los documentos y asegurarse de que era en realidad quién decía ser—. Espere aquí. —Acto seguido, dio un portazo y dejó al joven esperando entre la creciente niebla.

—Buenos días, señor Fernández, soy la priora del convento, mi nombre es Hortensia de Gasteiz, pero aquí soy la hermana Sor Hortensia —dijo la anciana—. Así que deseáis hablar con la hermana Rosa.

—En efecto, si no es molestia —contestó él con cortesía.

—Por supuesto que no, pase, por favor. —La monja de avanzada edad abrió la puerta, saludó al cronista con una cálida sonrisa y permitió la entrada de Gregorio al edificio.

En el interior había una nave muy amplia con lunetos y cúpula sobre el crucero. De hecho, tenía unas dimensiones bastante grandes y este hecho sorprendió a Gregorio. El retablo era de estilo neoclásico, con columnas altísimas y adornadas con capiteles corintios. En el centro había una pintura de la Anunciación que remarcaba el carácter de la orden a la que pertenecía la iglesia.

—Supongo que debo ser un incordio al venir a esta hora —reflexionó el historiador.

—De ninguna forma lo es, señor. —Salieron a un enorme patio arbolado y con una huerta bien cuidada—. ¿Puedo preguntar por qué motivo deseáis hablar con ella?

—Lo siento hermana Hortensia, pero es un asunto confidencial que viene por parte del propio rey.

—Entienda, señor, que este es un convento de clausura y no es usual que rompamos nuestros votos con visitas. —La monja se detuvo bajo un hermoso naranjo, pero que con la niebla parecía cubrir con brazos espectrales la figura encorvada de la religiosa—. Al ser un legado de Su Católica Majestad, le he permitido la entrada y le ofrezco nuestra hospitalidad, pero es mi obligación preservar la tranquilidad de nuestra congregación.

» Por todos es sabido con quién está emparentada la hermana Rosa y es por ello que le pregunto por segunda vez, ¿qué motiva su visita?

—Entiendo su inquietud, pero le aseguro que no he venido a perturbar el orden y la paz de las monjas —aseguró él con aplomo—. Al contrario, vengo a limpiar el buen nombre de vuestras hermanas y aclarar asuntos que aún me quedan por investigar.

—Espero que sea así, joven —añadió ella, que continuó guiando a Gregorio hasta el lugar donde se encontraba Sor Rosa.

Durante unos metros más que duró el paseo, la priora del convento no mencionó más el tema y se limitó a presumir de los frutos y hortalizas que producían en un sembrado enorme que abarcaba casi trece mil metros cuadrados. Dadas las dimensiones, y las circunstancias meteorológicas, Gregorio no llegó a vislumbrar toda la extensión de los terrenos, pero se hizo una idea cuando percibió que no era capaz de distinguir dónde acababan las hileras de árboles y plantas que cuidaban las monjas y los frailes.

Al final llegaron al lugar donde trabajaba la hermana Rosa, en la botica donde siempre había realizado sus labores. La priora abrió la puerta de la estancia y Gregorio la siguió de cerca, a la vez que la anciana le presentó ante la mujer que buscaba.

—Sor Rosa, este señor ha venido a verte y quiere hablar contigo —dijo la anciana—. Ha venido por deseo expreso de nuestro rey.

—Mi nombre es Gregorio Fernández de León y necesito que me cuente su versión sobre un asunto en particular —comentó sin tapujos.

—Imagino a qué se refiere. —Ella le miró con extrañeza y con cierto resquemor—. ¿Está seguro que quiere conocer mi versión?

—Será mejor que les deje a solas para que tengan intimidad, señor Fernández, pero recuerde su promesa —dijo la hermana Hortensia, a la vez que mostró una sonrisa forzada y volvía a la rutina.

—Fray Petronio me avisó de su llegada hace unos minutos — dijo Bernarda, o Sor Rosa, como prefería que la llamaran.

—Perdone mi intromisión, hermana, pero necesito hablar con usted...

—De mi cuñada Águeda de Luna —le interrumpió ella—. Ya me lo imaginé cuando el fraile me avisó de su visita y me dijo quién es.

—Así es, he venido por eso —se limitó a contestar Gregorio.

—¿Qué quiere saber exactamente? —Rosa se giró y continuó preparando las medicinas, ungüentos y bebedizos que solía hacer todos los días.

—Me gustaría preguntar varias cosas sobre Águeda y que me conteste con sinceridad —respondió él, tomando asiento sobre una enorme maceta de barro que estaba colocada boca abajo.

—Pregunte pues.

—Conoce a Sor Águeda mejor que nadie, ya que compartió muchos años con ella en este convento. ¿Cómo era en aquél entonces? —Gregorio sacó el cuaderno de notas, la pluma y el tintero y se preparó para apuntar todos los detalles.

—Era una gran chica, créame —dijo ella, que alzó la cabeza y miró hacia el techo de madera, como si buscase los recuerdos entre las astillas—. Nos conocimos cuando éramos aún unas niñas y jugábamos juntas en Corella. Nuestras familias se llevaban bien y muchas navidades las celebramos todos juntos.

» Mi hermano Juan Manuel estaba enamorado de ella, algo lógico pues Águeda era hermosa desde niña, con sus ojos claros y su sonrisa siempre brillante. Constantemente íbamos ella, mi hermano y yo a corretear por el mercado y pronto se nos unió la hermana pequeña de Águeda, Francisca. Ya por entonces, no había día que ella no se parase ante la Iglesia de Araceli para rezarle a la virgen por mil motivos distintos.

» Cuando llegamos a la adolescencia, Águeda me confesó que su verdadero amor era servir a Dios y a la Virgen y entró como novicia aquí. Sobra decir que mi hermano se sintió deshecho por el amor platónico que perdió —comentó la monja con una sonrisa triste—, pero lo superó con rapidez cuando pidió la mano de su hermana, Francisca de Luna, a la madre. El padre de la familia había muerto hacía pocos meses y parecía que aquellas personas estaban perdiendo los lazos que les unían.

» En todo caso, mis padres consideraron que era buena idea que yo la siguiera y también entrara en el convento para aprender a ser una devota esposa en el futuro. Las dos estábamos aquí dentro, cumpliendo los mismos preceptos, pero con objetivos diferentes en el futuro. Ella tenía la pretensión de ser la mejor monja de España y yo sólo aceptaba esta vida con la esperanza de encontrar un buen matrimonio con el que llevar una vida plena y tener varios hijos a los que criar.

—¿Cómo fueron esos primeros años? —intervino Gregorio, que interrumpió el relato de Rosa.

—Si le soy sincera, ella fue una monja que pronto se granjeó el aprecio de toda la comunidad y también de las gentes del pueblo —contestó sin sentirse molesta—. Tenía un carisma apabullante y algunos frailes decían de ella que llegaría a ser canonizada por el propio Papa algún día, como pasó con Santa Teresa en este mismo convento. Como sabe, fue Santa Teresa de Jesús la que fundó nuestra orden y dejó escritas varias obras sobre la mística de la función conventual y monástica.

» Águeda leyó todos aquellos libros y aún más, no se imagina cuántas ansias de conocimiento había en su alma. No había escrito alguno de nuestra biblioteca que ella pasara por alto, desde la mencionada santa hasta San Juan de la Cruz; incluso nos aprendimos de carrerilla la obra "Camino de la Perfección" —comentó entre una ligera risa—. Sí, leímos mucho, pero ella era la auténtica erudita del convento y he ahí el problema.

—¿Por qué dice eso? —se extrañó Gregorio—. La erudición no es perniciosa, o eso creo.

—Por supuesto que no lo es, siempre que sea por causas bienhechoras —contestó ella, que se acercó unos pasos y tomó asiento junto a él sobre otra maceta—, pero cuando se accede a lecturas malignas, ¡ay, ese es el problema!

—¿A qué lecturas se refiere?

—Supongo que sabe que fue Fray Juan de Longas quien nos abrió las puertas de este convento para ser monjas —replicó ella.

—Sí, lo sé.

—Pues fue culpa suya que Águeda accediera a textos impíos y heréticos, los de ese mentecato de Miguel de Molinos. —Se llevó la mano a un lateral de la boca y dijo la frase con un susurro, como si no quisiera que nadie la escuchase.

—Pero él también hizo que la aclamaran como una santa en el pueblo y alrededores, ¿no es cierto? —concretó él.

—¡Bah, tonterías! —respondió Rosa con tono de indignación—. Águeda se creyó tales mentiras porque a ese viejo lascivo le convenía que así fuera, pero ella no tenía nada de santa.

» Nuestro trabajo era del de enseñar a los habitantes de Lerma cómo sacar provecho de sus tierras, mostrarles cómo sembrar tal o cual cosa, cómo cuidar los campos y cómo sacar buen producto de las huertas, nada más. Nosotras somos de Corella y allí se aprende eso desde que eres una niña.

—Entonces, deduzco por sus palabras que ella no se introdujo en las enseñanzas molinistas por voluntad propia —reflexionó Gregorio.

—Bueno, en parte no, pero también descubrió el poder que el sexo tenía sobre los frailes y sus amigos, y lo aprovechó más que bien —comentó la monja—. Se fue a Corella con ellos y me dejó aquí porque se cegó con la capacidad que tenía para embaucar y sacar tajada de la fama que adquirió, tanto de los muros afuera como de la cama adentro.

—¿Considera que es culpable de lo que se la acusa?

—Tanto como los demás miembros de esa caterva de descerebrados, ni más ni menos.

—¿Podría decirme algún nombre en concreto?

—Yo diría que los principales responsables eran Josefa de Jesús y, sobre todo, el amante de Águeda, Fray Juan de la Vega. —Volvió a llevarse la mano a la boca para susurrar—. Creo que ellos dos fueron los peores cómplices que tuvo mi cuñada.

—Entiendo qué quiere decir —dijo el cronista de forma lacónica—. Muchas gracias por dedicarme vuestro tiempo.

Acto seguido, Gregorio comenzó a recoger sus pertenencias y se levantó para marchar de regreso al exterior del convento. Ella le observó y fue hasta donde estuvo trabajando minutos antes, aunque parecía pensativa. Antes de que el emisario se marchase de la botica, Rosa le hizo una pregunta que le rondaba la cabeza y que removía su corazón.

—Maese Fernández —dijo justo cuando él abrió la puerta—, ¿ha hablado con mi cuñada?

—Sí, hace algunas semanas —respondió.

—¿Cómo se encuentra? —Era evidente que le seguía guardando un gran cariño.

—Dadas las circunstancias, diría que bien.

—Si vuelve a verla, dígale que le envío mis bendiciones —comentó Rosa, a la vez que las lágrimas comenzaron a surcar su rostro.

Gregorio asintió y desapareció cerrando la puerta tras de sí. Cruzó el huerto y buscó la salida de aquellas instalaciones, a la vez que notó que la niebla pareció disiparse parcialmente. Un débil disco solar, que podía distinguirse en un cielo grisáceo, comenzaba a virar hacia occidente y él pensó que igual era una señal de que comenzaba a aclararse el asunto de las mal llamadas Satánicas Descalzas de Corella.

Capítulo 18

Cuando salió al exterior del convento, Gregorio respiró profundamente y buscó a su compañero de viaje. Habían quedado en que se verían en una posada que estaba tras la Puerta de la Cárcel, a mano derecha. Allí estaba Felipe, que le vio entrar en el establecimiento mientras degustaba una cena a base de pisto, un guiso compuesto por pimientos verdes, tomates, cebollas, chorizo y panceta de cerdo; también estaba degustando una generosa porción de queso curado, pan y una jarra de vino.

El local estaba situado a pocos metros del muro que separaba la urbe en dos partes y era bastante amplio en el interior. Había varias mesas mal repartidas en un gran salón que tenía dos ventanas, una que hacía esquina con la Puerta de la Cárcel y otra que estaba al lado de la puerta principal por la que accedió Gregorio. El techo era de madera y no era demasiado alto, pero tampoco daba sensación de claustrofobia. A la derecha de la entrada estaba situada la barra de servicio, tras la que dos mujeres se afanaban en servir a los clientes que había en ese momento dentro de la taberna; aldeanos y campesinos de la zona, y que no eran no demasiados, por otra parte.

A la vez que se acercaba a la mesa donde estaba esperándole Felipe, el cronista fue rodeado por el olor del guiso que seguía cociéndose a fuego lento en una marmita que estaba colgada en una chimenea que había detrás de la barra, mientras que de otra parte le llegaba el aroma inconfundible de pan que se horneaba en el lugar opuesto de la cocina. Embelesado y hambriento, tomó asiento en la misma mesa que su compañero y pidió a una joven camarera de generoso escote que le trajera lo mismo que estaba comiendo Felipe.

—Hermosa la moza, ¿verdad? —comentó el militar en tono socarrón con los carrillos llenos de comida.

—Cierto, lo es —dijo Gregorio que no le quitó ojo de encima mientras ella se movía con agilidad entre las mesas.

—Si la sigues mirando de esa forma, se te saldrán los ojos del cráneo —bromeó Felipe.

—Discúlpame. —El cronista dirigió su atención hacía él—. Supongo que con todo el asunto este me he olvidado de disfrutar de otras cosas.

—Desde luego, si fuera tú, no estaría aquí aguantando a un viejo soldado ni investigando causas perdidas.

—Ya habrá tiempo para otros menesteres, maese Carvajal —sonrió Gregorio—. Por ahora toca centrarnos en el encargo de Su Majestad.

—Cierto, cierto —comentó Felipe, a la vez que se limpiaba la boca con un paño—. ¿Qué va a ser ahora?

—Otro viaje.

—¿Otro? —se sorprendió—. Pues antes de partir me gustaría comentarte algo que me ronda la cabeza desde hace algunos días.

—Tú dirás.

—Estuve pensando por qué te atacaron y creo que tengo algunas respuestas —comenzó a decir Felipe—. ¿Sabe alguien más a qué te dedicas en este momento?

—No, que yo sepa —dijo Gregorio que frunció el ceño—. ¿Por qué lo preguntas?

—Porque creo que alguien te ha estado espiando y ha informado a la Garduña de tus movimientos.

—¿Espiándome? ¿Quién?

—Si no me equivoco, alguien de tu entorno es el delator, o

delatora —comentó con aplomo el militar—. Sin duda alguna, diría que alguien de la casa en la que estás residiendo en Logroño se ha ido de la lengua.

—¿Prudencia Heredia? —Era una pregunta retórica, ya que no se imaginaba quién más podría ser—. No me creo que esa señora sea una conspiradora.

—Es probable, pero lo comprobaremos cuando regresemos a Logroño —afirmó Felipe—. ¿Dónde vamos a ir antes de estar de vuelta en la Casa Real?

—Corella, nuestro último paseo.

—Pues es un paseo largo, son más de doscientos kilómetros y tendremos que dar un amplio rodeo para llegar hasta allí.

—Estamos casi en verano, ¿no podríamos ir por el Paso de Sierra Cebollera?

—No sé... —dudó el militar.

En la zona central de la región, entre Burgos y Logroño, se alzaba una parte montañosa que solía teñirse de blanco en invierno, debido a las intensas nevadas que caían en tal estación del año. Sin embargo, dividiendo en dos la cordillera, había un amplio sendero que pasaba por diferentes aldeas y pueblos, y que podría recortar el viaje en casi cincuenta kilómetros. En tal caso se ahorrarían más de una jornada de trayecto y también podrían degustar la excelente comida de los montañeros burgaleses, además de disfrutar de su siempre bien hallada hospitalidad.

—Sí, creo que tienes razón licenciado —dijo Felipe, que seguía comiendo como si no hubiera un mañana—. Tomaremos el camino de la sierra y nos plantaremos en Corella en tres días sin forzar a los caballos.

—Perfecto, entonces descansemos aquí esta noche y partiremos mañana al alba —apuntó Gregorio, que volvió a mirar con libidinosa devoción a la joven que le traía su comanda.

—¡A sus órdenes! —dijo con chanza el veterano militar,

guiñando un ojo al historiador.

Entre risas, degustaron la suculenta comida y prepararon los pertrechos para pasar el resto de la jornada en Lerma. Se acomodaron en cuartos diferentes y Gregorio comenzó a escribir sus reflexiones en el cuaderno, sobre todo lo que buscaba en descubrir en Corella. Le quedaba una persona de suma importancia con la que hablar, la cuál fue la que estuvo más cerca de Sor Águeda en los años que la secta creció en aquél lugar. Se trataba de Fray Juan de la Vega, que fue el amante de la condenada y sobre el que recaían todas las culpas de lo que ella había hecho.

Esta vez lo que despertó a Gregorio no fue la brusquedad de Felipe, sino una mano suave que acarició su espalda y que parecía el tacto de un hada del bosque que arrancara el sopor de la mente del cronista de forma sutil y agradable. Se giró y vio a la chica tumbada desnuda a su lado, con la melena de color castaño cayendo sobre el brazo en el que tenía apoyada la cabeza. Ella le sonrió y sus labios carnosos acompañaron a unos ojos marrones de mirada tierna que no dejaban de observar cómo se desperezaba.

—Buenos días, señor importante —dijo con voz melódica y con un marcado acento burgalés.

—Buenos días Jimena —contestó Gregorio, que se sentía más que reconfortado.

—¿Ha dormido bien? —dijo ella, mientras salió de la cama y comenzó a vestirse.

—Estupendamente, la verdad. —Él no apartó la vista del cuerpo de la joven.

—¿Te preparo el desayuno? —La camarera fue hasta la ventana de la austera habitación y abrió las hojas de par en par.

Aún no había amanecido, pero el cielo mostraba un tono azulado más claro por la parte este, lo que indicaba que pronto saldría el sol.

—Sí, por favor —respondió él con tono adormilado—. Bajaré enseguida.

En pocos minutos Gregorio preparó el equipaje y bajó hasta el salón para probar algún bocado antes de volver a retomar el viaje. Como imaginaba, Felipe ya estaba levantado y listo para continuar, a la vez que esperaba que le sirvieran el desayuno también. En el rostro del militar se podía distinguir una mueca que se asemejaba a una sonrisa taimada, mientras miraba de reojo a la joven posadera.

—¿Lo pasasteis bien anoche, licenciado? —dijo con tono sarcástico.

—Un caballero no habla de tales cosas, maese Carvajal —afirmó Gregorio.

—Claro, claro, por supuesto —dijo Felipe echándose a reír.

El historiador también sonrió y disfrutó de un tazón de leche caliente y dos torrijas con miel, lo mismo que también devoró su acompañante. Teniendo en cuenta el camino que les quedaba por delante, el desayuno tuvo un sabor especial para el joven pero sobre todo también para la posadera, que esperó de forma ingenua que él regresara a buscarla algún día para llevarla hasta Madrid y casarse allí, formar un hogar y tener varios hijos. En todo caso, tal espera fue inútil y nunca volvieron a verse, a pesar de los anhelos pueriles de la muchacha.

* * *

Sor Estíbaliz se recompuso con rapidez del susto y aparentó estar tranquila en cuanto la abadesa entró en el dormitorio. Se fijó en que la miraba con cierto malestar y no parecía estar muy cómoda con la presencia de la visitante en sus aposentos, aunque fuera una hermana de otra orden. Se dirigió directamente a ella y le dio dos besos como recibimiento, pero con mala gana.

—Bienvenida, hermana de Jesús —dijo con voz fría y átona—.

Me han comunicado que quería verme, según parece.

—En efecto, vengo de parte de mi priora a buscar las pertenencias de la antigua abadesa, Sor Águeda de Luna —comentó ella, que quiso aprovechar la ocasión para intentar llevarse las pertenencias que todavía quedasen de la monja prisionera—. Me pidió que se las llevase a Logroño el hermano Fray José de los Ángeles.

—Lamento decirle que abandonó la vida monacal hace meses —respondió la abadesa con seriedad.

—Entonces me encargaré yo de sus pertenencias, las que queden.

—Creo que quedan en la alacena algunas cosas, sobre todo algunos libros y hábitos —respondió Fabiola—. ¿Puedo preguntar el motivo por el cuál habéis venido a buscarlas?

—Ella me nombró su confesora y el juez no se opuso a que así fuera. —Estíbaliz sacó un papel que tenía guardado en un bolsillo interior en el que aparecía el sello de la Inquisición.

—En tal caso, venga conmigo. —La abadesa le devolvió el documento e hizo un ademán para que la siguiera al exterior—. Haré que preparen el paquete para que pueda llevarlo de vuelta a su propietaria.

—Muchas gracias, hermana —dijo Estíbaliz, mostrando una sonrisa forzada—. Es usted muy amable.

—No tiene por qué agradecer nada.

—Si no le importa, he venido con un sacerdote que me ha acompañado desde Logroño y está esperándome fuera, así que puede enviarme las pertenencias de Sor Águeda a la puerta.

—Faltaría más, ¿puedo ayudarla en algún otro menester?

—No, muchas gracias —Estíbaliz sintió una presión en el pecho y buscó una forma de no caer en un ataque de ansiedad—. Que Dios la guarde, hermana.

—Vaya con Dios —se despidió Fabiola, que tampoco disfrutaba

de la inoportuna visita.

La monja confesora de Águeda hizo una leve reverencia y buscó la forma más rápida de salir al exterior otra vez, pero sin que pareciera que tenía prisa por abandonar el recinto. No quería despertar sospechas con cualquier desliz que pudiera cometer y que comprometiera su misión. Fue a paso vivo hasta la salida, cruzándose con otras monjas y frailes, y llegó hasta la plaza en la que Oyarte le esperaba. Ajeno a lo que había pasado en el interior, el cura se llevaba a la boca un trago de agua de un odre que llevaba consigo. Sor Estíbaliz llegó hasta él y el sacerdote vio que tenía el rostro pálido y contraido, debido a la tensión que ella había vivido dentro del convento. Observó cómo se sentó a su lado sobre un banco de piedra y le robó el odre de agua, del que apuró un largo trago. Luego se lo devolvió en silencio y emitió un suspiro profundo.

—¿Y bien? —dijo Oyarte—. ¿Qué ha pasado ahí dentro?

—Escúchame bien, Aitor, porque lo que te voy a encomendar es de suma importancia —dijo ella, más repuesta.

—¿Al fin me vas a contar para qué hemos venido a Corella?

—Sí, y debes guardar el secreto como si fuera una confesión, ¿está claro?

—Te lo prometo.

—Tienes que llevar esto inmediatamente hasta Logroño. —Estíbaliz sacó el cofre de entre los pliegues de su hábito—. No lo abras ni lo mires, sólo llévalo hasta allí.

—¿Qué es eso? —preguntó con curiosidad.

—No hagas más preguntas, por favor, y haz lo que te pido.

—Vale, confío en ti.

—Ve hasta la Casa Real y pregunta por don Gregorio Fernández de León, entrégale este paquete y di que es de parte de Sor Águeda —dijo ella con autoridad y poniendo el cofre en las manos de Oyarte—. Asegúrate de que lo recibe él mismo en persona. No se lo entregues a nadie más.

—¿Por qué? ¿Qué está pasando? —Aitor parecía confuso y buscaba las respuestas a las preguntas que surcaban su mente.

—Aquí dentro podría estar la salvación de nuestro país y evitaría otra guerra civil —fue la contundente respuesta de la monja.

Los ojos del cura se abrieron de par en par y no preguntó nada más. Sea cuales fueran las razones por las que ese paquete era tan importante, no quería saberlas. Se limitó a guardarlo en la mochila que llevaba consigo y montó sobre el caballo que estaba a su lado paciendo con tranquilidad, ajeno a los peligros que corrían. Por su parte, Estíbaliz agarró las riendas de su montura y se despidió de él.

—Recuerda, no te detengas ni para descansar —le dijo con tono imperativo—. Entrega el cofre y espérame en la iglesia de Santiago dentro de dos días.

—¿No vienes conmigo? —preguntó con intranquilidad, pues no imaginaba qué motivo podría tener ella para separarse en esos momentos—. ¿Dónde vas ahora?

—Esperaré que me entreguen las pertenencias de Sor Águeda e iré a ver a su familia para informarles de su estado —respondió con tono triste—. Deben sacarla de la prisión cuanto antes, ya que temo que corre un gran peligro tras esos muros.

Sin dilación, la hermana De Jesús se acercó hasta la puerta de la iglesia, donde vio que dos monjas traían las pertenencias de Sor Águeda. Les dio las gracias y se giró para llevarlas hasta los lomos del caballo, donde pensó atarlas para llevarlas hasta la casa de la familia De Luna. En cuanto retornó junto a la montura, Oyarte hizo un gesto de asentimiento y comenzó a cabalgar a galope tendido de regreso a Logroño. Ella le vio alejarse en pocos segundos y tomó otra ruta, la que la llevaría a un hogar sumido en el oprobio y la vergüenza por culpa de una hija a la que llegaron a maldecir.

* * *

Una vez que se hubo hecho inventario de las pertenencias de Águeda, la abadesa estuvo varias horas deambulando por el convento, terminó de repasar las labores que realizaban las monjas y después regresó a sus aposentos con la mente reflexiva sobre el encuentro con Sor María. Le pareció que tuvo un comportamiento un tanto extraño y distante, algo poco común entre las religiosas, fueran de la orden que fueran.

Ya a solas en el claustro, Sor Fabiola fue hasta la pared en la que debía estar escondido el cofre, pero cuando apartó la piedra se dio cuenta de que el hueco estaba vacío y empezó a sentir un escalofrío que recorrió su espalda y le puso el vello de los brazos de punta. Revisó cada palmo de la habitación totalmente desesperada y puso patas arriba cada cajón, mueble o papel que estuviera a su alrededor, pero no había el menor rastro del objeto. Fue justo en ese momento cuando entró un monje, ataviado con un hábito de color marrón oscuro, y percibió al instante que la abadesa estaba ofuscada en la búsqueda y presa de un estado de febril desesperación. El recién llegado llevaba la capucha puesta y de su cara sólo se podían ver los ojos de color verde, lo que hizo que la mujer se estremeciera de pánico.

Ella lo había conocido apenas un mes antes, cuando la visitó por primera vez. No sabía su nombre, pero sí le dijo de parte de quién venía. También le comentó que estaba allí para mantenerla informada de los pasos que Gregorio Fernández había estado dando en torno al caso de las monjas de Corella. Le advirtió de que no le dejara entrar en la habitación que había sido de Sor Águeda y que la situación requería de la máxima discreción, sopena de ser acusada de alta traición a quienes ella había servido durante varios años. Por experiencias ajenas, sabía que la orden de los Sagrados Caballeros de Cristo eran muy eficaces en la labor de proteger el equilibrio de la sociedad y no dudaban en recurrir a medios más que expeditivos para lograrlo.

—¿Qué sucede, Sor Fabiola? —preguntó el desconocido con tono serio—. ¿Quién era la monja que vino a visitarla?

—¡El cofre! —exclamó ella con la voz quebrada—. ¡No está aquí!

—¿Qué? —El monje fue hasta la pared y observó la oquedad vacía—. ¿Dónde está?

—¡Ha sido ella, se lo ha llevado! —Fabiola lanzó la acusación.

—¿Quién era esa monja del Sagrado Corazón? —preguntó él con intranquilidad agarrándola de los hombros.

—Dijo que se llamaba Sor María de Jesús.

—Descuide, los Sagrados Caballeros de Cristo nos encargaremos de esto y recuperaremos ese cofre —la tranquilizó el supuesto religioso, poniendo una mano sobre el hombro de ella.

—No ha sido culpa mía. —Presa del pánico que tenía a la orden, ella intentó disculparse.

—La única culpable de esto es esa Águeda de Luna.

Un segundo después, con la agilidad propia de alguien bien entrenado, el misterioso monje abandonó el dormitorio y salió a todo correr del convento. Justo detrás del mismo le esperaba un caballo de color negro como la noche y de raza árabe, sobre el que montó de un salto. Tenía órdenes estrictas del Gran Maestre de su orden y las mismas dictaban que tenía que encontrar el cofre y llevárselo a su jefe. También le dijo que hiciera lo que fuera necesario para cumplir con la misión, y el asesinato era una opción como cualquier otra. Dispuesto a seguir a rajatabla las indicaciones que recibió, partió a galope tendido tras los pasos de Sor Estíbaliz.

Capítulo 19

El trayecto hasta Corella fue placentero para los dos emisarios de Felipe V, además de que lo realizaron en menos tiempo del que tenían previsto en un principio. Tanto Gregorio como Felipe llegaron a las puertas de la incipiente ciudadela antes del mediodía, poco más de dos días después de haber partido de Lerma. Estaban cansados por el viaje y aunque habían descansado bien en Soria, donde pararon en la segunda jornada de la travesía, lo primero que necesitaban era buscar un buen hospedaje para comer, asearse y alimentar también a los caballos que habían aguantado con estoicismo el paso por el valle de Sierra Cebollera.

En esa época del año no suponía un peligro hacerlo, pero en invierno muy pocos se habrían aventurado a semejante temeridad. Por suerte para los dos viajeros, el camino estuvo libre de imprevistos y tan solo tuvieron que vadear algún riachuelo del deshielo de las pocas nieves que se derretían en las cumbres. Por otra parte, fue algo que aprovecharon también para descansar en algún momento mientras los animales abrevaban y reponían fuerzas con las frescas aguas. De todos modos, a pesar de haber realizado el camino en tan poco tiempo y sin incomodidades añadidas, la llegada hasta la ciudad corellana supuso un alivio para ambos. Habían entrado por el camino del sureste, directamente desde Soria, cuando el sol estaba cerca de su cénit.

Tal como habían hecho con anterioridad, Felipe fue a buscar un lugar de acomodo para ambos y sus monturas, y Gregorio le esperó en una posada de aspecto austero, como todas en la región. Allí degustó un almuerzo a base de solomillo de buey con verduras y lo acompañó con un sabroso vino navarro, cosecha de la zona, que tenía un regusto dulzón en el paladar y que acompañaba muy bien a la generosa pieza de carne que le habían servido. Mientras estaba a mitad de la comida, Carvajal apareció en el local y pidió lo mismo para "llenar la panza", como él dijo.

—He encontrado un hostal cerca del convento, un lugar bastante elegante, si lo comparamos con lo que hemos visto en Lerma y Soria —dijo el militar, a la vez que le robaba un trago de vino al vaso de Gregorio—, aunque no entiendo por qué motivo sigues con esto, licenciado.

—Ya te lo dije, tengo que llegar al fondo de este asunto y cumplir con el mandato de Su Majestad —respondió el cronista—. Si hay más personas implicadas en el caso, deben ser descubiertas y acusadas formalmente ante un tribunal.

—Creo que te arriesgas demasiado para ser un joven historiador.

—Han estado a punto de matarme. —Gregorio se acercó un poco a la cara de su interlocutor para no subir la voz y que los parroquianos escucharan algo indebido—. Después de eso, estoy más convencido que nunca de llegar hasta el final.

—Está bien, como quieras, pero que conste que te he advertido del peligro que corres —comentó Felipe, que también bajó el tono de voz—. No quiero que el rey me culpe a mí de que te suceda algo.

—Descuida, por mi parte no habrá reproche alguno —añadió el historiador, a la vez que le guiñaba un ojo a su compinche.

No bien hubo pronunciado la frase, un posadero de aspecto rudo le sirvió la comanda al veterano y trajo consigo otra botella de vino. Por lo que a los dos peregrinos respectaba, ese día no tenían intención de hacer otra cosa que descansar y aprovechar la estancia en Corella, al menos durante esa jornada a la que le quedaban algunas horas para terminar. Al día siguiente Gregorio retomaría la investigación e iría a visitar a Fray Juan de la Vega, con la esperanza de que éste le indicara dónde estaban las pruebas de las que le había hablado Sor Águeda.

El sol comenzó a aparecer en el horizonte y vistió las paredes y los tejados de Corella con un precioso tono dorado, a la vez que un cielo azul acompañó a Gregorio hasta el convento. El edificio, tal como le indicó Carvajal, estaba a unas pocas decenas de metros del hostal donde había dormido y desayunado, y que como indicó el militar, era un sitio cómodo y de buen gusto. De hecho, los dueños presumían de haber albergado en sus habitaciones al propio rey y a su segunda esposa, Isabel Farnesio, que venía acompañada del príncipe Carlos cuando era un infante de apenas tres años.

Le pareció algo irónico que el monarca tuviera tanta devoción por un pueblo como Corella, ya que se había criado entre lujos en Francia y vivía rodeado de los mismos en España. En cualquier caso, lo que era evidente es que el lugar tenía un encanto especial y las gentes eran amables, y sabían cómo cuidar a los visitantes que recibían. Enarbolaban con orgullo el estandarte de ser una comarca de tierras fértiles, productivas y bien aprovechadas por los corellanos. En todo eso, el convento y monasterio de los Carmelitas Descalzos tuvo mucho que ver en los últimos años, a pesar del suceso que ahora estaba investigando.

Al llegar a la puerta principal se encontró con que estaba cerrada y dudó sobre si debía interrumpir la quietud de la comunidad que estaba dentro a unas horas tan tempranas. Por suerte para él, en ese momento apareció un monje con una escoba en la mano para barrer la parte de calle que daba a la entrada. Como su orden indicaba, no llevaba sandalias ni botas y los pies mostraban durezas y callosidades. Era un hombre que ya rozaba la senectud y tenía la cabeza afeitada en la coronilla y que estaba adornada por una cabellera corta de color gris. El escapulario que debía ser blanco, mostraba más bien un tono marfil por el desgaste de los años y la túnica marrón apareció con algunos agujeros y estaba estropeado en los bajos.

El carmelita observó a Gregorio con sorpresa y mostró una sonrisa en la que había menos dientes que en la boca de un perro viejo. Dejó la herramienta de limpieza apoyada en el lateral de la puerta y se presentó presto a servir al desconocido que tenía delante, como era de obligatorio cumplimiento en la orden a la que pertenecía; no obstante, el lema de los Carmelitas Descalzos era "Zelo Zelatus Sum Pro Domino Deo Exercituum", que significaba "Soy celoso del Señor, Dios de los Ejércitos". Esta forma de vida implicaba total servicio a las enseñanzas de Jesús y de la Virgen María, y por lo tanto, servir a los demás.

—Buenos días señor, soy Fray Raimundo —le saludó el monje con voz ronca—. ¿Puedo ayudarle?

—Buenos días hermano, soy Gregorio Fernández de León y vengo en nombre de Su Católica Majestad para hablar con Fray Juan de la Vega —dijo Gregorio, que presentó las credenciales.

—¿Por qué motivo quiere hablar con él? —preguntó mientras ojeó el papel.

—Vengo para que me cuente lo que sepa sobre Sor Águeda de Luna.

—¡Mal rayo me parta! —exclamó el viejo, a la vez que se santiguó tres veces—. Espere, que iré a hablar con él y comprobar si puede recibirle ahora.

Gregorio asintió y el fraile cerró la puerta tras de sí. Después de unos pocos minutos volvió a aparecer y le mostró una cálida sonrisa de escasos dientes al historiador.

—Pase adentro, por favor. —El fraile le franqueó el paso al interior—. El hermano De la Vega está atrás, en la huerta, venid conmigo. —Hizo un gesto con la mano para que le siguiera.

—Muchas gracias Fray Raimundo —dijo cortésmente el cronista—. Si fuera posible, después me gustaría hablar también con Sor María Josefa de Jesús.

—Mucho me temo que eso no será posible, señor Fernández — se disculpó el anciano, que iba a paso lento por los achaques propios de la edad.

—¿Por qué motivo? —preguntó Gregorio, confuso.

—La hermana Josefa ya no está en este convento, la enviaron al de las Descalzas de Pamplona como penitente.

—¿Esa fue la condena que le impusieron por su participación en el escándalo que aquí tuvo lugar? —Ya que ella no estaba allí, sospechó que Raimundo podría darle información sobre la monja.

—A ver, no debería contar esto, pero ya que viene en nombre del rey supongo que debo colaborar con usted —admitió el carmelita—. Total, todos saben que esa monja era una estripacuentos y chismosa de males, ya sabe.

» Se confesó cómplice de Sor Águeda, pobre mujer, y luego la delató y la traicionó con inventos y cuescos malolientes que salían de esos morros que tenía la muchacha. ¡Por la Virgen, qué boca más sucia!

» Si la hubiera escuchado en las confesiones, se haría una idea de lo que quiero decir. Las más de las veces la tenían que reprender y castigar, y ni aun así aprendía de sus maldades. Pero claro, bien jugaba con sus generosos atributos femeninos y tenía a algunos hermanos encandilados y le perdonaban las fechorías. Era zalamera como el mismísimo Diablo.

» Dicen que cuando entró en este convento, al principio no se llevaba bien con la abadesa, la Madre Águeda, pero luego se dejó llevar por ella y lo que era odio se volvió en una lealtad que ni un perro, oiga. ¡Ay si alguien decía algo malo de la jefa!

» También comentaban que era experta en la botica y que quedó preñada hasta tres veces al menos, y que como sabía de mejunjes y esas cosas pues ella misma se aplicaba los tratos para abortar a las criaturas, que Dios las tenga en Su seno. Y no sólo eso, sino que también le daba de beber esos misterios a las otras monjas. En fin, que mala mujer sí que era, y endemoniada también, mire su señoría, que cuentan que caía en pecado carnal hasta en las oraciones y era incapaz de controlarse, hasta el punto que la hallaron copulando con el mismo Lucifer.

» Hay que reconocerlo, que no tiene mal gusto el ángel caído, pues la muchacha era una veinteañera de buen ver. —Sonrió con malicia el monje, esperando que Gregorio entendiera la broma. En efecto, éste también dibujó una sonrisa en los labios—. Al final, para resumir, y para que el tema no fuera a mayores, decidieron mandarla en penitencia con sanbenito de media aspa, le dieron seis azotes y ¡ala!, a Pamplona a pelar pavos y a hacer sus cosas de boticaria. Nos hemos quedado más tranquilos sin ella, se lo aseguro.

—Pues poco la castigaron, si es cierto lo que menciona, hermano —comentó Gregorio.

—Tenía amigos, y de los poderosos, o eso contaron —respondió el monje.

—Sí, ya me doy cuenta.

—Mire, ahí está Fray Juan. —El viejo fue hasta donde estaba el otro carmelita, que estaba observando unas lechugas y le comentó quién venía a visitarle.

Acto seguido, ambos se acercaron a Gregorio y éste comprobó que el fraile mantenía un atractivo exótico, a pesar del aspecto monacal que portaba. Tenía unos profundos ojos azules de mirada intensa y el cronista pensó que, con la indumentaria adecuada, podría haber pasado por un elegante aristócrata de porte regio y carisma magnético. Reflexionando sobre ello, entendió el motivo por el que las monjas se sintieron atraídas por él y cómo pudo usar su atractivo varonil para engatusarlas.

—Buenos días señor —dijo Fray Juan con voz segura y tono grave—. Creo que me estaba buscando para hablar sobre el asunto de Sor Águeda de Luna.

—En efecto, así es —contestó Gregorio, que no se sintió intimidado por la estatura y el comportamiento del monje.

—¿Y sobre qué punto exactamente? —Era evidente que Juan estaba incómodo con la presencia del emisario real.

—Eso prefiero que lo hablemos en privado —dijo él de forma tajante.

—Claro, disculpe.

—Bueno, voy a barrer la entrada de la iglesia —se aventuró a decir Fray Raimundo—. Les dejo a solas.

Fray Juan indicó a Gregorio que le siguiera a un despacho que estaba vacío en ese momento y cerró la puerta con llave para que nadie les molestase. El carmelita se sentó en una amplia silla de madera que estaba detrás de un escritorio austero y le indicó al visitante que hiciera lo mismo en el lado opuesto. Cuando el historiador se hubo acomodado, el monje no dudó en comenzar a instigarle con preguntas.

—¿Qué es lo que quiere saber sobre mi amada Águeda? —preguntó con tono agrio—. ¿Acaso no nos han castigado ya lo suficiente?

—No estoy aquí para juzgarle, Fray Juan —respondió Gregorio con seriedad.

—¿Entonces a qué ha venido?

—Quiero que me cuente su versión de los hechos y que me muestre las pruebas que he venido a buscar para esclarecer cada punto de este caso.

—¿Quiere saber mi versión? —Se inclinó sobre la mesa y apoyó los brazos sobre la misma—. Mi versión es que ella es inocente y que su reclusión es un castigo excesivo. ¿Sabe por qué?

—Dígame usted.

—Porque a alguien le interesa tener una cabeza de turco a la que acusar y que se tapen todas las bestialidades que aquí se cometieron en su momento.

» Algunos dirán que yo tengo la culpa de todo, pero eso no es cierto; ya que sólo cumplía órdenes que me venían impuestas desde otras instancias. Puedo darle nombres y fechas, si quiere, incluso le enseñaré dónde están enterrados esos pobres niños, tanto los no nacidos como los que fueron asesinados para que el escándalo no saliera de entre estos muros.

—¿En serio está dispuesto a llegar tan lejos? —se sorprendió Gregorio, que sacó el libro de anotaciones y los aparatos de escritura.

—A estas alturas, señor Fernández, créame si le digo que no tengo otra meta en la vida que la de limpiar el nombre de mi amante, a la que entregué mi amor y a que me arrebataron de forma cruel.

—Ella misma me dijo que usted era el responsable de las muertes de esos niños y que era quién decidía y organizaba las orgías.

—Cierto, pero no lo hacía por iniciativa propia.

—Dígame entonces quién era el líder de todo esto.

—Si está aquí es porque ya sospecha algo y quiere confirmarlo, ¿cierto? —El monje volvió a reclinarse en la silla.

—No voy a mentirle, así es —comentó Gregorio, dispuesto a llegar al fin y la parte más importante de la investigación.

—Entonces usted sabe quién es el líder que aún sigue moviendo los hilos de la secta molinista.

—Francisco Causadas —afirmó el cronista con vehemencia—. Pero con la edad que debe tener, ya habrá fallecido.

—Usted lo ha dicho —añadió Juan—. Y no, no ha muerto aún.

—Pero debe rozar los noventa años, según mis cálculos. ¿Está seguro de que sigue con vida?

—Tanto como que ahora mismo estamos hablando usted y yo en esta estancia.

—¿Cómo es posible? —Gregorio no daba crédito a las palabras que estaba escuchando—. ¿Le ha visto en estos años?

—Hace apenas tres meses fue la última vez que pasó por aquí y luego desapareció de nuevo. —El carmelita se levantó de la silla y comenzó a pasear por la sala en busca de algo. Se acercó a un armario y extrajo un libro que estaba escondido en el trasfondo del mismo—. Aquí tiene sus anotaciones, en las que cuenta cada visita que ha hecho aquí y reflexiona sobre sus experiencias.

—No entiendo... —balbuceó Gregorio, que mostró su sorpresa ante el objeto que le tendió.

—En cada convento y monasterio donde se siguen sus enseñanzas, él deja un libro semejante a este, una especie de diario —replicó Juan, que volvió a sentarse en la silla—. Desde Burgos hasta Barcelona, vaya usted allí y lo comprobará.

—¿Por qué lo hace? —En efecto, vio que la última anotación del libro databa de abril de ese mismo año, mil setecientos treinta y ocho.

—Supongo que es su forma de dejar un legado acerca de sus creencias.

—¿Y usted ya no las sigue?

—No, ya no.

—¿Por qué? ¿Qué le ha hecho cambiar de opinión?

—Mejor que explicarlo, es que usted lo vea con sus propios ojos —dijo Juan, que volvió a levantarse y abrió la puerta del despacho—. Venga conmigo, por favor.

Salieron de regreso a la huerta y el fraile le llevó hasta la parte trasera de la misma, un lugar en el que crecían cerezos y almendros que mostraban frutos maduros caídos en el suelo y que parecía que nadie había recogido. Las flores blancas de los árboles también se desprendían de las ramas y formaban una sábana de tonos blancos y violetas que languidecían en una lenta defunción.

Juan se acercó a uno de los cerezos que estaba situado en una esquina, pegado al muro que separaba el huerto de la calle, y se agachó junto al tronco. Con sus propias manos comenzó a excavar un poco y extrajo un objeto que dejó a Gregorio impactado: era un cráneo infantil, apenas un bebé de pocos días de vida. El cronista no pudo reprimir las emociones que le inundaron en ese momento y las lágrimas comenzaron a brotar de sus párpados, como perlas de sal que rodaron por un manto de piel roja, abrumado por tan horrenda visión.

—Señor...Dios mío... —La voz se le quebró y tuvo que controlarse para no caer en un derrumbe emocional.

—Esto fue lo que me hizo cambiar, señor Fernández de León —dijo Fray Juan, que también mostró su dolor con lágrimas—. Todos los días me ahoga la culpa y me cuesta despertar cada día y realizar mi labor entre estos muros. —Volvió a enterrar el cráneo en el mismo sitio y se incorporó.

—¿Cómo pudieron hacer esto? —acertó a preguntar Gregorio, intentando recuperar la compostura.

—No sabe usted el poder que hay fuera de este lugar y las amenazas bajo las que vivíamos cada día —contestó el carmelita—. Francisco Causadas tiene contactos en muchos sitios, incluso en los que menos se imagina.

—¿Tiene esto algo que ver con la Inquisición o la Garduña?

—Y mucho más allá, se lo aseguro.

—¿Cómo quién?

—¿Ha oído hablar de los Sagrados Caballeros de Cristo? —preguntó Juan con el tono de voz más bajo, como si temiera que alguien le escuchara.

—No mucho, sólo que son una especie de sociedad secreta, pero que es más una leyenda que una realidad —dijo Gregorio.

—Pues no son una leyenda, y tenga mucho cuidado con ellos, señor Fernández.

—¿Qué sabe usted sobre esas personas?

—Se dice que fueron los primeros miembros de lo que luego se convirtió en la Garduña. Según algunos textos, esta orden fue fundada con Caballeros Templarios en mil trescientos doce, después del Concilio de Tarragona. Renegaron de su vida anterior y se convirtieron en sicarios de la Iglesia. Cambiaron el nombre de Pobres Caballeros de Cristo del templo de Salomón por el de Sagrados Caballeros de Cristo. Su emblema es una cruz metida en un rombo, hecha en oro, plata o bronce, dependiendo de la jerarquía. El Gran Maestre lleva la de oro, al ser el líder de esta sociedad.

» A veces se hacen pasar por monjes y llevan túnicas marrones que cubren una armadura ligera y las armas que suelen portar: espada ropera, daga y, a veces, ballesta pequeña. Su único jefe siempre es el Gran Maestre y es quién decide qué misiones deben iniciar y cómo realizarlas.

» La función que cumplen, según ellos, es la de mantener el equilibrio en la sociedad mediante la imposición de reyes, cambiando aristócratas o eliminando elementos subversivos del sistema. Son espías y asesinos, mercaderes, monjes o lo que quieran. Se camuflan muy bien en cualquier estrato de la sociedad.

» Como muestra de devoción por la Orden, tienen tendencia a cortarse la lengua, sacarse un ojo o cortarse una oreja. Este simbolismo tiene que ver con la Biblia. En Mateo dieciocho nueve dice: *"Y si tu ojo te fuere ocasión de caer, sácalo y échalo de ti; que mejor te es entrar con un ojo a la vida, que teniendo dos ojos ser echado al quemadero del fuego"*. También se puede leer en el libro de los Salmos, en el capítulo sesenta y cuatro, capítulo tres, lo siguiente: *"Malditos sean aquellos que afilan su lengua como espada, y estiran su arco para lanzar saetas, aun palabras amargas"*. Por último, en Timoteo cuatro tres se lee: *"Porque vendrá tiempo cuando no sufrirán la sana doctrina; antes, teniendo las orejas sarnosas, se amontonarán maestros que les hablan conforme a sus concupiscencias"*.

—¿Y qué tienen que ver en esto, si se creen tan píos?

—Es simple, si no obedecíamos las órdenes de Francisco Causadas o sus socios, nos enviaban a los Sagrados Caballeros de Cristo para zanjar cualquier discordia en la secta. Estaban compinchados con ellos en muchos aspectos.

—¿Por eso Sor Águeda está encerrada? —dedujo Gregorio, que empezó a encajar las piezas del caso.

—En efecto —afirmó el fraile—. Ella se negó a continuar con los vicios de ese viejo diabólico y enviaron a algunos de esos fanáticos para arrestarla a ella y a quiénes estuvieran de su parte.

» Otros fueron acusados para dar escarmiento a quiénes se les ocurriera volver a oponerse a los deseos de Causadas. Que se sepa hasta ahora, los castigados han sido Fray Julian del Santísimo Sacramento, Fray Manuel de San Buenaventura, Fray Pedro San José y las monjas Sor Rosa y Sor Teresa Alonso, y Sor María Ramírez de Arellano.

» Por eso hay tanto miedo en la comunidad y nadie se atreve a contradecir a los molinistas. Hacerlo supone recibir un castigo por parte de los Sagrados Caballeros de Cristo y hay pavor a su presencia. De hecho, la actual abadesa del convento fue vista ayer mismo con uno de los miembros de la orden y enseguida nos invadió el miedo.

—¿Qué hacía aquí ese mercenario?

—¿Qué cree usted que hacía?

—Buscar las pruebas acusatorias de Sor Águeda contra ellos y contra el propio Francisco y sus secuaces —reflexionó Gregorio con rapidez.

—Escúcheme bien, señor Fernández. —Fray Juan se acercó a él y habló en un susurro apenas audible, pero que entendió a la perfección—. Debe encontrar el cofre de mi amor.

—¿Qué hay dentro?

—La lista de todos los miembros de la orden de los Sagrados

Caballeros de Cristo y los nombres, la localización y la cantidad que pagaron los clientes que usaron a nuestras monjas como si fueran concubinas.

—¿Y dónde está ese cofre?

—Según me contó Fray Raimundo, que es más avispado de lo que se pueda imaginar —le confesó el fraile—, dijo que una monja de la orden del Sagrado Corazón lo robó ayer del dormitorio de Sor Fabiola, la actual abadesa. Al parecer vino acompañada de un cura que partió sin ella.

—¿Por qué robaría una religiosa ese cofre?

—Si algo conozco a Águeda, estoy seguro de que la envió a ella para que le llevara las pruebas inculpatorias contra los auténticos culpables de la secta.

—Si es como dice usted, entonces habrá regresado a Logroño para devolvérselo a su dueña.

—No tengo la menor duda —afirmó Fray Juan—. No se quedará encerrada mientras los auténticos responsables se van de rositas.

—Pues tendré que buscar a esa monja —afirmó Gregorio.

—Vaya rápido y encuéntrela, sólo así podremos acabar con todo esto de una vez y hacer que esa secta desaparezca para siempre —apostilló el carmelita.

—Lo intentaré, Fray Juan, se lo aseguro.

—Muchas gracias y que Dios le bendiga, señor Fernández. —Impulsado por un arrebato de sentimientos, abrazó al cronista.

Gregorio no dijo nada y se limitó a abandonar el convento con presteza, pues debía encontrar a la monja que había robado el cofre y hacerse con el mismo cuanto antes. Llevaba consigo el libro de memorias de Causadas y estaba dispuesto a completar la misión con el contenido que había en el objeto sustraído. Con tales pruebas en sus manos, podría regresar a Segovia y plantear al rey la situación para que tomase las decisiones necesarias para acabar con todo aquel asunto. Pensando en ello, volvió al hostal y se preparó para emprender el viaje de regreso a Logroño ese mismo día.

* * *

Estíbaliz no estaba del todo satisfecha con el trato que había recibido en el convento de los Carmelitas Descalzos, pero su trabajo ya estaba hecho y ahora quería darle una puntada final antes de regresar a Logroño. Sabía que hablar con la familia de Sor Águeda no iba a ser fácil, pero debía lograr que su madre entrase en razón para que hiciera uso de la influencia que tenía y que sacase a la rea de aquella horrible prisión. Temía por la vida de la monja y la última vez que la vio sintió una punzada de impotencia porque no podía hacer más por ella.

La vivienda de la estirpe De Luna y Arnáiz estaba situada en el extremo oeste del pueblo, así que tuvo que andar un buen rato para llegar hasta allí. El caballo iba con paso suave sobre el adoquinado de las calles de Corella y resopló un par de veces por culpa del calor, que ya estaba empezando a crecer a las puertas de la temporada estival. Los días se alargaban y las noches eran más cortas, algo que la religiosa agradeció pues tenía las manos y los pies llenos de sabañones por culpa del frío que había hecho el invierno anterior.

Al llegar a las puertas de la casa señorial de la familia De Luna, llamó a la misma con delicadeza para no molestar demasiado a los habitantes del interior. Esperó unos minutos y nadie acudió al reclamo de la monja, que insistió un par de veces más pero con el mismo resultado infructuoso. Insistió varias veces y se mantuvo a la espera durante un buen rato, pero la mansión parecía estar vacía y Sor Estíbaliz pensó en esperar por si aparecía alguien. De pronto, cuando se giró para volver junto al caballo, un campesino que pasó por allí se acercó para hablar con ella. Llevaba una azada al hombro y sus ropas estaban manchadas por la dura jornada de trabajo en los sembrados.

—¿Busca a la familia De Luna? —le preguntó.

—Sí, me gustaría hablar con ellos —contestó ella—. ¿Sabe por qué no abre nadie la puerta?

—La señora se marchó se hace más de un mes y dejó la casa sin cuidado alguno.

—¿Y no sabría decirme dónde fue?

—Dicen en el pueblo que se ha refugiado en una atalaya que está más allá de Vitoria, pero no le puedo asegurar que sea cierto.

—Muchas gracias, buen hombre —Estíbaliz sintió otra punzada de dolor al escuchar al labriego—. Vaya con Dios.

El hombre hizo una leve inclinación y continuó su camino, a la vez que la religiosa decidió darse por vencida y reemprendió la marcha con la intención de regresar a Logroño cuanto antes, por lo que tomó el mismo camino que salía de Corella, viró al norte y se dirigió a un sotobosque cercano. Todavía había bastante claridad y pensó que podría realizar un poco del trayecto antes de descansar en el pueblo cercano de Alfaro, donde tenía una hermana que la podría acoger y a la que hacía tiempo que no veía. Al fin y al cabo, tan sólo estaba a unos siete kilómetros y sería un paseo agradable en un cálido atardecer de verano. Además sintió una enorme melancolía al recordar los años de la infancia y deseaba conocer a su sobrino, Julián, que ya debía rondar los seis o siete años.

Tomó el camino que pasaba a la vera de La Estanquilla, una laguna que estaba a las afueras de Corella y que alimentaba una densa flora y arboleda a su alrededor. La vegetación estaba compuesta por pequeños arbustos y un bosque de pinos altos como una casa y que custodiaban el sendero por el que discurría su viaje. Bajo las frondosas copas de los árboles escuchó el silbido suave de un meridiano viento del noroeste y el canto de las golondrinas que comenzaban a anidar por los alrededores. Estíbaliz tuvo la impresión de que iba a ser un paseo agradable y que le traería paz después de la tensión vivida en las últimas horas.

De repente el sonido de las aves cambió y fue sustituido por el de los cascos de dos caballos que aparecieron por el camino que venía desde Corella a galope tendido. La monja sólo distinguió a lo lejos, entre una nube de polvo, que los jinetes llevaban sombreros de ala ancha con tocados de pluma y que las casacas y las capas negras que colgaban de sus hombros rielaban por la velocidad a la que se acercaban. Pensó que eran alguaciles del pueblo que estarían buscando a alguien que hubiera cometido alguna fechoría y cayó en la cuenta de que ella misma había sido la que había robado algo en el convento.

Movida por un instinto que no supo descifrar, ordenó a su montura que acelerase el paso y comenzó a galopar con tal rapidez que Estíbaliz estuvo a punto de caer al suelo. Se agarró con fuerza a las riendas y las agitó, a la par que gritaba al caballo para que alcanzase el límite de su velocidad. Él hábito comenzó a volar tras ella y le confirió un aspecto fantasmal, con el color negro de la tela moviéndose a sus espaldas como un alma que llevara camino del Purgatorio.

—¡Deténgase, Sor María! —escuchó que le gritaban.

A sus espaldas los dos jinetes se acercaban cada vez más a la monja y ésta lo notó cuando echó un vistazo fugaz por debajo de su brazo derecho. Azuzó al animal todo lo que pudo, pero era evidente que sus perseguidores tenían monturas más rápidas y fue entonces cuando sintió un pinchazo en el corazón que parecía que iba a estallar dentro del pecho. El pánico fue ganando terreno en su mente y puso en tensión todos los músculos del cuerpo para forzar al animal aún más.

—¡No podrá escapar, monja! —repitió uno de ellos.

Estíbaliz no estaba dispuesta a darse por vencida y continuó cabalgando a toda velocidad mientras pudo. Sudaba debajo del capuchón del escapulario que cubría su cabeza y el miedo creció en ella como una ola gigante que amenazaba con ahogarla. Buscó la forma de que el caballo cabalgara más rápido, pero por desgracia para ella el animal que la portaba era un ejemplar que no estaba preparado para tales vicisitudes y pronto comenzó a decelerar.

Pocos minutos después, cuando volvió a girarse para ver dónde estaban los dos jinetes, recibió un golpe en la frente con unas boleadoras, cayó del alazán como un fardo y rodó por el suelo varios metros. Perdió el conocimiento y no supo qué pasó después de la caída, pues lo último que pudo ver fue a los dos caballos de sus perseguidores. Mientras tanto, lo que aparentaba que iba a ser una apacible tarde se convirtió en un peligroso crepúsculo, un peligro que Estíbaliz jamás debió haber tentado.

La monja del Sagrado Corazón despertó con un fuerte dolor de cabeza y no sabía dónde estaba ni cuánto tiempo había pasado desde que había perdido el conocimiento, pero lo que sí notó fue la presa que ejercían sobre sus muñecas dos argollas que estaban ligadas a unas gruesas cadenas de acero y que además tenía los ojos tapados por un paño que le impedía ver nada. También se percató de que estaba desnuda y tumbada en un suelo terroso, pero no pudo distinguir ni ver nada a su alrededor. Estaba a oscuras por completo y lo único que pudo escuchar era la respiración de alguien que estaba cerca de ella.

Al instante sintió que las bocanadas que exhalaba el ser se cernían sobre su rostro y notó el calor del vaho en la piel. Percibió cómo esa calidez ominosa descendía por su cuerpo, sobrevolando cada centímetro de la dermis sin dejar un solo rincón que analizar; parecía disfrutar con el aroma de una mujer en situación tan precaria.

—Destila miedo por todos los poros, monja —dijo una voz gutural y grave.

—¿Quiénes sois? —acertó a preguntar ella, a pesar del miedo que la invadía.

—¿Acaso importa? —Era una pregunta retórica, por supuesto— . Lo único que debe preocuparla ahora es su vida y cómo la va a salvar.

—No he hecho nada —replicó ella con poca convicción—. ¿Por qué me habéis raptado?

—Sabe la respuesta a esa pregunta, Sor María. —El hombre que tenía al lado pronunció el nombre con el que se había presentado en el convento de Corella, por lo que rápidamente dedujo que tendría algo que ver con Sor Fabiola, o con alguien de allí.

—¿Os ha enviado la abadesa? —añadió con valentía.

—Eso tampoco es de su incumbencia. —Pareció sentirse molesto ante la agudeza mental de Estíbaliz.

—Sea lo que sea lo que ella os haya contado, os aseguro que no he hecho nada —insistió ella.

—Creo que ha robado algo, ya que usted es tan perspicaz.

—No he robado nada.

—¿Está segura de eso? —La voz del hombre pareció endurecer el tono—. Yo diría que es culpable de tal sustracción y sólo tiene una opción de salir con vida de aquí, y es que me diga qué ha hecho con el cofre.

—¡Si queréis saberlo, tendréis que esforzaros más en amilanarme, rufián! —Estíbaliz se había criado en lugares inhóspitos de las montañas vascas y no era fácil amedrentar su fuerte carácter.

—Está bien, ya veremos si lo piensa mejor dentro de unos minutos —aseveró él.

Durante unos segundos la monja no volvió a oírle respirar y supuso que se había alejado. De pronto notó que le quitaba la venda que cubría su vista y pudo diferenciar unas paredes de negra piedra y un techo no muy alto, por lo que dedujo que debía encontrarse en alguna mazmorra o cárcel. Vio una figura masculina, no muy alta y de fuerte de musculatura, que estaba de pie y justo a su lado.

Vestía una casaca negra, al igual que la capa que cubría la

misma. La cabeza estaba tapada con un sombrero de ala ancha y llevaba el rostro tapado con un paño que sólo permitía ver sus ojos. En una de las manos portaba un objeto que reconoció con rapidez y que hizo que comenzase a temblar de pavor. Se trataba de una herramienta a la que llamaban "la pera", y sabía qué uso iba a darle el asaltante. La cuestión que comenzó a rondar su mente era si estaba preparada para sufrir tal tormento por guardar un secreto de confesión.

—Espere, por favor —suplicó al ver el objeto—. No creo que esto sea necesario, señor.

—Entonces dígame dónde está el cofre que ha robado —insistió él, acercando el aparato a la vulva.

—No puedo decírselo por secreto de confesión.

—Puede que esa excusa le valga con los curas, pero no conmigo.

—Usted debe ser consciente de que no puedo romper mi voto sagrado.

—Ya lo ha hecho, en el momento en el que sustrajo el cofre, así que no me venga con monsergas.

—Vale, confieso que lo robé —dijo ella, cada vez más asustada con el roce de la pera entre sus piernas—. Y tampoco me llamó María.

—Dígame su nombre verdadero —le reclamó él.

—Soy Sor Estíbaliz De Jesús.

—Está bien, Sor Estíbaliz, ¿va a decirme ahora qué hizo con el cofre?

—Sabe que no puedo. —Comenzó a sollozar de miedo y su cuerpo tembló como una hoja sometida a un fuerte viento de otoño.

—Usted lo ha querido, monja —sentenció el mercenario.

Segundos después, los gritos desgarradores de la mujer podrían haberse oído en muchos lugares, pero no entre aquellos gruesos muros. Después de apenas unos minutos de sufrimiento, cuando las heridas sangraron como cascadas entre sus muslos, Sor Estíbaliz De Jesús confesó lo que él necesitaba escuchar. El cofre iba camino de Logroño y estaba en manos de un sacerdote que se lo iba a entregar al enviado del rey.

Tras llorar por el dolor que le había infligido, la religiosa se desmayó de nuevo y notó una inusitada paz que inundó su espíritu atormentado. La infame tortura sufrida por manos mundanas y abyectas le habían provocado una hemorragia mortal en el interior del vientre. Lágrimas de cristal salado surcaron sus párpados, giró el cuello y miró hacia un punto indeterminado, a la vez que dibujo una sonrisa complaciente en sus labios. Al instante siguiente cerró los ojos, exhaló el último aliento de vida que le quedaba y nunca más volvió a abrirlos.

Capítulo 20

La espera se estaba haciendo angustiosa para Sor Águeda, que aguardaba la llegada de su confesora con el fin de que le confirmara la entrega del cofre a Gregorio. Sin embargo, después de casi dos semanas sin saber de ella, había perdido todas las esperanzas de que sus planes de venganza fueran a hacerse realidad. Lo único que le quedaba era rezar para que el cronista, siguiendo las pistas de la secta, descubriera las pruebas y ella pudiera ver cumplida su meta, que no era otra que demostrar que todo lo que había hecho fue contra su voluntad en la mayoría de las ocasiones.

Comió algo de lo que Martín le había traído hacía un par de horas, un cocido de garbanzos mal hecho, y luego se preparó para echarse en la cama a dormir. En pleno comienzo del verano, al menos agradeció que allí abajo no hiciera tanto calor como en la calle, a pesar de que ya era casi de noche. También se deleitó con un rayo de luna llena que iluminó la celda y le devolvía la sensación de que todavía le quedaba un amago de libertad, gracias a la suave sentencia que Andrés le había impuesto. Sólo deseaba que fuera ratificada por el obispado y así respirar el aire del estío riojano.

Pensaba en disfrutar de una auténtica vida conventual y alejarse para siempre de las oscuras pesadillas que envolvieron los sueños que tuvo cada noche. Horribles imágenes de violaciones, alucinaciones demoníacas y niños muertos que la acusaban con sus voces infantiles de haber cometido atrocidades inconfesables. Todo lo que Águeda quería de la vida era librarse para siempre de tales recuerdos y albergó la esperanza de que el perdón de Dios, que decían que era infinito, alumbrara su camino hacia el más allá cuando estuviera difunta.

Mientras soñaba despierta sobre las esperanzas e ilusiones que volvieron a envolver su espíritu, escuchó que el candado y los cerrojos de la puerta se abrieron. Cuando vio quiénes entraron, un escalofrío la paralizó y se acurrucó contra la pared. Los monjes de túnica marrón y rostros tapados estaban allí otra vez y, como habían hecho con anterioridad, la ataron, cubrieron su cabeza con un pequeño saco y la sacaron al exterior en silencio. Pero ella no se dejó llevar por el pánico y comenzó a gritar para que la escucharan en el interior de la prisión y también fuera de la misma.

—¡Soltadme, perros de Satanás! —vociferó, a la vez que intentó forcejear con sus captores.

—Será mejor que no se resista, hermana —dijo uno de ellos, con voz ronca forzada. Era evidente que su timbre real no era ese.

—¿Dónde me llevan? ¿Por qué me hacen esto?

—Pronto acabará todo, no se preocupe —añadió el monje.

La soltaron en el interior de un carromato cerrado y otra vez se percató de que dos animales tiraban del mismo y comenzaron a trotar para llevarla al mismo lugar en el que le habían infligido las torturas anteriores y de las que se había estado recuperando en las últimas semanas. Cometió el error de pensar que los abusadores ya la habían olvidado, pero estaba equivocada por completo e iba a comprobarlo esa misma noche.

Cuando la bajaron del carro, Águeda intentó escuchar algo que le resultara familiar y que la ayudara a identificar dónde podría estar en ese momento. Más no hubo sonido alguno y sólo escuchó los pasos de los dos monjes que la llevaban en volandas hasta la misma mazmorra. Notó que bajaron unas escaleras y cómo se cerró una puerta cuando los tres la hubieron traspasado, nada más.

Ya en el interior, rasgaron su túnica y la desnudaron por completo, la subieron a un aparato que reconoció al instante y la ataron al mismo. Otra vez estaba tumbada en un potro de tortura y cuando le quitaron la capucha que cubría la cabeza, observó que allí estaban los dos monjes y un hombre que vestía de negro, tanto la casaca, la capa, los pantalones y hasta el sombrero, que era de ala ancha y estaba tocado por una pluma blanca. Llevaba el rostro tapado con un pañuelo oscuro y tan sólo distinguió sus ojos de color verde. Sin embargo, lo que más le llamó la atención era el colgante que caía sobre el pecho del misterioso secuaz de los supuestos religiosos, una cruz hecha en oro dentro de un rombo. Se dio cuenta de que estaba ante el Gran Maestre de los Sagrados Caballeros de Cristo y un terror enorme embargó su espíritu.

—Bien, Sor Águeda, imagino que estará esperando noticias de su amiga Estíbaliz —comenzó a decir él, cuyo tono de voz era natural y grave.

—No sé de qué está usted hablando, señor —respondió ella con valentía, a pesar del pánico.

—Hacerse la ingenua no va a ayudarla, señora—continuó el hombre de negro—, pero da igual, seguro que querrá saber por qué motivo su confesora no ha venido a traerle el cofre.

—¿Dónde está ella? —preguntó con miedo la monja, que al instante se vio sorprendida por la afirmación de la existencia de las pruebas.

—Muerta —comentó de forma cortante—. Yo mismo acabé con ella.

—¡Sois unos asesinos! —gritó Águeda, que comenzó a llorar.

—Cierto, lo somos. —Él se acercó hasta el potro y se inclinó sobre la prisionera a la vez que le mostraba un puñal ricamente adornado y que puso ante los ojos de la mujer—. En su mano está que esto acabe pronto para todos, sin sufrir más dolor y sin más muertes.

—De acuerdo, le diré lo que quiera saber —se resignó. No quería seguir sufriendo más torturas ni que otros implicados acabaran como la pobre Sor Estíbaliz.

—Dígame qué hay dentro del cofre exactamente.

—Hay un pequeño libro con anotaciones.

—¿Qué tipo de anotaciones?

—Nombres y cantidades que aportaron los clientes de la secta —reconoció ella.

—¿Y qué más? —La mano enguantada del secuestrador que estaba libre comenzó a deslizarse con suavidad por el pecho de la religiosa—. Seguro que hay otras notas de interés, ¿verdad?

—Así es —dijo ella con un susurro y temblando de pavor.

—¿Es cierto que también están los nombres de los miembros de nuestra orden, incluso el mío propio? —inquirió él, con un tono de voz que sonaba a sentencia, como si apretara los dientes en una boca que ella no podía ver.

—Sí... —balbuceó Águeda, mirando cómo la mano enguantada desaparecía bajo el potro—. Usted sabe que también los registré en el libro, como me pidió cuando comenzamos nuestra actividades, hermano C...

De repente, la voz de Sor Águeda de Luna se cortó y no pudo terminar de decir el nombre de quién estaba manejando los hilos de todo el caso de Corella. Antes de que lo hiciera, un puñal se clavó en su corazón y la mujer abrió los ojos de par en par, a la vez que notó cómo entraba la argéntea hoja entre las costillas. El dolor era tan intenso que intentó gritar, pero no logró hacerlo. Una fracción de segundo después, el mismo cuchillo rajó la garganta de la carmelita y la sangre comenzó a salir a borbotones e hizo que la desdichada muriera en pocos segundos. Mientras tanto, a su lado estaba el hombre que la había matado y que se limitó a limpiar el arma con un paño blanco que sacó de un bolsillo interior de la casaca.

—Bien, ya hemos confirmado mis sospechas y tendremos que ponernos en marcha —les dijo a los dos falsos monjes.

—¿Qué órdenes debemos cumplir, Excelencia? —dijo uno de ellos.

—Primero lleven a esta ramera de Lucifer a la prisión y que el carcelero se haga cargo de ella —comenzó a decir, a la vez que se disponía a salir de la mazmorra—. El siguiente paso que daremos debe ser bien planeado para que no haya fisuras. No hay que dejar cabos sueltos esta vez.

Los dos esbirros tomaron el cuerpo difunto de Sor Águeda y lo envolvieron en una vieja tela de lino, lo cargaron como un saco de patatas y lo arrojaron al interior del carro otra vez. Luego cumplieron con la labor que el Gran Maestre les había encomendado y dejaron el cadáver en las puertas de la prisión, a la vez que llamaron a la puerta para que Martín se hiciera cargo de ella. Después, sin esperar a que éste apareciera en la puerta, los dos asesinos azuzaron a los caballos y el carruaje se fundió con la noche en las calles de Logroño.

* * *

Los caballos de Gregorio y Felipe cabalgaron a galope durante un buen rato por el camino principal que llevaba hasta Logroño, pero no encontraron la menor señal de la monja. Dadas las circunstancias y las horas pasadas, pensaron que era probable que ya hubiera llegado hasta la ciudad, o estuviera cerca de hacerlo. En todo caso, dejaron que las monturas continuaran el camino marchando al paso y sin forzarlas más. De hecho pensaron que lo mejor era parar a descansar en Calahorra, que estaba cerca, y comer algo allí para después terminar el trayecto que les faltaba, apenas veinticinco kilómetros.

Mientras los animales avanzaban tranquilos, Gregorio recordó cuánto había cambiado su vida en los últimos meses y qué diferentes eran sus pensamientos ahora. Recordó años en los que sus padres le rechazaron y le consideraron un inútil que no tenía la gallardía de su hermano mayor, Enrique. Pensó en el dolor que le había causado el abandono de Fátima y en cómo había ido entrando en un círculo de flagelación espiritual y física. Sin embargo, todo eso parecía lejano en el tiempo y las circunstancias vividas le habían hecho ver la propia existencia de otra forma. Ahora tenía una nueva ilusión en su corazón y sólo esperaba terminar la misión en la que estaba trabajando para comenzar una nueva vida.

Había aprendido a valorar más la vida y también sacó conclusiones sobre cómo las personas pueden caer en los más profundos pecados y ser luego víctimas de ellos. En su alma sabía que nadie, absolutamente nadie, estaba libre de caer en las garras de ese ser maligno que habitaba en cada ser humano y que les obligaba a cometer actos abominables. Ese mismo diablo interior que imaginaban jugar con él, cuando en realidad era él quien jugaba con las personas y luego los condenaba al oprobio y el escarnio público.

¿Quién no guardaba un secreto inconfesable en su interior? ¿Acaso estaban los sometidos hombres y mujeres al arbitrario capricho de los pecados de la carne y la mente? ¿Qué esperanza había si debían resignarse a tal destino? ¿Hasta dónde estaban dispuestos a llegar esos demonios interiores, con tal de ejercer el control total de nuestras almas?

Era evidente que las preguntas que podrían surgir en la mente de Gregorio estaban destinadas a toparse con la misma realidad, una verdad empírica que no admitía discusión: cada uno debía cargar con su propia cruz y hacer frente a esos males como pudieran. Sólo podían esperar que el castigo no fuese tan alto como para ser insoportable y que se convirtiera en un peso que les aplastara hasta la muerte misma.

De todas formas, por muchas vueltas que diera su cabeza y las ideas y reflexiones se acumularan en una cascada de visiones y piezas que iban encajando en el entramado del caso de Corella, lo que tenía claro era que la situación sólo tenía una solución posible y eso suponía hallar el cofre y enviarlo al rey para que terminara para siempre con la secta y sus acólitos. Otra alternativa era inviable y la descartaba de inmediato.

Mientras pensaba en tantas cosas, y después de haber descansado unas horas en Calahorra, llegaron a Logroño al amanecer del segundo día desde que habían abandonado Corella, acompañados de una temperatura más que agradable. El sol apareció a sus espaldas, cabalgando sobre un manto violeta y naranja, limpio de nubes y con una luna en cuarto creciente que se ocultaba por el lado opuesto de la ciudad y que todavía dejaba ver su figura espectral como una visión anacrónica en ese momento de la mañana. Dicha estampa vino adornada con el aroma de las panaderías y las posadas que preparaban desayunos y comidas para los campesinos, labriegos y pastores de la zona.

—Con estos olores me entra un hambre que no sé si podré controlar —dijo Felipe con tono bromista.

—Espera que lleguemos a la casa —respondió Gregorio, que sonrió y dejó de cavilar sobre la cuestión que le había robado tantas horas de descanso en los últimos meses—, seguro que Prudencia habrá preparado algo suculento.

—¿Sigues fiándote de ella? —preguntó el militar con desconfianza.

—Por ahora sí.

—Tú verás lo que haces, pero yo no lo tengo tan claro.

—¿Crees que ella es la espía que me ha traicionado? —A Gregorio le costaba creer que aquella señora de trato amable y campechano en realidad fuera una informante de la Garduña.

—Ya me dirás quién puede ser si no —afirmó Felipe con convicción—, sólo ella ha tenido acceso a tus anotaciones.

—Tienes razón, ya hablaré con ella en cuanto lleguemos —reflexionó el cronista.

Apenas les quedaban doscientos metros para llegar a la mansión y no cruzaron más palabras durante el corto trayecto que les separaba de su destino. Gregorio confiaba en que su compañero estuviera equivocado acerca del ama de llaves, a la par que el veterano soldado tenía sus propios pensamientos sobre la mujer, pero nunca se lo confesó al historiador. Para él era importante saber quién era la persona que le había traicionado y saber para quién trabajaba. Después de eso, podrían continuar con la investigación con tranquilidad y sin más intromisiones.

Sin embargo cuando llegaron hasta la residencia temporal de ambos, percibieron que había alguien esperándoles en la puerta y que iba ataviado con la indumentaria de un sacerdote. Era un hombre de apenas cuarenta años, alto y fuerte como un titán sacado de viejas leyendas. En las manos llevaba una bolsa de piel no demasiado grande y en cuanto vio que se acercaban los dos jinetes, lo primero que hizo fue mirarles con desconfianza y poner los músculos en tensión.

—Buenos días, Padre —le saludó Gregorio—. ¿Podemos ayudarle en algo?

—Buenos días, señores —dijo con cortesía el cura—. Busco a Gregorio Fernández de León.

—Soy yo, ¿por qué lo pregunta? —Gregorio ya desconfiaba de todo el mundo, dadas las circunstancias.

—Mi nombre es Aitor Oyarte y vengo de parte de Sor Estíbaliz de Jesús, confesora de Sor Águeda de Luna —dijo con cierto resquemor—. Me gustaría hablar con usted, a solas si es posible.

—Entremos en la casa. —El cronista y su escolta se apearon de las monturas y el historiador dejó que Felipe llevase a los animales hasta la cuadra.

Gregorio tocó en la puerta y la que les abrió fue la joven Clara, que se limpió las manos en el mandil que llevaba puesto. Él la saludó sin pararse a mirarla y fue con rapidez hasta el salón principal, seguido del cura. Cuando se aseguró de que no había nadie escuchando, ofreció a Oyarte un asiento y esperó que le dijera para qué estaba allí.

—Usted dirá, Padre —comenzó Gregorio—. ¿Para qué quiere verme?

—Se me ordenó que le diera esto. —Le tendió la bolsa al cronista. Éste la abrió y sus ojos se abrieron de par en par—. Creo que va a necesitar lo que hay dentro para hacer justicia con la pobre Águeda.

—¿Y Sor Estíbaliz no vino con usted? —Gregorio cerró la bolsa de nuevo y se extrañó de que el cura hubiera venido solo.

—Ella quiso quedarse en Corella para hablar con la familia De Luna —le contó el cura—. Dijo que Sor Águeda corre un gran peligro si sigue encerrada en la prisión y quería que su madre usara la influencia que tiene para que la dejasen salir.

—¿Por qué sospecha eso su confesora?

—Imagino que por el contenido que hay en ese cofre que le he entregado, o eso me dijo Sor Estíbaliz —afirmó Aitor—. En fin, yo he de volver a mi labor —dijo, mientras se levantaba del sillón.

—Espere Padre —le detuvo Gregorio—, diga a Sor Estíbaliz que me gustaría verla en cuanto regrese.

—Descuide, así lo haré.

Acto seguido, Oyarte salió de la casa y se cruzó con Felipe en la misma puerta. El militar fue hasta el salón y vio que en ese momento Gregorio estaba sacando algo de la bolsa, un objeto envuelto en tela y que se descubrió como el cofre que ansiaban encontrar desde hacía mucho tiempo. Lo abrió con delicadeza, como si tuviera miedo a que algo maligno saliera del interior, cual caja de Pandora, y extrajo un ajado cuaderno que parecía estar algo desgastado por la humedad. En todo caso, se podía leer perfectamente qué había escrito en su interior y Gregorio no pudo reprimir que en su rostro se dibujara un gesto de victoria, a pesar de que sólo había echado una ojcada rápida a las primeras páginas.

—Los tenemos, Felipe, esos cabrones ya son nuestros— reconoció con un tono de voz triunfal.

Cerró la libreta y la volvió a guardar en el cofre, que introdujo de nuevo en la bolsa. Lo que iba a hacer con el mismo sólo lo sabía él y en ese momento sólo pensó en una cosa: la venganza de Sor Águeda se cumpliría y la verdad saldría a la luz al fin.

Confesiones

y

Callejones Sin Salida

Capítulo 21

La espía dio vueltas en su dormitorio como un gato salvaje al que habían dejado en una jaula. De alguna forma, y no sabía cómo, tenía que poner fin a la situación en la que ella misma se había metido. El dinero no le llegaba para los objetivos que tenía marcados en la agenda y debía buscar la forma de remediar tal entuerto. Para finiquitar el asunto tan solo le quedaba una cosa por hacer, pero le costaba dar el paso que eso conllevaba. Además, no estaba segura de si sería capaz de hacer frente a las consecuencias, pues lo que estaba a punto de hacer iba a ser considerado una traición del más alto nivel y podrían ahorcarla por ello.

Al final, después de estar en vela casi toda la noche, no le quedó otro remedio que hacer lo que se esperaba de ella, aunque tal acción tuviera un final que podría lamentar el resto de su vida. Se vistió con la indumentaria habitual para realizar sus labores en la casa y decidió subir hasta la habitación de Gregorio, donde había estado tantas veces en aquellos meses y en las que había realizado el trabajo con total abnegación y sin levantar sospechas. Le había lavado y doblado la ropa, y le había llevado el desayuno y servido la comida, o la cena, en muchas ocasiones, pero también le había estado espiando durante todo ese tiempo.

En todo caso, esa mañana no sabía cómo iba a enfrentarse a lo que la esperaba y que suponía sería algún tipo de juicio por haber traicionado la confidencialidad y la lealtad al emisario de Felipe V. La acusación sería tan grave que era probable que el castigo que le impusieran fuera de enormes proporciones, pero ya no había vuelta atrás y se veía obligada a poner fin a todo ello. Preparada y arreglándose bien los pliegues del mandil y la cofia, fue hasta la cocina y sirvió el desayuno en una bandeja para llevárselo a Gregorio a la habitación.

Subió las escaleras poco a poco y comprobó que todo estaba en silencio, lo que quería decir que el cronista y el militar seguían durmiendo a esas horas de la mañana, cuando el cielo estaba empezando a clarear con los primeros rayos de un nuevo amanecer. Llegó ante la puerta del dormitorio de Gregorio, dejó la bandeja en el suelo y abrió sin hacer el menor ruido, recogió el desayuno y entró en la habitación con pasos suaves, como si levitase sobre las alfombras que adornaban el suelo de mármol. Dejó la comida sobre la mesa y suspiró profundamente para convencerse de que debía hacerlo ahora, o no tendría otra oportunidad.

Se acercó a Gregorio poco a poco, el cual dormía a pierna suelta con el cuerpo a medio tapar por una sábana. Estaba de espaldas a ella y apenas se notaban los ronquidos que emitía, hasta que movido por un sueño inquieto se giró y abrió los ojos un poco. Entonces la vio ante él y dio un salto por el susto que se había llevado, sentándose en la cama de golpe.

—¡Clarita, por Dios, qué susto me has dado! —exclamó él, que emitió un suspiro de alivio al ver que era la joven ayudante de doña Prudencia quien estaba al lado de la cama.

—Disculpe señor, venía a traerle el desayuno a la hora que me pidió —dijo ella, nerviosa y en tensión.

—¿Ya son las siete de la mañana? —preguntó él con ingenuidad.

—Sí señor, y también quería hablar con usted de algo

importante —añadió la muchacha, que parecía estar a punto de echarse a llorar.

—¿Pasa algo? —Gregorio percibió el estado alterado de la sirvienta y la ayudó a sentarse en una silla—. ¿Qué le sucede?

—No sé por dónde empezar, señor —respondió ella, que intentó calmarse y respiró con dificultad, al borde de una crisis de ansiedad.

—¿Ha tenido algún problema con doña Prudencia?

—No señor, no es eso.

—¿Entonces?

—He de confesarle algo que he hecho mal —añadió Clara—. Yo he sido quien ha estado espiándole para informar al garduño que intentó matarle.

—¿Usted? —Gregorio se quedó petrificado al escuchar semejante revelación—. ¿Por qué?

—Por dinero, quiero ir a vivir a Madrid y salir de este lugar y necesitaba tener fondos para empezar una nueva vida allí —comenzó a soltar todo lo que llevaba dentro—. Él me pagaba bien y no imaginé que llegaría tan lejos e intentaría acabar con su vida. — Rompió a llorar con desconsuelo.

Al escuchar los llantos de la chica, Felipe y Prudencia aparecieron en la puerta del dormitorio y se sorprendieron al contemplar la escena. Gregorio les invitó a entrar e intentó calmar a la sirvienta para que le contase más cosas y sonsacarle toda la información posible. Ella miró a los recién llegados y pareció apaciguar la cascada que corría por sus mejillas.

—¿Cómo le conociste? —le preguntó.

—Un día se presentó en la parte trasera, donde están las gallinas, y me dijo que si quería ganar mucho dinero —contestó ella, que parecía estar más tranquila—. Le dije que sí y me pidió que le espiase y que le contase todo lo que fuera averiguando sobre usted y el trabajo que había venido a hacer.

» Me contó que era muy importante que no se supiera que el

encargo venía de parte de alguien muy poderoso y que debía ser muy cautelosa para que no me descubrieran. Pero no puedo ocultarlo por más tiempo, señor Fernández, porque casi le matan y eso sí que no podría soportarlo.

—Tranquila, Clara, continúe diciéndome lo que le ha pasado —la animó él, poniéndose en cuclillas delante de la muchacha.

—Señor, le juro que lo siento en el alma y asumiré el castigo que me imponga con humildad —prosiguió la chica—. He sido cómplice de un acto atroz y no merezco perdón por su parte, lo sé.

—No te preocupes, ahora no hay solución para lo que ha ocurrido y sólo quiero que me digas quién era el que te contrató.

Sin esperar más, Clara comenzó a contarle a Gregorio quién era el garduño que la seleccionó, el cual le había ordenado qué debía hacer para sonsacar la información del cuaderno de notas del historiador. También dijo dónde solía esconderse junto a otros como él y que cuando se enteró de que Felipe estaba en la ciudad, él prescindió de sus servicios y la dejó a medias con sus sueños de irse a Madrid.

—¿Y no sabes quién le contrató a él?

—Lo siento señor, pero nunca me lo dijo. —Clara comenzó a llorar de nuevo y el historiador decidió no seguir con el interrogatorio.

—Está bien, no se preocupe —dijo Gregorio, incorporándose—. Señora Heredia, por favor, procure que a la joven no le falte descanso hoy y que permanezca en la casa todo el día.

—Sí señor, así lo haré —respondió el ama de llaves—. Vamos muchacha, ven conmigo.

Cuando las dos salieron del dormitorio, Felipe se quedó a la espera de que el cronista respondiera a lo que le había contado Clara. Habían planeado ir esa misma mañana hacia Segovia para entregarle al rey el cofre con las pruebas, pero la confesión de la sirvienta había trastocado los planes de ambos, al menos los de Gregorio. Durante unos minutos estuvo sentado en la misma silla que había ocupado la chica y comenzó a comer algo, mientras tenía la vista perdida en el suelo.

—¿Qué piensas? —preguntó de repente Felipe.

—Me parece muy triste todo esto, la verdad —respondió él, que dejó de mirar a la alfombra con la vista fija y se dirigió al militar.

—¿Vas a denunciarla?

—¿Para qué? —reflexionó Gregorio en voz alta—. No es más que una adolescente que ha caído en las redes de un embaucador. En todo caso, él es el culpable.

—¿No irás a buscarle para enfrentarte a él? —se preocupó Felipe.

—No exactamente.

—No hagas locuras, joven licenciado.

—Puedes estar tranquilo —comentó él, que continuó con el desayuno—. Sólo quiero hablar con ese Largo, nada más.

—¿Y yo qué hago?

—Irás a llevarle el cofre a Su Majestad, junto a una carta que te daré en un rato.

—¿Estás seguro? —Carvajal parecía no estar muy a favor tal decisión.

—Absolutamente. —Dio un trago de leche templada y añadió—: Pero antes de eso, iré a darle las buenas nuevas a Sor Águeda.

—Se alegrará de verte de nuevo, y más con esas noticias —dijo Felipe, que le robó una rodaja de pan con mermelada a Gregorio cuando éste iba a llevársela a la boca—. Y ten cuidado con el garduño.

—Esta vez no me cogerá por sorpresa, sino que seré yo el que le pille —apuntó Gregorio.

Continuaron con el desayuno en el comedor de la planta inferior y el cronista escribió la carta que iba a enviar con el militar y el cofre. La guardó en un sobre y añadió el sello de lacre que distinguía a su familia, con el escudo heráldico de los Fernández de León. Al poco tiempo, Felipe estaba preparado para partir y con la misiva y el paquete guardados en una bolsa que colgó en su hombro derecho.

—Ten cuidado, licenciado —le dijo Carvajal, mientras le tendía la mano. Le había cogido aprecio al cronista en esas semanas que habían pasado juntos, aunque no podía decir hasta qué punto.

—Tú también, amigo mío —respondió Gregorio—. Nos veremos en Segovia en cuanto aclare el asunto del garduño y hable con él para saber quién le hizo el encargo de matarme.

—Hasta pronto y espero que tengas suerte.

Dicho esto, el veterano soldado salió de la mansión y Gregorio observó cómo se alejó de allí al trote, sin mirar atrás y con el porte gallardo que siempre llevaba el hombre de casaca roja. Luego entró de nuevo en la casa y subió a darse un baño, a la vez que pensó lo alegre que estaría Águeda de Luna al enterarse de que el cofre iba camino de Segovia. Sin embargo, si Gregorio hubiera esperado unos segundos más en la puerta, habría visto como dos jinetes vestidos de negro cabalgaron tras los pasos de Felipe Carvajal.

Antes de ir hasta la prisión, Gregorio leyó las sentencias que habían salido del juicio en el caso de Corella. Le llamó la atención lo indulgentes que se habían mostrado con los miembros del tribunal con Sor Águeda, y también con el resto de implicados en el suceso. No obstante, los cargos eran lo bastante graves como para haber sufrido condenas mucho más duras. En todo caso, se alegró por la monja y quería darle la buena noticia de que las pruebas iban camino de Segovia y pronto estaría libre. Sin embargo, no esperaba darse de bruces con la desagradable sorpresa que le aguardaba tras los muros de la cárcel.

Cuando el cronista llegó a la misma, se encontró con que el cadáver de Sor Águeda estaba en su celda tumbada boca abajo y con signos de haber sido torturado en varias ocasiones, según dedujo en cuanto la vio. Tan sobrecogedora fue escena que le provocó dolor y rabia, pues no esperaba ese final para ella. Podría ser culpable de horrendos actos, pero el estado en el que la encontró le parecía más una venganza personal que un acto de justicia. Habían ultrajado su cuerpo de muchas maneras y ninguna de ellas era prueba de santidad para el actor culpable de semejantes heridas.

La monja no llevaba puesto ni tan siquiera el sanbenito blanco y estaba descalza. Se agachó para echarle un vistazo más de cerca y comprobó que algunas de las cicatrices eran recientes, mientras que otras parecían tener más tiempo. A la par que analizaba el cuerpo de la mujer, sus ojos azules le miraban con un retazo de color rojizo en ellos. Los cerró con delicadeza y se levantó para hacer algunas preguntas al custodio de su bienestar.

—¿Cuándo ocurrió? —le preguntó indignado al carcelero de la prisión inquisitorial.

—Anoche estaba bien, así que tuvo que ser de madrugada —respondió él, que no dejó de mirar el cuerpo que estaba tendido en el suelo.

—¿Cuándo fue exactamente la última vez que la vio con vida? —continuó interrogándolo.

—Anoche sobre las diez, mientras rezaba y yo le traía una tinaja de agua limpia —contestó, a la vez que le lanzaba una mirada inocente desde su orondo rostro.

—¿Alguien más ha bajado aquí durante ese espacio de tiempo?

—No, no he visto a nadie por estos lares en toda la madrugada.

—¿Puede usted explicarme cómo entra alguien aquí y se lleva a una prisionera sin que nadie se percate de ello? —El enfado de Gregorio iba en aumento y arrinconó a Martín contra la pared.

—Le juro que no tengo nada que ver, señor Fernández —intentó disculparse.

—Martín, no soy un hombre violento pero no me obligue a usar la fuerza para sonsacarle la verdad. —Le agarró del grasiento blusón y apretó su cuerpo contra el muro—. ¿Quién le ha hecho esto a Sor Águeda?

—¡Le juro que no lo sé! —exclamó asustado—. A veces venían unos monjes a verla, pero no sé nada más.

—¿Qué monjes? ¿Eran dominicos? —El historiador pensó de inmediato en los religiosos que convivían en el mismo monasterio con Andrés de Arratabe.

—No lo creo, llevaban escapulario y túnica marrón así que creo que eran benedictinos —respondió Martín—. Tocaron a la puerta y dejaron el cuerpo, yo me limité a traerlo hasta aquí.

—¿Nunca les preguntó para qué venían? —insistió Gregorio, mientras soltaba la camisa del carcelero.

—Una vez lo hice y me dijeron que no preguntara y me encerrara en mi habitación o recibiría un severo castigo —respondió con más tranquilidad.

—¿Dijeron si venían de parte del juez?

—No lo creo, señor —respondió Martín, mientras tapaba el cuerpo de la monja con la sábana de su cama—. Aquí sólo venía Sor Estíbaliz para hablar con ella.

—¿Nadie más venía a visitarla? —Gregorio estaba sorprendido de que Águeda no hubiera recibido ni siquiera a algún familiar.

—No señor, sólo la confesora y usted.

—¿Vio qué hacían esos monjes con ella?

—Sólo vi que las veces que venían a por ella se la llevaban en un carruaje para prisioneros, como los que usan los alguaciles para atrapar ladrones y demás inmundicia.

—¿Y vio hacia dónde iban?

—No, lo cierto es que estas noches ha habido mucha niebla y no veía a dos palmos de mi nariz.

—Bien, de todas formas quiero que se haga cargo del sepelio de Sor Águeda. —Gregorio recogió las pertenencias que había en la celda para enviárselas a la familia de la monja—. Intentaré averiguar quién ha cometido este crimen y le haré pagar por ello.

Martín se limitó a seguir las instrucciones del cronista y fue a buscar a un funerario para que se llevara el cadáver de allí. El tanatopractor se encargaría de limpiar y embalsamar el cuerpo, además de prepararlo para darle sepultura donde Gregorio le indicase en cuanto todo estuviera dispuesto para el entierro. Por su parte, el historiador se limitó a salir de la prisión y caminó por las calles cabizbajo y triste. A sus lágrimas le acompañaron unas gotas de una fina lluvia de verano que caían de un cielo de plomo, como si los ángeles también padecieran el mismo dolor que él.

Sin saber por qué, se encaminó de nuevo al convento donde estaba Josefa de Loya, la sobrina de Sor Águeda. La primera vez que habló con ella sintió un pinchazo en el alma que no supo explicar, pero sintió el impulso indomable de verla de nuevo, escuchar su voz y perderse en aquellos ojos azules que habían cautivado su espíritu y la razón. En realidad no tenía más excusa que la de comunicar la defunción de la pariente, y para él era un argumento plausible con el que entrar en el convento de clausura. Alguien podría pensar que estaba abusando de su poder como enviado de Felipe V, pero nadie pensó jamás en ello.

Al llegar a las puertas del edificio religioso, llamó la atención para que le abrieran con un aro de bronce con el que golpeó la madera en varias ocasiones. A los pocos segundos apareció una monja que se asomó por una pequeña rendija, la cual se amplió más cuando vio a Gregorio allí plantado y empapado como una lechuga en un descampado. Era la propia Josefa la que había acudido a la llamada y el historiador pensó que aquel encuentro no podía ser casual. Embriagado por la hermosa mirada de la joven, no logró articular palabra alguna hasta que fue ella la que rompió el hechizo con su melódica voz.

—¿Señor Fernández? —dijo con cierto asombro—. ¿Puedo ayudarle en algo?

—Bueno, disculpe que la moleste… —balbuceó como un adolescente timorato—. He venido a comunicarle algo que creo debe saber.

—Sí claro, pase. —Ella le franqueó el paso al interior y le invitó a sentarse en un banco de madera que estaba en el recibidor—. ¿Qué desea decirme?

—En realidad sólo quería comentarle que han matado a su tía y quería darle la noticia yo mismo.

—¡Dios Santo! —exclamó la monja, llevándose las manos a la boca. Sin darse cuenta comenzó a llorar.

—Lo siento mucho, de veras —comentó compungido—. Ojalá hubiera podido salvarla.

—No tiene por qué lamentarlo —Josefa reprimió el llanto como pudo—. Usted está haciendo todo lo posible por esclarecer todo el asunto y le agradezco que haya venido a decírmelo.

—Supongo que necesitaba comentárselo antes de partir —respondió Gregorio, que bajó la mirada al suelo mientras daba vueltas al sombrero entre sus manos nerviosas.

—Pues le agradezco el detalle.

—No hay de qué —El joven dirigió su vista a los ojos de la religiosa y encontró un extraño alivio en ellos, a pesar de mostrar unas sentidas lágrimas por su tía muerta.

—¿No se siente prisionera entre estos muros? —preguntó él de repente, mirando alrededor de donde se encontraban.

—Sí, pero es el castigo que me han impuesto y no puedo hacer nada por evitarlo —aseveró ella con desánimo—. Ojalá pudiera dar atrás al tiempo y cambiar las cosas que he hecho en mi vida.

—¿Y si yo pudiera ayudarla a salir de aquí?

—¿Usted?

—Podría conseguir un indulto del monarca sin problemas —comentó con determinación—. Sería libre para hacer con su vida lo que quisiera y dejaría todo esto atrás.

—¿Por qué iba a hacer eso por mí, señor Fernández?

—¿Tengo que decirlo?

—A veces es bueno hablar de lo que se siente —dijo ella, que se acercó al rostro de Gregorio. Tampoco podía negar que había sentido un flechazo desde el primer día que le conoció.

—Cierto, a veces lo es. —El cronista también hizo lo mismo y sus labios quedaron a pocos centímetros de un beso apasionado.

Sin embargo, en ese momento apareció un monje y los dos enamorados se separaron al instante. Ella tosió con nerviosismo y él recogió el sombrero que había dejado sobre el banco, a su lado. Aparentaron una naturalidad para disimular lo que había estado a punto de pasar y Gregorio se puso en pie para despedirse de Sor Josefa. Ella se limpió las lágrimas con disimulo y esbozó una sonrisa forzada para que no se notara que estaba rota de dolor.

—En fin, piense lo que le dicho, hermana —dijo él con un tono serio para fingir ante el entrometido monje que les había interrumpido.

—Así lo haré, señor Fernández, no lo dude —respondió ella, dibujando una sonrisa complaciente en sus labios y guiñando un ojo.

Gregorio salió del convento y volvió hasta la casa con una inusitada e inesperada alegría que invadió su corazón, haciendo que éste pareciera latir con tanta fuerza que era capaz de opacar el sonido de los cascos de los caballos que trotaban a su alrededor. Sin saber por qué, la vida le estaba dando una segunda oportunidad de amar y se prometió que esta vez no la dejaría escapar. Pensando en la posibilidad de sacar a Josefa de aquel lugar y prometiéndose una vida feliz junto a ella, el cronista llegó hasta la Casa Real. Entre tanta oscuridad y muerte, al fin apareció un rayo de esperanza.

* * *

La oscura sombra humana entró por una ventana de la planta inferior de la taberna, que estaba cerrada a esas horas de la madrugada y en la que no quedaba nadie despierto que pudiera dar la voz de alarma por la presencia del intruso. Éste subió unas escaleras que ascendían hasta la segunda planta y buscó un dormitorio en concreto, el que alguien le había dicho que estaba ocupado por un viejo conocido con el que tenía cuentas pendientes. Cuando localizó la habitación, entró en ella sin hacer el menor ruido y cerró la puerta tras de sí con máximo cuidado.

Largo estaba acostado en una humilde cama y roncaba de forma notable, a la vez que su cuerpo sudoroso buscaba a tientas los bordes de la almohada para acomodarla bajo su cuello. Esa noche había bebido y copulado como si fuera su último día de vida y la prostituta que yacía a su lado permanecía desnuda en el otro extremo del colchón, dándole la espalda al garduño. Como era evidente, no se conocían de nada y él pensó que huir de Logroño una temporada le aseguraba un tiempo de adelanto para no ser encontrado por nadie.

Después de haber abandonado a Andrés de Arratabe, se había encaminado hasta Soria y tenía intención de continuar su viaje hasta Valencia, lo más lejos posible de Logroño y del caso que le había metido en un lío como aquél. Conocía bien los límites de su orden y hasta qué punto podía actuar o no y, en este caso en concreto, sabía que cuando el rey se implicó directamente lo mejor era apartarse del camino. Pensó que desde la costa levantina podría tomar un barco y partir hacia Nápoles, donde intentaría reconducir su vida.

Con ese ánimo decidió huir de la ciudad la misma noche que se despidió del juez, emprendiendo el viaje que le llevó a su primera parada y en la que llevaba varios días escondido en un hostal de poca monta, oculto de miradas indiscretas. Esa era la última noche que iba a pasar a allí y se durmió en poco tiempo, debido al soberano estado de embriaguez que conquistó su cuerpo. Pagó con generosidad el servicio y la meretriz que subió con él a la habitación estaba tan dormida como su benefactor.

Largo tenía previsto abandonar el hostal esa misma mañana y por eso había decidido hacer su propia fiesta de despedida, harto de vino y contratando los servicios de la concubinas más hermosa de las que había en lugar. La muchacha era una mujer de generoso busto y curvas como las de una guitarra española, que despertó de repente cuando una mano enguantada le tapó la boca con fuerza para que no gritase. La chica se sobresaltó e intentó zafarse de la mano que tapaba sus labios, pero un gesto de silencio del raptor hizo que dejase de forcejear al instante.

—Será mejor que te marches, muchacha —le susurró una voz ronca y grave que pronunció un hombre que vestía de negro y llevaba un sombrero de ala ancha.

Ella sólo pudo ver sus dos ojos verdes que brillaban como esmeraldas por la luz de una vela que estaba a punto de morir. Recogió su ropa del suelo y salió desnuda al pasillo del hostal para ir hasta la letrina y vestirse allí. Mientras tanto, el Sagrado Caballero de Cristo sacó su espada ropera de empuñadura toledana y puso la punta en el cuello de Largo. Éste se sobresaltó y despertó de repente, dio un respingo hacia atrás y su espalda chocó contra el cabecero de madera. Cuando vio el colgante dorado con el rombo y la cruz en el interior, los ojos se le abrieron de par en par y entendió la gravedad de la situación en la que se encontraba.

—Tendrías que haber venido a informarnos sobre las intenciones del inquisidor, Francisco —dijo el mercenario a Largo.

—Lo sé, pero no sabía que el rey se iba a meter en esto, Gran Maestre —intentó disculparse el garduño.

—¿Cómo pudiste ser tan estúpido de intentar matar al emisario real? —le recriminó—. Has puesto a toda nuestra orden en peligro y ahora tendremos que tomar medidas más drásticas para tapar tu error.

—Fue orden de Andrés de Arratabe, señor, yo no... —balbuceó

asustado.

—¿Y desde cuándo tiene más poder la Inquisición que nosotros? —le interrumpió el Gran Maestre—. Tu misión era controlar al juez y no a ese joven emisario del rey. Ya sabes que nada pasa en este país sin que lo aprobemos o lo permitamos, y te advertí que no debías inmiscuirte en este asunto. ¿O no conoces nuestro lema?

—Serva Dei statera —respondió Largo con la voz trémula.

—Exacto, mantener el equilibrio de Dios, Nuestro Señor —continuó su jefe—. Eso significa que debemos ser los custodios de Su ley y las responsabilidades que eso conlleva. ¿Sabes lo que significa?

—Que nunca hay que dejar cabos sueltos.

—Veo que conoces bien nuestros preceptos —dijo con tono agrio—. ¿Por qué no los seguiste?

—Debe entenderlo, él me salvó la vida cuando era un niño, señor, y le debía un favor —intentó disculparse Largo—. Pensé que matar a ese hombre sería una buena forma de saldar mi deuda con Andrés.

—Pues te equivocaste, Francisco, y gravemente —añadió el intruso.

—Gran Maestre, le juro que...

—¡No jures en vano! —le espetó con furia el líder de la orden.

Sin esperar más disculpas absurdas, empujó el pomo de la espada y le ensartó el cuello con la espada con tal fuerza que la punta se clavó en el cabecero cuando atravesó la garganta de Largo. Al instante siguiente, hizo un movimiento lateral con el arma y desgajó una parte del cuello del garduño, haciendo que la cabeza quedase colgando sobre un jirón de piel. La sangre comenzó a manar como una fuente carmesí que empapó la cama y parte del suelo, lo que provocó la muerte en pocos segundos de Francisco Herrera, alias El Largo. Acto seguido, el Gran Maestre guardó el arma en la vaina que llevaba colgando de un costado y salió del hospedaje como una sombra furtiva, sin que nadie percibiese que había estado allí.

Capítulo 22

ajo la sombra de los robles que custodiaban el sendero, el caballo de Felipe Carvajal parecía estar al borde del colapso y el militar temió que el pobre animal no aguantase mucho más, así que decidió disminuir la velocidad y darle un descanso para recuperar fuerzas. Aún había algo de claridad en el cielo, pues el sol estaba terminando de bajar por poniente y calculó que tenía tiempo para tomarse un refrigerio antes de llegar a Santo Domingo de la Calzada, donde pretendía descansar esa noche. No obstante, ya había recorrido una cantidad considerable de kilómetros y Segovia no quedaba demasiado lejos, aunque todavía le aguardaban dos jornadas más de viaje, según sus cálculos. Estaba apenas a dos kilómetros de Santo Domingo de la Calzada y calculó que desde allí podría continuar hasta Torquemada y terminar en Segovia dos días después. Al menos, esa era la ruta prevista que quería seguir.

La misión que le había encargado Gregorio era de suma importancia y el militar era consciente de ello. Con esas pruebas en su poder, el rey podría descabezar y acabar con la Inquisición, con la Garduña y con los Sagrados Caballeros de Cristo, todo de un plumazo y sin pestañear. Por supuesto, a Felipe V le habría venido genial terminar con ellos y así tomar el control absoluto del país, sin interferencias. Desde que había asumido la corona, el monarca había tenido que soportar chantajes de los garduños y también había tenido que lidiar con el desprecio de la comunidad religiosa española. Felipe sopesó todas estas situaciones y pensó que lo mejor para analizar la situación era hacerlo mientras comía algo.

Sin embargo, cuando se preparaba para saltar de la silla de montar, vio a lo lejos una nube de polvo que provenía del Este. Ese no era un camino que fuera usado a menudo y pocos lo conocían, por lo que sospechó que los jinetes que vio a lo lejos no venían con buenas intenciones. Dada la misión que tenía que llevar a cabo, imaginó que estaban tras él y lo que llevaba consigo. En todo caso, su caballo no estaba en condiciones de galopar más y no quería que acabara reventado de forma inútil, pues no aguantaría una persecución. Por lo tanto, tomó una decisión de la que podría arrepentirse y no dudó un instante en hacer lo que creyó adecuado.

Los planes que tuvo de llegar hasta Segovia se esfumaron en cuanto desmontó y se encontró con dos jinetes que vestían de negro y que estaban a pocos pasos de donde se encontraba. Se acercaron lentamente y el veterano militar supo enseguida quiénes eran, pues reconoció los colgantes que colgaban en los cuellos tapados de los asaltantes. Iban vestidos con capas negras y casacas del mismo color, al igual que el sombrero de ala ancha que cubría sus cabezas. Lo que más llamó la atención de Felipe eran los ojos verdes de uno de ellos, que brillaban como esmeraldas. De inmediato, sacó su espada y se dirigió a ellos con tono serio y vehemente.

—¿Qué hacéis aquí? —les preguntó avanzando dos pasos.

—Creo que lo sabéis, señor —respondió uno de ellos.

—Aquí no se has perdido nada. —Enarboló el arma delante de él en gesto de amenaza.

—¿Está seguro de eso? —respondió uno de ellos con la voz forzada—. Creo que usted tiene algo muy valioso que lleva en las alforjas.

—No llevo nada que os interese.

—Creo que lleva el cofre con las pruebas de Sor Águeda de

Luna, ¿no es cierto?

—¿Cómo sabe eso?

—Les seguimos la pista a usted y a ese licenciado, y cuando vimos al cura en la puerta de la casa, no era difícil imaginar qué regalo le trajo al señor Fernández —dijo el mercenario.

—Vale, supongamos que llevo el cofre. ¿Qué pensáis hacer ahora? —Felipe no se amilanó y se puso en guardia.

—Llevarlo a donde corresponde.

—¿Y qué lugar es ese?

—Donde pueda ser útil para restablecer el equilibrio en el país.

—No me habéis entendido, os vais a meter en un problema gordo si no os marcháis de aquí —les espetó Felipe con valentía.

—Sí, de eso somos conscientes.

—Pues entonces, espero que también seáis conscientes de las consecuencias de haberme molestado —dijo con una sonrisa burlona.

—Bien, en ese caso, será mejor que acabemos con esto de una vez —respondió el compañero del mercenario.

Los dos también se apearon de los caballos y sacaron sendas espadas. El último rayo de sol iluminó el claro donde se encontraban y las hojas brillaron como agujas de oro, a la vez que aguardaban el momento perfecto para ser usadas por los duelistas que las esgrimían. El destino de muchas personas estaba en las manos que empuñaban las espadas y la estabilidad de un reino también pendía de un hilo en ese momento.

* * *

Las calles de Logroño estaban atestadas de personas que iban y venían en sus quehaceres diarios, pero Gregorio se abrió paso entre la multitud que encontró en las zonas más concurridas y no tardó demasiado en plantarse ante el monasterio donde se hospedaba

Andrés de Arratabe. Llamó a la puerta varias veces y esperó a que le abrieran con impaciencia, a la vez que algún transeúnte le miraba con asombro, pues su elegancia y porte regio no era algo que soliera verse delante del edificio religioso.

Después de insistir una vez más, un monje dominico le abrió la puerta y Gregorio entró en las instalaciones sin esperar la aprobación de nadie. Estaba cansado de ser educado y de mantener las formas que se le presumían, dada su condición de aristócrata. La muerte de Águeda le produjo un profundo pesar y culpaba al juez del asesinato de la pobre monja. Buscaba respuestas y no estaba dispuesto a esperar que el protocolo se las arrebatara o las demorara.

—¿Dónde está Andrés de Arratabe? —le preguntó al monje que le abrió la puerta.

—Disculpe señor, pero... —intentó rechistar el mismo.

—¡No me haga perder el tiempo y dígame dónde está! —le gritó Gregorio, a la vez que agarraba con fuerza el escapulario negro del incauto religioso.

—Está en el ala oeste, señor —respondió de inmediato, asustado.

El cronista le soltó y fue en busca del inquisidor a toda prisa, gritando dentro de los muros y rompiendo la quietud de la comunidad, cuyos miembros le miraban con temor y se apartaban a su paso. Parecía poseído por una rabia incontrolable y que parecía no tener mesura alguna, lo que hizo que anduviera de aquí para allá sin un rumbo fijo.

—¡Andrés de Arratabe! —dijo con gritos—. ¿Dónde está?

—¿Señor Fernández? —El juez apareció en la planta superior de un pasillo que discurría alrededor del segundo piso del monasterio.

Gregorio buscó unas escaleras por las que acceder hasta arriba y llegó en pocos segundos donde estaba el juez. Se puso delante de él y le miró con gesto amenazante, mientras cerraba los puños para no agredir a un miembro tan importante de la Inquisición.

—¿Por qué lo has hecho? —le acusó el joven.

—¿Qué? —El juez reculó varios pasos—. ¿A qué se refiere?

—¿No tuvo suficiente con enviar a ese asesino contra mí?

—Lo siento, señor Fernández, pero no le entiendo —replicó Andrés.

—¿Por qué ha ordenado la muerte de Sor Águeda? —Gregorio no pudo reprimirse más y agarró por el cuello al juez.

—¿Está muerta? —dijo confuso—. Yo no he ordenado tal cosa.

—¡Mentiroso! —El cronista apretó el cuello y comenzó a asfixiarle—. ¡Bastardo asesino!

—Señor...Fernández..., por favor... —dijo entre respiraciones entrecortadas—. Yo...no...

—Sor Águeda ha aparecido muerta en su celda y fue usted quien lo ordenó, ¿no es cierto? —Gregorio aflojó la presa para permitir que respirase, pero le mantuvo agarrado por el chaleco negro.

—Señor Fernández, no tenía la menor idea —contestó el juez—. Le doy mi palabra de que no quería que ella sufriera más y por eso redacté la sentencia más suave que pude imponerle.

—Si eso es cierto, ¿quién ha sido entonces?

—Vayamos a mi estancia y hablaremos con tranquilidad —dijo Andrés, que intentó calmar la ira del historiador.

Gregorio le soltó y le acompañó hasta la habitación en la que se hospedaba el juez, que en realidad estaba compuesta de un dormitorio y un pequeño despacho. Entraron y el inquisidor le ofreció asiento y un vaso de vino que el joven rechazó, pues sólo estaba interesado en la versión que tuviera que contarle el viejo letrado. En todo caso, intentó calmarse para no perder detalle alguno de las explicaciones que éste le diera.

—Lo primero que quiero decirle es que siento mucho la muerte de Sor Águeda —comenzó—. Esperaba que todo este asunto se cerrase de la forma más discreta posible y con su óbito las cosas se van a poner realmente feas por aquí.

—Sí, le acusarán de cómplice de asesinato y me encargaré de que el rey se entere de esto hasta el más mínimo detalle —replicó Gregorio.

—Señor Fernández, le aseguro que no tuve nada que ver con este crimen. —Andrés echó un trago a su vaso de vino.

—¿Cómo tampoco tuvo nada que ver con mi intento de asesinato?

—Vale, confieso que contraté los servicios de un garduño para que le apartara de las investigaciones que estaba haciendo —añadió el viejo—, pero sólo quería que se asustara y se fuera de Logroño.

—¿Por qué quería eso?

—Para que no buscase las pruebas que Sor Águeda decía tener ocultas.

—Así que usted también lo sabía —dijo Gregorio, indignado.

—Lo supe cuando Largo, el hombre que intentó matarle, me informó de ello —se disculpó Andrés—. Me dijo que tenía una espía en su casa y que ella le contó el secreto.

—¿Y dónde está él?

—No lo sé, me abandonó cuando se enteró de que usted tenía un escolta enviado por el rey.

—¡Miente! —le gritó Gregorio, que volvió a levantarse iracundo.

—¡Le juro que digo la verdad! —El juez se plantó ante él, sin miedo.

—Entonces, ¿quién ha matado a Sor Águeda?

—Eso mismo quisiera saber yo, aunque tengo mis sospechas.

—¿Los Sagrados Caballeros de Cristo? —reflexionó Gregorio.

—Exacto, no tengo la menor duda —afirmó Andrés.

—Pues debe saber que mi amigo, el Coronel Felipe Carvajal, va camino de Segovia con las pruebas metidas en un cofre y que es probable que mañana ya esté ante el rey para dárselas —dijo el cronista, que se dispuso a marcharse del monasterio.

—¿Encontró el cofre? —preguntó el juez, sorprendido.

—Sí, y Su Católica Majestad conocerá todos los nombres de los cómplices de la secta molinista.

—En ese caso, supongo que no hay vuelta atrás —dijo Andrés, bajando la cabeza resignado.

Gregorio no dijo nada más y se marchó sin despedirse, a la vez que cerró con un portazo y dejó al inquisidor sumido en sus propios pensamientos. El juez se sintió apabullado por el giro que habían tomado los acontecimientos y un torbellino de ideas surcó su cerebro como un huracán destructivo que sólo llevaba en una dirección: la horca para todos los implicados, incluido él mismo. Conocía el motivo por el cuál se vería subido a un cadalso y era que su nombre también estaba en la lista de clientes de la secta.

Capítulo 23

uando Gregorio regresó a la mansión, Prudencia le esperaba en el salón sentada en un sillón. En sus manos tenía un papel extendido, una especie de carta, y se la dio al cronista en silencio. Sin embargo, le llamó la atención que el ama de llaves tuviera los ojos llorosos y un pañuelo en la otra mano; a su lado estaba Clara, que también mostraba la misma aparente tristeza. Él se acercó a ambas y leyó la carta con atención.

"Su amigo, Felipe Carvajal, ha muerto bajo el filo de nuestras espadas y nos hemos apropiado del cofre que contenía las pruebas de Sor Águeda de Luna.

Si sabe lo que le conviene, deje el asunto como está y regrese a sus fiestas y putas en Madrid, señor Fernández de León."

Como rúbrica aparecía el emblema de los Sagrados Caballeros de Cristo, acompañado de una gota de sangre seca en medio del mismo. Era un mensaje que jamás esperó recibir el licenciado, quien acumulaba malas noticias a más no poder y que sintió una presión en el pecho que casi le hizo caer desmayado. Se agarró al respaldo del sillón donde estaba sentada doña Prudencia y procuró respirar hondo para intentar pensar con claridad. En apenas veinticuatro horas, su vida había dado un giro de ciento ochenta grados y la cabeza comenzó a dar vueltas en una tormenta de olas que le arrastraban a un fondo abisal que parecía no tener fin. Con Sor Águeda muerta y el cofre perdido, además de la pérdida de un amigo al que había tomado especial aprecio, Gregorio sintió que su vida estaba abocada al fracaso continuo.

Regresó a los años en los que su padre le atormentaba con palizas e insultos y en los que su madre vertía el veneno ponzoñoso de una lengua viperina y taimada que castigó su mente con más dureza que el látigo más cruel. De pronto, la imagen de Fátima, su prometida, despidiéndose de él, se tornó en una realidad ilusoria y recordó a la perfección la frase que pronunció esa misma tarde: «Nunca me casaré con un fracasado como tú, Gregorio Fernández de León. Eres un don nadie y siempre lo serás.»

Así, flagelándose con tales pensamientos, es como el cronista entró en una espiral de dolor que le llevó a sentarse en otro sillón y comenzó a llorar con desconsuelo. Era prisionero de un complejo sistema que no lograba entender y que parecía no necesitarle para nada. Las sociedades secretas, los reyes, la Iglesia y todo aquello que había estado investigando en esos meses, no eran más que máscaras de un mundo que usaba y tiraba a los peones de los que se componía, con el fin último de que sólo sobrevivieran unas pocas figuras.

Entonces fue consciente de que se encontró en un callejón sin salida y que no tenía sentido continuar en Logroño. Toda esperanza de hacer justicia a la muerte de Sor Águeda, o de descubrir a todos los implicados de la secta, era un esfuerzo inútil. Con sus anotaciones como única referencia de lo que había ocurrido, Gregorio sabía que el rey no podría tomar decisiones contra los que buscaban acabar con su mandato. Había fracasado en la misión que le había encargado y pensó que lo mejor era ir a Segovia para informarle, luego volvería a Madrid y retomaría la vida que llevaba antes de aceptar el trabajo. En todo caso, movido por una nimia esperanza recordó que sólo le quedaba una oportunidad de demostrar su valía y debía aprovecharla, pero para ello debía emprender cuanto antes el viaje hacia la Granja de San Ildefonso, donde se encontraba el rey.

—Señora Heredia —dijo cuando se sintió con fuerzas para hablar—, prepare mi equipaje en cuanto pueda, por favor.

—¿Se marcha señor Fernández? —preguntó ella, que todavía tenía lágrimas en los ojos. No lo mencionó nunca, pero tenía un cariño especial a Carvajal, como si lo hubiera conocido desde hacía años—. ¿Cree que es lo adecuado?

—Aquí no me ata nada, Prudencia, así que será mejor que vaya a entregar mi informe a Su Majestad y regrese a Madrid —reflexionó él, que no apartó la mirada del suelo.

—Disculpe que me entrometa señor, pero igual podría quedarse un tiempo y así descansa un poco —replicó ella, que también le tenía en estima.

—¿Descansar aquí? —El la miró con tristeza—. ¿Cómo podría descansar en esta casa y en esta ciudad?

—Señor, sé que tampoco es asunto mío, pero doña Prudencia tiene razón —comentó Clara, que se acercó a él y se sentó a su lado con osadía—. Sé que estará enfadado conmigo, pero usted necesita rehacer su vida lejos de Madrid.

—Es usted muy amable, señorita Clara. —Intentó sonreír ante el inocente gesto de la adolescente.

—La chica tiene razón señor, quédese y tómese un tiempo antes de ir a ver al rey.

—De verdad os agradezco tanto apoyo, pero no puedo quedarme —replicó Gregorio, que tomó la mano de la joven sirvienta con un gesto de complacencia dibujado en su cara—. De todas formas, usted vendrá conmigo a Madrid, Clarita.

—¿En serio señor? —La muchacha le miró con un brillo en la mirada que enterneció el corazón del cronista.

—Sí, me encargaré de que tengas esa vida que buscas y correré con los gastos de tu educación para que puedas casarte en un futuro.

—¿No me guarda rencor por lo que hice?

—El rencor es el amigo silencioso del odio, y el odio nos lleva a convertirnos en el demonio que todos llevamos dentro, escondido en el rincón más oscuro de nuestra alma —le contestó, reflexionando en voz alta.

—Está bien señor, en tal caso me encargaré de prepararles el viaje a los dos —apostilló Prudencia—. Me alegro de que ella vaya a tener una mejor vida, gracias a usted.

—Incluso en los momentos más oscuros, siempre podemos hallar un hilo de esperanza —contestó él, intentando sonreír.

Clara le abrazó al instante, impulsada por un arrebato juvenil, y le dio las gracias un sinfín de veces antes de acompañar a Prudencia a realizar los preparativos del viaje a Segovia. Mientras tanto, Gregorio permaneció sentado en el salón y se reclinó para leer la carta de nuevo, algo que hizo varias veces. La parecía una injusticia que alguien tan bonachón como Felipe Carvajal, que había dedicado toda su vida a servir al rey, hubiera muerto a manos de unos sanguinarios fanáticos.

—Descansa en paz, amigo mío —oró en voz alta—. Espero que los ángeles de Dios te acompañen a un lugar mejor que este mundo de mierda.

* * *

Después de la oración de Completas, cuando la luna llena comenzó a ascender en el cielo limpio, Andrés abandonó su estancia y se encaminó hacia la salida del monasterio. Tenía la intención de ir hasta la posada donde solían reunirse los miembros logroñeses de la Garduña, pues deseaba encontrar a Largo para hablar con él e intentar hacerle entrar en razón. Tal y como estaban las cosas en ese momento, el juez pensó que lo mejor sería intentar llegar a un acuerdo con el mercenario.

El mediodía anterior, cuando estaba tomando un temprano almuerzo en una tasca cercana al monasterio, el novicio que le servía de ayudante trajo una carta que le entregó en mano y que provocó una reacción en Andrés que hizo que soltara el vaso de vino que tenía en las manos y que éste se estrellara contra el suelo con un estruendo que sobresaltó a los demás clientes.

"Su nombre aparece en la lista de clientes de la secta de Corella, señor Arratabe, y también el de sus compañeros de tribunal, Fray Diego de Mora y Pablo DiCastillo. Recuerde: Sabemos que el juicio de Dios cae sobre los que practican el pecado. Romanos 2.2"

Era evidente que el mensaje era una amenaza clara a su integridad física y por la firma que llevaba en forma de emblema, supo que el peligro provenía de los Sagrados Caballeros de Cristo, algo que provocó un repentino temblor en sus manos. Debido a dicha circunstancia, pensó que lo mejor era que alguien de su máxima confianza le protegiera para intentar escapar cuanto antes de Logroño; por supuesto, no dudó un instante en buscar a Largo para que le ayudase en tal empresa.

Al llegar a la posada muchos ojos se posaron en su figura, pero nadie dijo nada y un silencio sepulcral se adueñó del local al instante. Saber que estaba en un lugar lleno de asesinos a sueldo, ladrones y prostitutas le produjo una sensación de repulsa y miedo, pero no tenía más remedio que buscar a su amigo y debía arriesgarse si quería dar con él. Se movió entre el humo de los fumadores y procuró no inhalar el aroma del vino agrio para evitar las arcadas que le producía un olor tan fuerte.

—Buenos noches —saludó al camarero que estaba detrás de la

barra, que tenía las manos apoyadas sobre la misma y le echó una mirada de disgusto—. Busco a Largo.

—¿Quién es usted? —dijo un garduño que estaba sentado en un taburete, justo a sus espaldas.

—Soy Andrés de Arratabe, amigo suyo —respondió sin acobardarse—. Necesito su ayuda.

—Así que usted es el inquisidor —respondió el mercenario, poniéndose en pie. Como todos los garduños, tenía la cara tapada y sólo se podía ver una media melena de color castaño y los ojos del criminal—. Largo no ha aparecido por aquí desde hace días.

—¿Cómo es posible? —preguntó Andrés, que no entendía cómo había desaparecido su protegido.

—No lo sé, dígamelo usted.

—¿Yo? ¿Qué tengo que ver con eso?

—Comentó que el trabajo que le encargó se le había ido de las manos.

—Pero yo no he hecho nada, ¿no sabe dónde podría encontrarle?

—Huyó de la ciudad y nadie le ha vuelto a ver. —Se acercó al juez con porte amenazante.

—¿Y nadie sabe dónde ha ido?

—No, y deje de hacer preguntas. —El asesino sacó una daga en una fracción de segundo y se la puso en el cuello—. Será mejor que se largue y no vuelva nunca, ¿entiende?

—Perdone señor, pero fui yo quien le salvó la vida cuando era un huérfano vagabundo, así que tengo derecho a saber qué le ha sucedido —replicó Andrés, usando su vínculo con Largo como excusa para intentar obtener más información.

—Lo sabemos, somos conscientes de que le salvó, y por eso sigue usted con vida —replicó el garduño, que apretó un poco más la hoja sobre la garganta del juez—. Así que lo mejor es que se marche y no nos moleste más.

—Sí, claro —dijo Andrés, que reculó unos pasos hacia la salida—. Disculpad las molestias.

Al momento siguiente, el inquisidor estaba en la calle otra vez y volvió al monasterio con el paso más rápido que pudo. La ausencia de su amigo y protector complicaba aún más su situación y reflexionó sobre las consecuencias que podría tener su huida, sin dar más explicaciones a nadie y ocultándose para siempre en algún rincón de España, lo más lejos posible de Logroño y Corella. Al fin y al cabo no tenía familia y era un letrado del Estado, por lo que podría conseguir trabajo en cualquier parte.

De lo que sí era consciente era de que su vida estaba en peligro y tenía que buscar la forma de seguir respirando, a pesar de que el asunto de las Satánicas Descalzas se le había escapado de las manos y abarcaba hilos que ignoraba por completo hasta dónde llegaban. Era una tela de araña tan grande que prefería no saber quiénes estaban involucrados en semejante trama. Sin embargo, era consciente de que su labor de juez también le obligaba a hacer cumplir las leyes, pero, ¿a qué precio?

Sor Águeda había sido asesinada y Largo había desaparecido, como si se lo hubiera tragado la tierra. El joven historiador regresaría a ver al rey y le contaría todo lo que había descubierto, además contaba con las pruebas en su poder y la situación se iba a volver insostenible para él mismo. Se desatarían mil infiernos en España y era probable que Felipe V le declarara la guerra abierta a la Iglesia, lo que traería el fantasma de una nueva guerra civil. Había que evitarlo, aunque para ello tuviera que sacrificarse el propio inquisidor y someterse a un exilio forzoso.

Le dio vueltas a la cabeza y pensó que la única solución posible era hablar con Gregorio y llegar a un pacto entre ambos. Tenían que encontrar la manera de apaciguar el carácter airado que solía tener el monarca y también evitar que los implicados en la secta interfirieran en el normal desarrollo del país. Cómo lograr que ambas opciones fueran plausibles era algo que tendría que analizar junto al cronista. Debían poner fin al caso de Corella de una vez, o toda la nación sufriría las consecuencias.

Capítulo 24

El castillo de Davalillo llevaba abandonado más de trescientos años, así que el Gran Maestre no tenía miedo alguno de que les molestasen durante el cónclave que iba a tener lugar entre los diferentes miembros de la orden de los Sagrados Caballeros de Cristo. Además, gracias a su posición en lo alto de un cerro que estaba protegido por las orillas del río Ebro, los guardias podrían divisar a cualquier intruso en kilómetros a la redonda.

La ubicación de la atalaya había sido elegida por la orden cuando ésta se fundó a mediados del siglo catorce. Al principio fue usada para defensa de la zona contra los ataques navarros, pero con el paso de los siglos el castillo fue abandonado por la familia propietaria del mismo, los Manrique de Lara, y sólo quedaron unos pocos soldados, miembros de los Sagrados Caballeros de Cristo. Decidieron que el emplazamiento y la estructura de la edificación les era propicia para realizar su divina misión y le sacaron el máximo provecho.

En realidad la fortaleza era un bastión casi inexpugnable, tanto por la estructura heptagonal de los muros exteriores, como la disposición de las torres de vigilancia y la torre del homenaje del interior. Las paredes se habían hecho con piedra de arenisca y estaban fijadas con relleno de morrillo, y contaba con su propia capilla y unas instalaciones subterráneas que se usaron como alacena para soportar largos asedios. En definitiva, la orden supo elegir bien dónde establecer su base de operaciones en la región y también sabían cómo usarla. Allí nadie les encontraría, y si alguien hubiera osado llegar hasta ellos se habría encontrado con una saeta atravesándole la garganta sin saber quién la habría disparado.

La noche no había caído aún sobre la región y el sol todavía iluminaba, en un dorado atardecer, los muros occidentales de la fortaleza. Hacía algo de calor, pero una ligera brisa del norte aliviaba el ambiente y refrescaba el interior de los muros. Mientras tanto, algunos jinetes de la orden continuaron llegando con rapidez a la llamada de su jefe. En definitiva, el Gran Maestre había convocado a sus seguidores de más alto rango para tratar un asunto del máximo interés para todos los miembros y que debía ser analizado en profundidad para tomar la decisión más adecuada. El hecho de haberse apoderado del cofre con las pruebas de Sor Águeda les otorgaba una ventaja inesperada en un frente que todavía mantenían abierto contra el monarca borbónico, al que consideraban un usurpador.

Las huestes de los Sagrados Caballeros de Cristo que habían acudido se reunieron en un espacio amplio, cuyas paredes mostraban grietas. Se agruparon bajo un techo de madera que daba la impresión de desplomarse de un momento a otro y formaron corrillos entre los más de veinte miembros de la orden. Como era habitual entre los componentes de la misma, iban ataviados con sus características casacas negras, bajo capas del mismo color y sombreros de ala ancha y tocado de pluma blanca.

Durante unos minutos estuvieron esperando la aparición del Gran Maestre y especularon sobre el motivo por el que se les había convocado. De pronto apareció el líder por una puerta lateral, se subió a un improvisado atril que habían hecho con el derruido altar de la capilla y todos guardaron silencio al instante, a la espera de que empezase a hablar.

—Estimados camaradas —comenzó a decir a los allí congregados, y que había reunido en un ruinoso salón. Portaba el cofre en una mano—, os agradezco que hayáis venido tan rápido, a pesar del poco tiempo que tenemos y la premura que requiere el asunto.

» Como sabéis hemos interceptado el envío de este paquete a Felipe de Anjou y dentro hay una serie de nombres, los nuestros, que nos dejan expuestos a la persecución y la condena a muerte si nos atrapan. Por supuesto, eso no va a suceder porque ese mequetrefe nunca sabrá de nuestra existencia.

Se escucharon algunas carcajadas despectivas ante el comentario de su líder. Éste levantó una mano y todos volvieron a guardar silencio para escucharle con atención.

—Es evidente que mientras esté bajo nuestro poder, estamos a salvo de ser descubiertos y que delaten toda la estructura de la orden. Sin embargo, tenemos un problema que debemos solventar para continuar con nuestra labor de recuperar la corona para la casa de los Austrias, legítimos herederos del trono español.

» Hay varias personas que saben de la existencia de este cofre, pero sobre todo dos de ellas son las que han tenido contacto más estrecho con la autora de estas pruebas. Se trata de un historiador, enviado por ese rey desquiciado, y un juez inquisidor que sonsacó la información a la monja antes de matarla. Supongo que sabrán lo que eso significa, ¿cierto, camaradas?

—¡Serva Dei statera! —gritaron a la vez.

—En efecto, debemos mantener el equilibro de Dios, y para ello debemos eliminar a esos dos elementos —añadió el Gran Maestre—. Ya sabéis que no debemos dejar cabos sueltos y quiero usar el contenido de este cofre para acabar de una vez con ese Felipe. Elegiré a cuatro de nosotros e iremos en su busca para cazarles como si fueran corzos. ¡Serva Dei! —gritó como alocución final.

—¡Serva Dei! —le siguieron los demás.

En cuanto él se bajó del improvisado atril, empezaron a dispersarse y salieron del castillo para tomar sus respectivos caballos y partir al galope. Entretanto, el Gran Maestre permaneció dentro del salón y se rodeó de otros tres caballeros que esperaron en silencio a quedarse a solas.

—Quiero que vosotros dos me acompañéis a buscar a Andrés de Arratabe —dijo a sus acólitos, señalando a los indicados para realizar la misión—. Luego iremos a por el historiador y también le daremos muerte.

—¿Cree que es lo apropiado, señor? —preguntó uno de ellos.

—Por supuesto, no te preocupes —respondió con un tono de voz que sonaba a desprecio—. Ese niñato ya ha perdido a su mejor amigo, el tal Felipe Carvajal, así que lo tenemos donde queríamos, desprotegido y solo. Ahora morirá él también.

Los cuatro rompieron a reír y lo celebraron con una bota de buen vino de la zona, a la vez que prepararon un jabalí que habían cazado previamente para procurarse una suculenta cena antes de emprender los respectivos viajes que les llevarían a cumplir con el mandato del Gran Maestre.

* * *

El mismo día que Gregorio había decidido marcharse a Segovia acompañado de Clara, el novicio que servía a Andrés apareció en la puerta de la mansión ya pasada la media tarde, cuando comenzaba a anochecer en Logroño. Prudencia le invitó a entrar y le anunció al cronista que tenía una visita que jamás habría imaginado recibir. De hecho, cuando le vio plantado en la puerta del salón no pudo reprimir un gesto de extrañeza que surcó su rostro. El muchacho lo percibió y comenzó a hablar para darle el mensaje que el juez le había hecho memorizar.

—Buenas tardes señor —comenzó el chico—, vengo de parte de

su señoría, el juez Arratabe.

—Sí, sé quién eres —respondió Gregorio, que todavía seguía estupefacto por la inesperada visita—. ¿Para qué has venido?

—Me ha pedido que le dijera que quiere entrevistarse con usted aquí, en esta casa.

—¿Por qué no me lo ha pedido por escrito? —desconfió el historiador.

—Porque dice que no quiere que quede constancia alguna de dicha reunión entre ambos —respondió el chico.

—¿Y por qué motivo quiere hablar conmigo?

—Desea llegar a un acuerdo con usted sobre el asunto de Sor Águeda.

—De acuerdo, dile a Andrés que le recibiré mañana por la mañana a primera hora —añadió Gregorio, después de pensar durante unos segundos.

—Otra cosa me ha mandado que le diga, señor —le interrumpió el novicio—. Me ha pedido que guarde el secreto de dicha reunión y no hable con nadie.

—Dile a tu jefe que puede estar tranquilo sobre eso —apostilló Gregorio.

El chico le hizo una leve reverencia y se marchó de la casa para llevar el mensaje al juez. Gregorio estuvo reflexionando durante varios minutos los motivos por los que el viejo letrado querría verse con él y llegó a la conclusión de que era probable que él también estuviera intentando cerrar el asunto de la mejor manera posible y desaparecer para siempre, como pretendía hacer el cronista. Al fin y al cabo, nada les quedaba por sacar de toda aquella concatenación de circunstancias que les había convertido en meros títeres de poderes que les superaban.

Andrés recibió de buen grado la comunicación del novicio, el cual le confirmó la asamblea con el historiador para la mañana siguiente, y le envió a buscar a Fray Diego y a Pablo para reunirse con ellos y contarles su plan. Tal y como estaba la situación, y mientras estaba en la dicotomía de hacer lo correcto o lo que ordenaba su posición, optó por la primera opción y pensó que todavía podía hacer algo para evitar una nueva guerra civil en el país.

Ya pasada la medianoche se reunió con sus compañeros de tribunal en la biblioteca del monasterio, con el fin de plantearles la cuestión que rondaba su cabeza y que había calculado como la única vía posible para evitar otro conflicto fratricida. Contaba con ellos para que guardaran la coartada que tenía prevista y confiaba en la discreción de ambos para que los secretos que se habían revelado durante el proceso judicial a la secta molinista no salieran de allí. Había que construir una versión oficiosa y creíble que presentar ante el obispo de Logroño y el papel de sus compañeros era fundamental para lograrlo.

—Bien, espero que esta vez hagas las cosas bien, Andrés, porque no pienso cargar con otro error como el que cometiste con ese garduño —le recriminó Pablo, antes de sentarse en una mesa larga y rectangular, hecha en madera.

—No, esta vez no pienso caer en un error semejante —confesó el juez—. En todo caso, busqué a Largo para que me acompañara hasta Zaragoza, pero parece ser que ha desaparecido.

—¿Qué esperabas? —continuó Fray Diego—. Esa gentuza no tiene honor.

—Es cierto, deberías haber sido más cauto con el licenciado que envió el rey —añadió Pablo.

—Lo sé, tenéis razón, pero estaba desesperado y tenía mucha presión por culpa de esos Sagrados Caballeros de Cristo —intentó disculparse.

—Y ahora las cosas están peor que antes —replicó Pablo.

—Pero aún podemos arreglarlas, si me escucháis un minuto.

—Venga, a ver qué se te ha ocurrido ahora —dijo Fray Diego

con resignación.

—He concertado una reunión con Gregorio Fernández para mañana y quiero plantearle un pacto —comenzó a exponer el inquisidor—. Yo presentaré las actas del juicio de Corella, pero omitiremos en nuestras conclusiones finales el hecho de que Sor Águeda tenía pruebas de la implicación de altos cargos de la Iglesia, de la aristocracia y otros miembros destacados de la comunidad.

» Por su parte, tendrá que redactar un informe en el que ponga en conocimiento del rey exactamente las mismas conclusiones que nosotros vamos a exponer en los autos finales. Deberá también obviar en dicho escrito lo que sepa de esas pruebas, con el fin de que ese Felipe de Anjou no se ponga a fisgar más de lo debido.

—¿Y por qué crees que aceptaría hacerlo? —dudó Pablo DiCastillo.

—Es un hombre de honor, es evidente —reflexionó Andrés—. A pesar de ser una persona culta y con una mente crítica y divergente, para él lo más importante son los valores que lleva consigo. He visto a muchos jóvenes idealistas como él y sé que hará lo correcto, aunque le cueste romper con dichos valores.

—¿Qué harás si no acepta el pacto que le vas a proponer? —preguntó con tono agrio Fray Diego, que no se fiaba del plan de su compañero.

—Tengo que arriesgarme a intentarlo, porque no veo otra salida a todo esto —contestó Andrés.

—¿Por qué lo haces? —inquirió Pablo—. ¿Por qué te importa tanto que el asunto quede así?

—Lo sabes perfectamente, hay demasiadas personas implicadas y podrían acusarnos de descubrir sus contubernios. ¿Sabes qué precio pagaríamos si se desata otro enfrentamiento entre los dos bandos?

—Otra guerra civil.

—Y nosotros acabaríamos en la horca —dijo con vehemencia el

juez—. No quiero verme colgando de una soga en una plaza pública, ¿y tú?

—¡Claro que no! —se indignó el consultor jurídico—. ¡Por eso me inquieta todo esto, joder!

—Mantén la calma, amigo, que estamos en un monasterio —le reprochó Fray Diego—. Pero te entiendo, yo también estoy incómodo con todo este asunto.

—Se suponía que iba a ser un proceso rutinario de la Inquisición y mira cómo hemos terminado —dijo Pablo, levantándose de la silla.

—Es cierto, pero no podemos dar marcha atrás al reloj así que toca seguir adelante y acabar con esto de la mejor forma posible —comentó Andrés.

—Por mi parte, haz lo que creas conveniente —dijo Fray Diego—. Yo seguiré en este monasterio y no diré nada sobre lo que hemos descubierto en el proceso. Puedo acogerme a secreto de confesión y nadie sospechará nada.

—¿Qué dices, Pablo, estás conmigo? —Andrés se dirigió al consultor y éste pensó la respuesta durante unos segundos.

—Lo que vamos a hacer va contra la ley, pero no me queda otra que apoyarte —respondió con resignación, para luego acercarse al juez y encararse de malos modos—. Eso sí, como el chico hable con el rey y todo se ponga patas arriba, seré el primero en hacer acto de contrición de testimonio y diré todo lo que sé. Así que asegúrate de que tu plan sale bien, Andrés, porque no voy a cargar con tus culpas ni la de esos sectarios sodomitas.

—No te preocupes, te entiendo y acepto las consecuencias que puedan derivarse del asunto —aceptó Andrés la responsabilidad—. Os agradezco que me apoyéis en esto y no os fallaré otra vez, os doy mi palabra.

Cuando terminó de decir la frase, cada uno volvió a su estancia y se prepararon para dormir algunas horas. Sin embargo, a los tres les costó pegar ojo y los pocos sueños que tuvieron les atraparon en mundos de oscuridad onírica que llenó de sudor y lágrimas las sábanas de sus camas. Sobre todo a Andrés parecía condenarle su mala conciencia y el sentimiento de culpa, que lo consumía como una llama que crecía y creía en el interior del alma. Lo único que esperaba era que el fuego que ardía en el corazón se aplacase con este último intento de redención de sus pecados.

Capítulo 25

Un desayuno bien organizado y suculento fue lo que recibió a Andrés cuando llegó a la mansión donde residía Gregorio. Prudencia se había esmerado para prepararlo con la ayuda de Clara y ambas habían madrugado bastante para componer un menú a base de galletas y sobaos, pan con queso fresco, confitura de frutas y un manjar que acababan de recibir directamente de los almacenes de Felipe V, el chocolate. De hecho, Gregorio era un auténtico devorador de este dulce y lo deglutía a cada momento que podía y de todas las formas posibles.

Apenas eran las ocho y media de la mañana y el juez vino acompañado de sus compañeros, Fray Diego y Pablo DiCastillo, con el fin de que le apoyaran para convencer a Gregorio de la idoneidad del plan que Andrés había trazado para evitar que se supiera toda la verdad sobre el caso de Sor Águeda. Los cuatro se sentaron alrededor de la mesa del comedor para hablar de lo sucedido y Gregorio esperó a que fuera su invitado principal el que comenzase a hacerlo. Eso sí, primero tomaron una taza de chocolate caliente y degustaron las galletas y los sobaos de doña Prudencia, que calificaron de "exquisitos".

—Señor Fernández, sé que esta reunión resulta incómoda para usted —comenzó a exponer Andrés—, pero créame cuando le digo que también lo es para mí.

—Es obvio que sí me molesta verle la cara, pero escucharé lo que tenga que decirme, aunque sea por cortesía —respondió el cronista con acritud—. Se supone que soy un delegado real.

—No se preocupe porque no le molestaremos demasiado — apuntó Pablo.

—Decidme qué queréis y terminaremos lo antes posible —dijo Gregorio con seriedad.

—Antes de comenzar me gustaría preguntarle algo —continuó Andrés—. ¿De verdad llegó a encontrar las pruebas de las que hablaba Sor Águeda?

—Sí, las tuve en mis manos y las perdí —confesó molesto.

—¿Cómo dice? —Andrés se mostró anonadado ante la revelación que acababa de hacerle.

—Las envié con Felipe Carvajal, el capitán de la guardia de Su Majestad, y le mataron los Sagrados Caballeros de Cristo antes de llegar a Segovia. —Tiró la carta que le enviaron los mercenarios sobre la mesa para que sus invitados la leyeran.

—No esperaba esto, la verdad —reconoció Andrés, consternado—. La situación se ha vuelto aún más complicada.

—¿Qué crees que harán con esas pruebas? —intervino Fray Diego.

—No lo sé, pero si está en manos de esa gentuza es probable que intenten usarlas para chantajear o para provocar un cisma de incalculables consecuencias. —El juez tomó otro sorbo de chocolate, mientras no apartaba la mirada de la misiva que tenía en las manos.

—El caso es que ya no tengo nada que presentar ante el rey así que, por mi parte, este caso se va a quedar como está y no pienso remover más mierda —afirmó categóricamente Gregorio.

—Eso era justo lo que iba a proponerle, pero veo que usted también ha llegado a la misma conclusión que yo —añadió Andrés, que le devolvió el papel—. También recibí un mensaje de esa gente y me amenazaban con dureza si hablaba de lo que sabía.

—Entonces no hay más que decir —respondió el cronista—. Presentaré un informe basándome en las confesiones de las personas a las que entrevisté, pero no mencionaré nada de esas pruebas y haré como si nunca hubiera sabido nada de ellas.

—Yo también presentaré las actas judiciales al obispo sin mencionar las pruebas de Sor Águeda —contestó el juez—. Sin embargo, seguimos teniendo un problema preocupante.

—¿Cuál?

—Nuestra integridad física.

—¿Qué quiere decir? —dijo Gregorio, que comenzó a comer algo ahora que estaba más tranquilo.

—Esos caballeros no se detendrán hasta asegurarse de que cualquier rastro de las pruebas haya sido eliminado y que ellos las controlan por completo —dijo Andrés.

—Y nosotros somos los únicos que sabemos de la existencia de dichas pruebas —entendió Gregorio—, lo que nos sitúa en una posición peligrosa.

—Exacto, por eso propongo que nos escondamos en cuanto terminemos el trabajo y procuremos no hablar de esto con nadie más.

—Estoy de acuerdo con usted —aseveró Gregorio.

—Yo también —se unió Pablo. Fray Diego se limitó a asentir porque tenía los carrillos llenos de sobaos.

Durante el resto del desayuno, los cuatro entablaron conversaciones de diferente consideración para afianzar las respectivas versiones que tendrían que contar a sus jefes. La reunión duró apenas una hora más y cuando terminó quedó claro que el caso de las pruebas de Sor Águeda no debía mencionarse bajo ningún concepto, pues podría provocar un cruce de acusaciones entre iglesia y monarquía que podría derivar en otro conflicto. A ninguno le satisfacía tener que traicionar sus principios, pero entendieron que la seguridad de la nación era más importante que ellos mismos o sus carreras profesionales.

Dos horas después de la marcha de Andrés y sus compañeros, Gregorio pidió a Prudencia que terminara de preparar el viaje que iba a realizar con Clara hasta Segovia. En esta ocasión alquiló un carruaje para realizar el trayecto, lo que suponía un gasto considerable, pero el cronista quiso que así fuera para cargar todo el equipaje que había acumulado en los meses que había durado su trabajo en Logroño. Además, también tenían que cargar con los enseres de Clara y eso suponía demasiado equipaje para ser transportado en caballos.

Por otra parte, Gregorio pensó que no tenía ninguna prisa en llegar hasta la corte y tenía planeado un itinerario con varias paradas antes de llegar a su destino. Para completar la expedición, el cronista usó la influencia que le daba su posición de delegado real y pidió al alguacil que le asignara dos guardias para que les acompañaran y así sentirse más seguro. Sabía que su vida pendía de un hilo y quería estar tranquilo, no tanto por él, sino por la responsabilidad que sentía al llevar a la sirvienta consigo.

Sin embargo antes de partir al mediodía, escribió una carta a su hermano para que se encontraran en Segovia dentro de cuatro días, en el Palacio Real de la Granja de San Ildefonso, donde Gregorio quería solicitar hospedaje a Felipe V antes de regresar a Madrid. Por supuesto, siendo hijo de Enrique Fernández de León, el monarca no se negaría a cederle alguna de las lujosas habitaciones que componían la impresionante residencia en la que el rey vivía cada vez con más asiduidad. De hecho, había mencionado muchas veces que se retiraría allí cuando le llegase el momento de dejar la corona.

Cuando el carruaje estuvo cargado con todos los baúles y demás carga que portaban los pasajeros, Clara se despidió entre lágrimas de Prudencia, que sentía un cariño muy grande por la chica a la que había cuidado como si fuera su propia hija. Después le tocó el turno a Gregorio y el joven también sintió que había creado un vínculo especial con el ama de llaves.

—Señora Heredia, muchas gracias por su amabilidad y hospitalidad durante estos meses —le agradeció Gregorio, que tomó la mano de la mujer y la besó con ternura—. Le diré a Su Majestad lo bien que nos ha tratado, tanto a mí como al difunto señor Carvajal.

—Ha sido un honor conocerle, señor, y rezaré Dios y la Virgen para que le proteja y le cuide —dijo ella entre lágrimas de tristeza por la despedida—. Es usted un hombre bueno, de eso no cabe duda.

Gregorio sonrió y le dio un beso en la mejilla a la mujer, para después subirse al interior del carro en el que ya le esperaba Clara, que no dejaba de mirar a la mujer que la había cuidado durante tantos años y a la que le agradecía tantas cosas. En apenas dos segundos, el conductor hizo sonar la fusta y los dos caballos que tiraban del vehículo comenzaron a trotar, dejando la mansión atrás en apenas un minuto. Allí siguió Prudencia de pie, despidiéndose con la mano hasta que les perdió de vista en un recodo de la calle que viraba hacia el oeste.

* * *

Todavía no había caído la noche sobre Logroño y el ama de llaves fue hasta la huerta trasera de la mansión y sirvió algo de grano a las gallinas, que la recibieron entre cocleos de felicidad. Algunas incluso se acercaron a ella para que las acariciara, como si así pudieran ganarse su favor y evitar ser parte de una sopa cuando les llegase el momento. La mujer las mimaba mucho y tenía especial cariño con una de ellas, a la que llamó Hortensia y que era la que más huevos ponía.

Después de dar de comer a los animales, recogió dos hermosas lechugas y algunos pimientos que puso dentro de un pequeño saco para llevarlos al interior, al igual que seis huevos. Sin embargo, antes de entrar de nuevo en la casa sintió que había alguien observándola en las sombras y miró hacia un manzano que crecía en el lado opuesto, pegado al muro norte. Era una sombra oscura que ella identificó al instante por las vestiduras que portaba y el colgante que brillaba en la penumbra.

Pero no sintió miedo alguno, pues conocía al misterioso visitante desde hacía años y habían compartido muchas cosas cuando ambos eran más jóvenes. De hecho, Prudencia siempre pensó que él fue el único amor que tuvo durante su vida y por eso decidió no casarse nunca. Por parte del misterioso intruso, el sentimiento no era recíproco y pensaba que lo que sucedió hacía tantos años sólo fue un amor de verano. A pesar de estas discrepancias, ella le seguía teniendo en gran estima y por eso continuó manteniendo contacto y nunca reveló su auténtica identidad.

—No hace falta que se esconda, Gran Maestre —dijo ella, adivinando quién era—. Venga, entre y déjese de misterios y astucias raras.

—A usted no se le escapa una —bromeó él, que sonrió bajo el paño que le cubría la cara.

—En mi situación, señor, una debe ser más avispada que un águila y astuta como una raposa. —Dejó el bolso encima de la encimera de la cocina, iluminada por varias velas. Tras ella entró el caballero.

—¿Qué ha averiguado sobre ese muchacho? —le preguntó sin preámbulos.

—Se ha ido a Segovia a hablar con el rey para presentar el informe sobre el caso de Corella —respondió ella, que le sirvió un vino al misterioso invitado.

—¿Sabe sobre qué estuvo hablando con el juez y los otros dos miembros del tribunal?

—Han quedado en que no dirán nada de las pruebas de Sor Águeda con nadie.

—Sabia decisión, pero no es suficiente para nosotros —afirmó él.

—¿Y qué ha sido de ese que estuvo molestando a mi niña? —preguntó la mujer, refiriéndose a Largo.

—Le maté —contestó él con tono cortante.

—Ya me lo imaginaba —dijo ella con tono apagado—. Imagino que harán lo que tengan que hacer con el juez y el pobre licenciado.

—Sabe usted que es necesario, doña Prudencia.

—Pues prométame una cosa y júrelo por Dios, o yo misma le cortaré los huevos como no cumpla con lo que voy a pedirle. —Le amenazó con un cuchillo de cortar queso que tenía en ese momento en la mano.

—Usted dirá. —El gesto le hizo gracia al Gran Maestre, pero era un hombre de palabra y estaba dispuesto a cumplirla para mantener contenta a una vieja amiga y leal sierva de la orden.

—A Clarita ni la toquéis, ¿ha oído bien?

—No se preocupe, doña Prudencia —dijo él, acercándose a la mujer y poniéndole una mano en el hombro—. Yo me encargaré personalmente de protegerla y seré su custodio hasta que sea mayor de edad.

—Más le vale, se lo advierto. —Ella le abrazó y comenzó a llorar, pues esperaba que la joven no corriera peligro alguno. Si le pasaba algo, no se lo perdonaría jamás.

Descubriendo la Verdad

Capítulo 26

La visión del Palacio Real encandiló a Clara, que jamás había visto nada igual en su corta vida. Para Gregorio era diferente, pues había estado allí algunas veces cuando se organizaban fiestas en las que invitaban a su familia, pero también seguía sintiendo que le apabullaba la hermosura y la grandiosidad pomposa del recinto, hecho y decorado al gusto de Felipe V como recuerdo de su infancia, cuando residía en Francia con su abuelo, el rey Luis XIV, en el Palacio de Versalles.

Las instalaciones lo conformaban el palacio y edificios anexos, situados ante los Jardines de Medio Punto, lo que realzaba aún más su categoría. Además había unos enormes pensiles que contaban con dieciséis fuentes de diferentes estilos y que estaban decorados con esculturas magníficas de dioses de mitologías romanas y griegas, las cuales embelesaban a cualquiera que pasease entre las flores y los árboles y arbustos que configuraban un espectáculo sobrecogedor.

El palacio era de estilo rococó y en la parte frontal del complejo constaba de dos patios: el de los Coches, a la izquierda, y el de la Herradura, a la derecha. Junto al palacio se hallaba la capilla del monarca, la Real Colegiata de la Santísima Trinidad, que a su vez contenía un espacio conocido como Capilla de las Reliquias y el Cenotafio Real. Vista desde el frente, el edificio principal parecía ser un reflejo parecido al del Palacio de Versalles, pero adaptado al gusto de Felipe V.

Al tratarse de un lugar que fue destinado al descanso veraniego de Su Católica Majestad y el resto de la familia real, se tuvo en cuenta que llevaría consigo a una larga lista de asesores y miembros de su gobierno, por lo que se decidió que el palacio fuera edificado de tal forma que pudiera dar cabida a tantas personas. Todo el conjunto estaba formado por bóvedas sin madera en la estructura, lo que hacía que se garantizase la supervivencia de gran parte del palacio en caso de incendio. También contaba con muchas plantas para que tuvieran cabida todas las oficinas del gobierno, los oficios de la Real Casa y los servidores. Se trataba de un lugar hecho para albergar el poder absoluto.

En el interior había decenas de estancias que estaban repartidas en dos plantas principales, ricamente adornadas con motivos de estilo barroco tardío, suelos de mármol y altas puertas cuyos marcos reveleban hermosos tallados. En la planta baja se encontraban las habitaciones principales de los reyes y destacaban el Gabinete de los Espejos, el Salón de Lacas, la Galería de los Retratos y los propios aposentos reales. Mientras tanto, en la segunda planta se hallaban las estancias para servidores y miembros del consejo del gobernante.

Clara observó cada detalle abducida por tanta belleza y opulencia, por lo que Gregorio tuvo que llamarle la atención en más de una ocasión para que le siguiera hasta el apartamento que estaba reservado para la familia Fernández de León. Dicho aposento estaba compuesto por tres dormitorios, un baño privado con bañera, dos balcones que estaban orientados hacia el oeste, un amplio despacho con biblioteca privada y un enorme salón. Las ventanas eran grandes y de dos hojas, y estaban coronadas con cortinas de color celeste y en la parte superior tenían cenefas de media luna adornadas con filigranas de oro que dibujaban flores de lis, emblema de los Borbones.

Una vez que los pajes del servicio del palacio descargaron los bultos y los llevaron hasta el departamento de Gregorio, éste le pidió a Clara que comenzara a deshacer el equipaje y le indicó cuál sería su habitación mientras estuvieran en el palacio. La muchacha se prestó al instante a cumplir con su cometido y empezó a sacar la ropa del cronista, que fue colocando con delicadeza en cajoneras y armarios del dormitorio que él usaría.

Mientras tanto, Gregorio bajó hasta la planta inferior y fue a tomar el aire en el rellano principal, se apoyó en la balaustrada y respiró una bocanada profunda que le trajo a las fosas nasales el aroma de la fértil tierra segoviana. Cerró los ojos y disfrutó del instante, como si así pudiera tapar los oscuros recuerdos que el trabajo realizado en Logroño le habían dejado en la mente. Fue consciente de que la vida había cobrado otro sentido para él y que no era el mismo hombre que había partido de Madrid unos meses antes.

De repente, mientras se relajaba con el aroma de la vegetación campestre y de los jardines del palacio, alguien le interrumpió y le sacó del estado de catarsis en el que se encontraba. Abrió los ojos y vio a su hermano Enrique, que le había puesto la mano sobre el hombro.

—Me alegro de verte Gregorio —le dijo, a la vez que le daba un abrazo.

—Yo también me alegro —contestó él—. Han pasado muchos meses desde que te vi por última vez.

—Cierto, pero parece que te han cundido bastante —añadió Enrique—. Has montado un buen cirio por aquí con la investigación que has llevado a cabo en Logroño.

—Supongo que el rey no estará muy contento conmigo —comentó el cronista con gesto circunspecto.

—Al contrario, él cree que has hecho un gran trabajo, pero está muy enfadado y jodido con la muerte de Felipe Carvajal.

—¿También le ha llegado la noticia?

—Esos Caballeros de Cristo, o como se llamen, han provocado

su ira y está decidiendo qué hará con ellos y con la Iglesia, a la que culpa de estar detrás de todo el asunto.

—Lo cierto es que no tengo tan claro que sea así —replicó Gregorio.

—¿Por qué lo dices? —se extrañó Enrique.

—Porque no hay pruebas de ello.

—¿Qué sabes sobre eso?

—Sé lo que he podido deducir de mis pesquisas y tengo claro que la Iglesia no está confabulada con los Sagrados Caballeros de Cristo.

—¿Y por qué mataron a Carvajal?

—Creo que tienen sus propios motivos, pero no adivino cuáles podrán ser.

—¿Se lo vas a decir a Su Majestad? —preguntó su hermano—. Creo que debería escucharte antes de emitir un veredicto que pueda provocar otra guerra.

—Tengo una reunión con él dentro de dos horas, así que le contaré lo que opino —continuó Gregorio—. Siempre en base a las entrevistas y pruebas que pude obtener en Lerma, Logroño y Corella.

—Creo que es lo más sensato —dijo Enrique—, pero antes vayamos a comer algo y así me cuentas qué tal te fue por aquellas tierras y por qué ahora tienes una nueva sirvienta.

Los dos hermanos se encaminaron hacia el ala oriental del palacio y pasaron por las cocinas para procurarse algunos manjares que querían degustar en el idílico rincón de la Fuente de la Cascada Nueva, desde la cual había una vista magnífica de todo el complejo. Allí sentados, pasaron hablando de viejos recuerdos las dos horas que separaban a Gregorio de su audiencia con Felipe V.

* * *

Al inquisidor no le gustaba que le hicieran esperar tanto tiempo, pero no le quedó otro remedio que aguantar la altanería y el trato desagradable que el Obispo de Logroño solía dispensar a quienes le visitaban, fuera cual fuera la razón. Todos sabían que era un hombre de poca conversación, vacuo de razonamiento, ególatra incorregible y con unas ínfulas de santo que rivalizaban con las del mismo Papa de Roma. En todo caso, lo que también era conocido era el mal poder que ejercía por su desidia hacia los deberes de la Diócesis de Calahorra y La Calzada-Logroño, a la que se debía y que dependía a nivel orgánico de la de Burgos.

En todo caso, el obispo José de Espejo y Cisneros tenía gran poder en la zona por su condición de Caballero de la Orden de Santiago, y dicha posición le otorgaba ciertos privilegios que nadie osaba discutir, como era el de nombrar jueces para juicios inquisitoriales, algo que muchos alababan por su buen ojo a la hora de seleccionar letrados de notoria categoría, como era el caso de Andrés de Arratabe. Ese mismo criterio que llevó al juez a dirigir el caso de Corella, ahora iba a ser puesto a prueba por el encargado de la diócesis y él esperaba salir airoso del envite al que tenía que enfrentarse. Iba a mentir a un alto jerarca de la Iglesia Católica y sabía que no podía dar marcha atrás sobre lo que había acordado con Gregorio. De hecho, lo único que preocupaba a Andrés en ese momento era que el joven también mantuviera su parte del pacto. Si era así, los dos podrían olvidar el asunto e intentarían rehacer sus vidas.

—Señoría, dice su Ilustrísima que pase al despacho, por favor —le indicó un diácono que apareció por la puerta que estaba delante de él, en medio de un largo pasillo de la primera planta del edificio.

—Buenos días, Andrés —le saludó José de Espejo en cuanto le vio. Eran viejos conocidos, aunque no amigos, y había confianza de sobra entre ambos como para tutearse—. ¿Qué tal estás?

—Buenos días, José —respondió el juez con cortesía—. He venido a presentar las actas judiciales del caso de Corella. —Sacó una carpeta de cuero con los informes manuscritos y los colocó sobre la mesa de escritorio, delante del obispo.

—¡Ah, eso! —Abrió la carpeta y echó una ojeada rápida a los informes—. Parece ser que ha dado más quebraderos de cabeza de lo que parecía en un principio.

—Sólo un poco, pero todo está bajo control —respondió Andrés, que se sentó en una silla delante del escritorio.

—¿Estás seguro? —José se reclinó sobre el respaldo de su asiento y cruzó los dedos entre sí con los codos apoyados en los braceros—. Ha llegado a mis oídos que Sor Águeda de Luna fue encontrada muerta en su celda a causa de indecibles torturas.

—Te aseguro que no ordené que le hicieran daño —se disculpó el juez—. Aunque tampoco sé quién es el responsable.

—Eso da igual, su familia está indignada y Josefa de Luna, su hermana, va a solicitar al rey que abra una investigación para averiguar qué ha pasado.

—Ya estuvo un emisario de Su Católica Majestad haciendo esa labor —replicó Andrés—. Podría preguntarle a él qué ha averiguado sobre la muerte de la monja.

—De eso me encargaré después —contestó el obispo—, primero quiero que me cuentes cómo ha terminado el caso.

—Pues, en resumen, hice lo que me pediste.

—¿Consideraste la posición familiar de cada acusado?

—Sí, las condenas han sido leves y en pocos años estará todo olvidado.

—Perfecto. —José se levantó y fue a servirse una copa de vino en una elegante copa de cristal, tallada con hermosas filigranas. También sirvió otra que le dio a Andrés—. Ya sabes que este caso de los molinistas nos ha dado dolores de cabeza desde hace más de setenta años y el Papa quiere darle carpetazo cuanto antes.

—Creo que con los últimos acusados y condenados, los seguidores de Miguel de Molinos habrán acabado sus días de orgías y actos atroces —replicó Andrés, que tomó un largo sorbo del contenido de su copa.

—¿Qué harás ahora?

—Quiero retirarme un tiempo y descansar, si me lo permites.

—¿Dónde irás? —preguntó con intriga el obispo—. Eres mi mejor letrado y me gustaría tenerte cerca, por si acaso.

—Estaba pensando ir al Monasterio de Montserrat durante una temporada —confesó el juez—, me han dicho que allí se cura el alma y el cuerpo como en ningún otro lugar.

—Cierto, eso dicen. Está bien, te doy seis meses para que hagas acto de recogimiento y alivies la carga emocional que ha debido suponer este caso de Corella —dijo el obispo, guiñando un ojo y sonriendo con malicia—. Pero no te acomodes demasiado, por si te necesito antes de tiempo

—Muchas gracias, José —le imitó Andrés de mala gana.

Durante unos minutos más, Andrés le contó pequeños detalles sobre los implicados en la secta y algunas anécdotas sobre los frailes y las monjas acusados en el suceso. Desde alucinaciones con el Maligno, hasta ensoñaciones estúpidas sobre falsas profecías y visiones de la propia Virgen del Carmen. En definitiva, un dislate de versiones y palabrería sin sentido que dejó a muchos en evidencia, salvo a Sor Águeda y a Fray Juan de la Vega, así como a Sor Josefa de Jesús. Los demás, según dedujo Andrés, eran meras marionetas en manos de los otros tres. En ningún momento mencionó la revelación que había hecho Sor Águeda de las pruebas que ocultó.

Cuando terminaron la charla, ambos se despidieron con un cínico abrazo y Andrés salió de la sede obispal para preparar el viaje hasta Cataluña, lugar en el que esperaba pasar página para siempre y del que no tenía intención de volver, a pesar de lo que le había dicho al obispo. Para él, la vida judicial había terminado y sólo deseaba morir en paz y dedicarse a la vida del estudio y la contemplación espiritual. Una vida en paz.

* * *

Gregorio se puso las mejores ropas que llevaba en el equipaje para presentarse ante el rey Felipe V, que le recibió en privado en un salón en el que habían servido algunos ágapes deliciosos y varias botellas de diferentes licores, desde vinos hasta whisky traído desde Escocia. De hecho, el cronista pidió un trago de este elixir para abrir boca antes de contar sus conclusiones sobre el suceso de las monjas satánicas de Corella. En su mente armó una historia en la que ocultó los entresijos más oscuros de la trama y pensó contarle una versión edulcorada al soberano.

Para la ocasión llevaba el cabello castaño recogido en una coleta, que sobresalía un poco más abajo del cuello, y se había afeitado dejando tan solo el bigote a la vista sobre el labio superior. Iba ataviado con una fina casaca y un chaleco de color violeta y botoneras bordadas en hilo de plata, a la vez que las piernas estaban cubiertas por unos pantalones ajustados de tono más oscuro que la chaqueta. Para rematar su imagen, iba calzado con unos zapatos de broche francés.

—¡Señor Fernández! —le dijo con cierta alegría el monarca en cuanto le vio. Él llegó unos minutos después que el joven—. ¡Cuánto me alegro de que esté aquí!

—Muchas gracias, Majestad —contestó con una reverencia—. Es un honor para mí volver a verle.

—¡Déjate de monsergas, Gregorio! —Felipe le dio un ligero puñetazo en el hombro—. Aquí estamos en familia.

—Por supuesto señor —sonrió él ante la broma.

—Vamos a sentarnos —añadió Felipe, que hizo un gesto a dos sirvientes para que les acercaran las viandas y las bebidas a una mesa que estaba colocada entre dos sillones.

—He venido a presentarle mis conclusiones sobre el caso de

Corella, como me pidió —dijo Gregorio, que sacó su inseparable cuaderno de notas.

—Espera, antes de que me cuentes qué ha pasado en Logroño, quiero hacerte saber que tras el asesinato de Carvajal envié un mensaje a mi abuelo para pedirle consejo —comenzó a exponer el rey—. Necesitaba sus conocimientos y sabiduría para que me dijera qué hacer con esos curas rebeldes y con los Sagrados Caballeros de Cristo, que se niegan a reconocerme como su legítimo gobernante.

» Sabes que el año pasado firmamos un concordato para que los beneficios eclesiásticos siguieran vigentes, de momento, en favor de que los obispos pudieran continuar nombrando clérigos a su antojo. Sin embargo, parece que no están a gusto con ese acuerdo y todavía exigen más prebendas.

» El crimen que han realizado contra uno de mis amigos, y principal valedor en la Guardia Real, es algo imperdonable. En todo caso, según mi abuelo, no puedo iniciar otra guerra contra la Iglesia porque podría provocar un conflicto de proporciones incalculables y que sería peor que la anterior.

» En fin, he decidido hacerle caso y me mantendré al margen de todo, pero quiero escucharte antes de reafirmar mi postura. No quiero dejarle a mi hijo Fernando un país roto por culpa de unos fanáticos que se niegan a aceptar los cambios que he introducido en los últimos años.

—Lo cierto es que no he encontrado nada que pueda suponer una amenaza para su reinado, majestad —afirmó Gregorio, intentando mostrarse elocuente para que no se notara que estaba mintiendo—. Mis investigaciones se redujeron a los culpables que nombró la Inquisición y poco más.

—Pero me enviaste una carta en la que me advertías de más implicados y de un peligro para ti —se extrañó Felipe.

—Pensé que habría más hilo del que tirar, señor, pero me equivoqué —intentó disculparse.

—¿Y estás seguro de que no hay nadie más detrás de esa secta?

—Fui con Carvajal a Lerma y a Corella, y más allá de las pruebas de las que hablaron en el juicio, no encontré nada.

—¿Qué pruebas encontraste? —insistió el monarca.

—Hablé con Juan de la Vega y me enseñó los restos de los niños muertos, víctimas de la secta molinista, así como este libro. —Sacó el cuaderno en el que estaban escritas las memorias de Francisco Causadas en Corella—. Ahí podrá encontrar testimonios en primera persona del instigador de todo esto, pero me temo que está muerto y no he podido saber nada sobre sus acólitos.

» Sin embargo, hay una anotación de hace unos pocos meses a la que no le he dado credibilidad. Creo que fue Juan de la Vega el que rellenó ese trozo para tener notoriedad y posiblemente publicarlo como diario del propio Causadas. A saber qué pasa por la mente de ese hombre, un pobre monje carmelita atormentado por los hechos más abominables de los que pueda ser testigo un ser humano.

—Así que deberé seguir el consejo de mi abuelo —reflexionó Felipe.

—No soy quién para decir que lo deseche, Majestad —contestó Gregorio.

—¿Sabes por qué te ofrecí este trabajo, muchacho?

—No, señor, pero tampoco lo he cuestionado.

—Tu padre me dijo que eras un pésimo militar, pero que tienes una mente privilegiada y eres muy perspicaz —le explicó el rey—. Cuando le dije que el caso de Corella podría ser un problema importante, no dudó en mencionar tu nombre para que te encargaras de la investigación.

—¿Mi padre? —se sorprendió Gregorio.

—Sí, y creo que has hecho un gran trabajo, pero no he llegado a dominar esta nación sin saber cuándo alguien me miente —repuso Felipe con seriedad.

—Le aseguro que no he mentido, señor —contestó Gregorio,

que logró mantener el engaño a duras penas.

—Explícame entonces por qué la familia de esa monja me ha escrito pidiendo justicia por su muerte en la prisión de Logroño —porfió Felipe, que le mostró una carta firmada por la madre de Sor Águeda.

—Yo mismo fui a hablar con el juez, Andrés de Arratabe, y me confirmó que él no tuvo nada que ver con eso.

—¿Quién crees que fue?

—No lo sé, Majestad. —El monarca era un hábil estratega y estaba poniendo en apuros la versión que Gregorio pretendió dar.

—Yo sí, fueron los Caballeros de Cristo —afirmó—, pero no logro entender por qué lo hicieron.

—Yo tampoco.

—De acuerdo, aceptaré tus argumentos y no enviaré a nadie para que lo investigue, por ahora —añadió con cierto recelo—. En todo caso no te preocupes, serás Cronista Oficial de la Corona, pero procura no enviarme otra carta antes de tiempo cuando te mande a realizar una nueva investigación, ¿de acuerdo?

—Sí, señor.

—Descansa aquí unos días —continuó Felipe—. El tesorero te llevará después el sueldo que te has ganado, y que cobrarás de ahora en adelante como miembro de mi corte.

—Muchas gracias, señor. —Gregorio inclinó la cabeza como gesto de sumisión.

Después Felipe le invitó a degustar la merienda y estuvieron hablando un rato sobre Historia y asuntos relacionados con la sucesión del monarca cuando éste no estuviera. Gregorio le prometió que sería profesor del futuro rey, Fernando VI. En todo caso, primero quería quitarse de la cabeza la imagen de Sor Águeda, muerta en una fría celda de la prisión de Logroño. Pero, sobre todo, pensó en cómo llegaría a casarse y ser padre algún día si tenía en cuenta el mundo tan podrido en el que vivía.

Capítulo 27

Cargar con la rabia y la impotencia de no haber podido vindicar el oprobio que sufrió Sor Águeda, y a la vez sentirse culpable por ser consciente de que ella misma era tan responsable como los demás de las atrocidades que se cometieron en Corella, era un peso que Gregorio no pudo digerir con facilidad. Había mentido sobre el aspecto más importante de las investigaciones que llevó a cabo, pero también tuvo presente que era lo mejor que pudo hacer para que el asunto no llegase a una escalada bélica entre el Estado y la Iglesia. Debía asumirlo y procuró no pensar en ello durante el resto del día, mientras se acomodó en el apartamento con la ayuda de Clara.

Sin embargo, esa misma noche tuvo la visita inesperada del insomnio y no hubo forma de que pudiera conciliar el sueño. Dio vueltas en la cama, en una habitación en la que la luz argéntea de una luna llena iluminó las sombras alucinatorias de Gregorio, ocupadas por Sor Águeda y los niños asesinados, y también por la figura de Sor Josefa, a la que aún tenía presente. Los rayos plateados se filtraban por la ventana abierta de la estancia y desde fuera le llegó el aroma de la humedad nocturna, acompañada por el sonido de algún búho o lechuza que andaba por los alrededores en busca de roedores.

Hasta bien pasadas las dos de la madrugada continuó acompañado de la falta de sueño y lo único que sintió era un pesar en el alma que crecía cada vez más en su interior. Tuvo la sensación de que un alud de nieve helada le cayó encima y aplastó cualquier resquicio de racionalidad sobre las convicciones que una vez albergó. Había traicionado sus valores más profundos, había traspasado la delgada línea que dividía la lealtad y la justicia. Intentó justificar el hecho de haber falsificado su testimonio ante el rey, pero no halló ninguna manera plausible de hacerlo. ¿Cómo se podía excusar una falacia, si ésta afectó a terceras personas?

Decidió salir a pasear por los jardines y respirar entre algunos de los árboles más antiguos que había en las instalaciones, además de deleitarse con el sonido embriagador de las fuentes, cuyas imágenes le recordaban que todo aquello que hacemos en la vida deja una huella indeleble que alguien descubriría en los años venideros. Quizá no en ese momento, pero puede que décadas más tarde, o incluso siglos después, habría una mente despierta y sagaz que también buscaría las respuestas que él no pudo descubrir.

Cuando salió de su habitación escuchó la respiración profunda de Clara, que dormía como un infante recién nacido. La joven estaba tumbada boca arriba, con una pierna flexionada y la otra estirada sobre la sábana. El camisón que llevaba puesto estaba empapado en sudor y la humedad hacía traslucir sus senos bajo la tela. Gregorio abrió la ventana para que entrase el aire fresco de la madrugada y aliviara el calor que padecía la muchacha. Ella sólo se movió un poco y no se percató de que él estaba allí, procurando que se sintiera más confortable mientras dormía.

El cronista volvió a su dormitorio y se vistió con ropa cómoda para dar el paseo que tenía planeado. Salió del apartamento y cruzó el pasillo, mientras se encontró con dos guardias que le saludaron con una ligera inclinación de cabeza. Todos conocían a la familia de Gregorio y no necesitaba aprobación para moverse con libertad por el palacio y alrededores, incluso le dieron las llaves de la capilla que les pidió y que era el lugar donde quería refugiarse en ese momento.

Recordó cuando su padre le había llevado allí muchas veces,

durante la infancia y en la adolescencia, y había jugado con el hijo pequeño de Felipe, Luis, que llegó a reinar durante apenas nueve meses. Su muerte dejó una profunda huella en su progenitor y Enrique Fernández de León, padre de Gregorio, fue uno de los mayores apoyos que tuvo el regente en aquellos tristes días. De hecho, él mismo pudo disfrutar de un permiso para acudir al funeral del joven Luis I, que contaba con sólo diecisiete años cuando falleció. Después de eso, Felipe V tuvo que hacerse cargo de nuevo de la corona y tuvo un reinado complejo, lleno de reformas que el país necesitaba y que tuvo mucha oposición en los sectores más conservadores del clero y de algunos aristócratas.

Gregorio pensó en todas las vicisitudes que había vivido en sus propias carnes con la primera misión que había realizado para el rey y entendió que la vida no era tan fácil como uno espera, sobre todo cuando disfrutó de las comodidades que su padre le procuró durante años. Ahora tenía un cargo de mucha responsabilidad y necesitó ir en busca de una fuerza interior que no estaba seguro de tener. Por ello, fue hasta la capilla de la Real Colegiata de la Santísima Trinidad, una edificación que parecía una pequeña catedral.

La puerta principal estaba cerrada, como era normal a esas horas, pero sabía que había una entrada escondida en la parte trasera y accedió al interior por la misma, gracias a las llaves que le habían dejado los guardias. Cuando era niño, Luis y él se colaron muchas veces por allí para esconderse de la ira de Felipe. Cierto era que fueron dos zagales muy revoltosos y el rey les castigó varias veces por sus fechorías infantiles, aunque nunca con severidad. Gregorio sonrió al recordar aquellos momentos de inocencia y en la que las obligaciones de los adultos parecían tan lejanas como las estrellas del firmamento. Pensando en ello llegó hasta la nave principal, se santiguó con agua bendita y fue hasta el primer banco de la hilera para sentarse ante el altar y reflexionar sobre las ideas que aturullaban su mente.

—Hermosa noche para rezar, ¿verdad? —dijo de repente una voz masculina, ronca y grave, que parecía provenir de un oscuro rincón que estaba a un lado del altar mayor.

—¿Quién anda ahí? —Gregorio se sobresaltó y respondió con una pregunta instintiva.

—Ya era hora de encontrarnos, señor Fernández —continuó hablando el extraño.

—¡Salga a la luz y dígame quién es usted! —le ordenó el cronista con tono autoritario.

Desde la esquina izquierda del altar surgió una figura vestida por completo de negro, que llevaba la cara tapada y sólo dejó ver un brillo ominoso bajo un sombrero de ala ancha. La luz de cuatro velones que estaban alrededor del presbiterio, iluminaron al mercenario que empuñaba una espada ropera de mango toledano, ricamente decorada con gemas y hecha en oro. Del cuello colgaba un emblema también dorado cuyo áureo brillo destacó sobre la casaca y la capa negra, formado por una cruz dentro de un rombo. Gregorio reconoció la enseña y maldijo su suerte por no tener un arma a mano.

—Supongo que no necesito presentarme, ¿verdad? —dijo el Gran Maestre, que se acercó poco a poco hasta donde estaba Gregorio, a unos pasos el altar.

—¿Qué hace aquí? —preguntó el joven, que no dudó en tomar un candelabro de oro para usarlo como defensa.

—Ya lo sabe, señor Fernández, vengo a atar el último cabo suelto del asunto de Corella —respondió el intruso—. Usted parece ser que no entendió que hay cosas que es mejor que nunca salgan a la luz.

—¿A qué se refiere? —Gregorio no lograba entender por qué ese hombre le amenazaba.

—El cofre que trató de enviarle a ese advenedizo francés que tenemos por rey, a eso me refiero.

—Creo que ustedes se lo quitaron a Carvajal, después de

matarle.

—Así es, tenemos las pruebas, pero usted conoce la verdad de todo el asunto y sabe hasta qué punto hay implicadas otras personas que desean que su anonimato siga intacto —replicó el Maestre.

—Hice una promesa a Andrés y pienso cumplirla —dijo el cronista con firmeza.

—Sí, ya me lo dijo antes de morir.

—¿Cómo? —Gregorio sintió que era incapaz de soportar más muertes sobre su conciencia.

—¿Acaso cree usted que él iba a guardar el secreto para siempre? —El mercenario enarboló la espada ante él y apuntó a Gregorio—. No conoce la naturaleza humana, amigo mío, ni tampoco sabe usted de lo que puede ser capaz alguien cuando se encuentra con su vida pendiendo de un hilo.

» Andrés de Arratabe me contó el plan que tenían acordado antes de que le rebanase el cuello como a un cerdo en una matanza. Me dijo que usted le había confesado hasta dónde había llegado en sus investigaciones y que Juan de la Vega le dio el libro de memorias de Francisco Causadas. Pero antes de que le dé muerte, déjeme que le diga algo. Creo que tiene derecho a saber la verdad antes de reunirse con Nuestro Señor.

» Causadas murió hace años, enterrado en la culpa y loco de lujuria, pero otros seguimos con las enseñanzas molinistas y procuraremos que se mantengan para siempre. Eliminaremos a cualquiera que se interponga entre nosotros, y tenemos muchas formas de hacerlo, créame.

—Pero si Causadas está muerto, ¿quién escribió la última entrada en el libro?

—Esa es una buena pregunta —añadió el Maestre—. Fui yo.

—¿Usted? —Gregorio comenzó a entender que la secta iba mucho más allá de simples orgías—. ¿Por qué?

—Ya lo sabe, joven, por el poder. No hay nada más dulce para el paladar de un hombre que saborear el poder en tus manos y sentir que cada acto de la vida de las personas depende de uno.

—Así es como ha logrado entrar aquí, ¿verdad?

—Exacto, no se imagina hasta dónde llegan los largos dedos de los Sagrados Caballeros de Cristo —afirmó el Maestre.

—Entiendo entonces que alguien le ha pedido que me mate —dedujo Gregorio—. Alguien que está dentro del palacio ahora mismo.

—¡Vaya, no deja usted de sorprenderme! —El mercenario se puso delante de Gregorio—. Es cierto que es listo como un zorro, pero con eso no se salvará de morir.

Acto seguido, el Maestre lanzó una estocada frontal que el cronista esquivó con agilidad, usando el candelabro para apartar la hoja de la espada. El siguiente movimiento fue dirigido a seccionar la yugular del joven con un corte lateral, pero se agachó a tiempo y golpeó con el sacro objeto la rodilla de su contrincante. Éste se dobló de dolor, pero se recompuso con rapidez y volvió a intentar otro ataque, realizando un corte diagonal que alcanzó el brazo que sujetaba el candelabro. El objeto cayó al suelo sobre el frío suelo de mármol y varias gotas de sangre lo acompañaron.

Gregorio se apartó un par de pasos y comprobó que el corte era más profundo de lo que pensaba, por lo que taponó la herida con un pañuelo que ató alrededor del cúbito y el radio. Agarró otro candelabro de mayor tamaño y tiró el velón que contenía contra el suelo. Con un arma de más de un metro y medio de largo, y tan pesada, sería más difícil moverse, además del dolor que le producía la herida. En todo caso, no estaba dispuesto a dejar que le mataran sin pelear.

El Maestre volvió al ataque y esta vez, aprovechando la inferioridad física de su contrincante, hizo un movimiento de ataque vertical que obligó a Gregorio a alzar el candelabro por encima de su cabeza. El gesto dejó al descubierto su torso y esto lo aprovechó el mercenario para clavar la espada casi por completo en un costado, cerca del estómago. Gregorio giró el arma improvisada y rompió el brazo que sujetaba la espada, que quedó colgando de su cuerpo. El Maestre gritó de dolor y se agarró la extremidad fracturada, aunque tuvo los arrestos de sacar una daga con el brazo que tenía libre y se lanzó sobre Gregorio para asestarle el golpe final.

De pronto, un fogonazo y un ruido ensordecedor surgieron desde el fondo de la capilla, donde estaba la puerta principal. Una perla de plomo cruzó la nave central, suspendida en el aire por las manos de un ángel invisible, y voló hasta la cabeza que portaba el sombrero de ala ancha con tocado de pluma. La prenda saltó por los aires y el cuerpo del Gran Maestre cayó al suelo como un fardo inerte. Del hueco sanguinolento salía un leve halo de humo blanco y el pañuelo que cubría el rostro que todavía tenía los ojos abiertos, se desprendió.

Gregorio se arrodilló mareado y fue perdiendo la consciencia lentamente, mientras pudo distinguir que alguien se acercó a todo correr hacia él y le sujetó justo antes de caer por completo sobre las losas. Antes de que sus ojos se cerraran por completo, distinguió que la persona que evitó su caída era su hermano, Enrique Fernández de León. Después dirigió su mirada hacia el cadáver del Gran Maestre y reconoció el rostro, a pesar de tener la mente nublada por la pérdida de sangre.

El líder de la orden más temida de España, los Sagrados Caballeros de Cristo, y guía espiritual de la secta molinista que aún continuaba en marcha, era Felipe Carvajal. La imagen del cuerpo del hombre más poderoso de la mafia española yacía sin vida y un segundo después Gregorio cerró los párpados y sólo sintió paz.

Dos días después, el tacto suave de las sábanas y el olor a lavanda que inundaba la habitación despertaron a Gregorio del coma en el que había caído después de la agresión del Gran Maestre de la

Garduña y de los Sagrados Caballeros de Cristo. Se sentía aturdido y cansado como si un carro de caballos le hubiera pasado por encima varias veces, pero se había recuperado bien de la herida y, por suerte para él, la pérdida de sangre no fue tan grande como para acabar con su vida.

—Dos centímetros más a la derecha y te habría ensartado en el estómago —escuchó la voz de Enrique, que estaba sentado en un sillón que alguien había puesto al lado de la cama.

—Gracias por salvarme la vida, hermano —le dijo Gregorio con la voz aún débil.

—No hables, licenciado —le recriminó el mayor de los Fernández con cariño—. Debes descansar y recuperarte.

—¿Cómo...? —intentó preguntar Gregorio.

—Cómo qué.

—¿Cómo sabías que...? —No encontraba la forma de terminar la pregunta y Enrique le entendió.

—Su Majestad lo ha sabido desde hace unos meses, pero necesitaba comprobarlo para poder actuar —comenzó a decir—. Llevaba tiempo sospechando de Carvajal y el caso de Corella le ofreció la oportunidad perfecta para confirmar sus temores.

» Durante la guerra tuvo algunos problemas con su lealtad y no estaba del todo claro de qué parte estuvo durante la contienda. En aquellos años, llegó a sus oídos el rumor de que ese traidor se confabuló con la Garduña y con los Sagrados Caballeros de Cristo para sabotear las entregas de armas en el puerto de Valencia. Sin embargo, él siempre lo negó y nunca hubo pruebas de tal acto, pero el rey no dejó de desconfiar de él y esperó una oportunidad.

» Cuando escribiste pidiendo ayuda, no dudó un instante en enviarte a ese hombre para saber hasta dónde llegaba la secta. Luego llegó la carta con el comunicado de su asesinato, pero Su Majestad no lo creyó veraz, pues nunca se encontró el cuerpo para recibir el entierro que se supone debería recibir un militar de su categoría. Fue entonces cuando se descubrió toda la trama que tenía organizada. Era cuestión de tiempo que fuera a buscarte para matarte y sólo tuvimos que esperar a que apareciera de nuevo en escena.

» Aguardé a que alguno de los guardias me comunicase si salías del apartamento familiar y que me avisara. Te conozco mejor de lo que crees, hermano y sé que no duermes bien cuando algo te ronda la cabeza, así que sólo tuve que esperar un par de horas hasta que recibí el aviso de que ibas hacia la capilla.

—¿El rey y tú me habéis estado utilizando? —preguntó Gregorio, que se sintió un poco humillado.

—Sólo en parte —respondió Enrique—. Él le tenía aprecio a Sor Águeda y por eso decidió enviarte para intentar ayudarla cuando ésta le escribió pidiendo ayuda. Según le contó ella misma en su misiva, la monja tenía anotados los nombres de todos los responsables de la secta molinista, incluidos a sus amantes, como Juan de la Vega y el que se hacía llamar Felipe Carvajal.

» Pensó que ella te entregaría la lista y así Felipe se pondría nervioso, con lo que intentaría hacerse con ella de cualquier forma. Como ya viste, fingió su propia muerte para que nadie le siguiera los pasos, pero el rey lo intuyó y me envió a espiarle. Descubrí su escondite en un cenobio oculto que está en Calahorra. Desde entonces he estado detrás de él y así le descubrí cuando intentó matarte.

—¿No era su nombre verdadero?

—No, en realidad se llamaba Diego Causadas y era hijo bastardo de Francisco Causadas —continuó—. Al parecer, estuvo muy enamorado de Águeda durante varios años y ella nunca le hizo caso.

» Por desgracia no sabemos cuántas personas están metidas en el asunto ya que no tenemos esa lista en nuestro poder. De haber llegado a poseerla, el rey habría comenzado la cacería de esos criminales de inmediato.

—Bueno... —Gregorio tosió varias veces antes de añadir una frase que dejó estupefacto a su hermano—. Había un cofre que contenía dicha lista y me lo entregó un cura de Logroño que ayudó a la confesora de Sor Águeda, Sor Estíbaliz. Dentro de la caja estaba la lista que mencionas.

» Yo la tuve en mis manos y realicé un trabajo que todo historiador sabe que debe hacer con todo documento que caiga en sus manos: hice una copia antes de que Carvajal, o Causadas, viniera a traerla. Nunca imaginé que ese traidor nos la jugaría de esta manera.

—¿Tienes una copia de la lista de implicados? —preguntó Enrique con asombro—. ¿Dónde está?

—En mi libro de notas, en las últimas páginas —contestó Gregorio con media sonrisa—. Dile a Su Majestad que ya puede empezar a eliminar a esos malditos perros.

Enrique también dibujó una muesca en sus labios y fue a traer el cuaderno que mencionó su hermano menor. Lo abrió y leyó con detenimiento los nombres, fechas y cantidades que aportaron a la secta. Los miembros de la misma eran más de cien y entre ellos estaban algunos seguidores del archiduque Carlos, un detalle que Felipe V iba a agradecer. Al fin podría deshacerse de los traidores y podría acabar con ellos y con los seguidores de Miguel de Molinos para siempre.

Gregorio miró a Enrique y los dos no pudieron reprimir que una sonrisa taimada se dibujara en sus rostros. Mientras tanto, Clara entró en la habitación y se alegró tanto de ver despierto al cronista que le abrazó con emoción. Le traía el almuerzo a Enrique, que había permanecido custodiando a Gregorio cada minuto de esos dos días, y la muchacha lloró cuando vio que su benefactor parecía haber resucitado de entre los muertos. En ese momento, el joven historiador pensó que al fin se había acabado el paso por el infierno y que había comenzado a alcanzar la luz de la existencia.

—¿Qué harás ahora? —le preguntó Enrique—. Ya tienes el puesto de Cronista Real y vas a ganar mucho dinero sirviendo a la corona.

—Creo que enviaré a Clara a Madrid para que prepare mi casa y esté dispuesta a mi regreso —dijo Gregorio, sonriente.

—¿A tu regreso? ¿Te marchas otra vez?

—Sí, iré a Logroño a rescatar a una monja del peso de los hábitos para que sea mi esposa —fue la elocuente respuesta que salió de los labios del historiador.

Nota:

Los datos históricos de esta obra han sido modificados de forma intencionada para el desarrollo plausible de la trama. Aunque algunos personajes son reales, otros han sido inventados y cualquier coincidencia con la realidad en los hechos aquí narrados son mera casualidad.

Biografía del autor

José Ramón Navas es historiador, investigador y escritor. Es uno de los escritores independientes más leídos en lengua castellana y algunas de sus obras han sido traducidas a diferentes idiomas. También ha destacado en su labor como profesor de cursos de escritura y miles de alumnos y alumnas han aprendido esta disciplina en diferentes países.

- Profesor recomendado de la web académica udemy.com, con una puntuación media de 4,5 sobre 5.
- Considerado uno de los 10 profesores de escritura que hay que seguir en twitter, según la web campus.exlibric.com
- Dos de sus cursos están entre los 5 más recomendados para aprender a escribir ficción, según la web mentesliberadas.com
- Su curso de escritura creativa está entre los 7 más recomendados, según la web estudiacurso.com
- Dos de sus cursos online están entre los 10 mejores, según la web ooed.org

Otras Obras Publicadas por el Autor
(Todas están disponibles en Amazon, en formato papel y formato Kindle)

1. *Las Crónicas de Elereí 1 – La Era de la Oscuridad*
2. *Las Crónicas de Elereí 2 – Las Profecías de Nêrn*
3. *Las Crónicas de Elereí 3 – Ârmagethddon*
4. *Las Crónicas de Elereí 4 – Lemuria*
5. *Leyendas de Elereí – Arkhan Erghzyl*
6. *La Habitación Acolchada 1. Relatos de Terror y Suspense de Canarias*
7. *La Habitación Acolchada 2. Relatos de Brujas de Canarias.*

8. *La Habitación Acolchada 3. Relatos de Fantasmas de Canarias*

9. *Las Concubinas del Mal*

10. *La Maldición de la Bruja Negra*

11. *Otro Cuento de Navidad*

12. *¡Atrévete con la Escritura! Curso de Escritura Creativa, de relatos y novelas.*

13. *Diario de un Vampiro. Preludio de la Saga de Lamashtu.*

14. *Saga de Lamashtu 1. Los Descendientes*

15. *Baúl de las Historias Perdidas*

Si crees que esta novela merece una reseña en Amazon, querido/a lector/a, te estaría muy agradecido de que la escribieras. De este modo también ayudarás a otros potenciales lectores para que se animen a comprar este libro.

También puedes visitar mi web o seguirme en las redes sociales y podremos interactuar con más cercanía.

Instagram: @jrnavas_escritor
Facebook: jrnavasescritor
Web: jrnavasj.wix.com/jrnavas

Made in the USA
Middletown, DE
13 June 2022